权与利

邵玉清
邵庆峰 著

【下】

权与利

人民文学出版社

目录

二七　吹熄别人的灯，不一定能发自己的光 ………… *323*

二八　我发誓，血债血偿 ………… *338*

二九　雨再大，也出不了英雄 ………… *349*

三〇　先养儿子后结婚的问题 ………… *361*

三一　将计就计，引蛇出洞 ………… *372*

三二　个人隐私不是沉默的借口 ………… *379*

三三　与高明的对手较量 ………… *385*

三四　明知山有虎，偏向虎山行 ………… *396*

三五　请原谅我的不辞而别 ………… *407*

三六　血染餐巾纸，又一个损招 ………… *416*

三七　站在断桥头，别说断头话 ………… *425*

三八　调虎离山，虎还在山上 ………… *432*

三九　摄像头里面的丑陋 ………… *441*

四〇　你编造的谎言并不美丽 ………… *449*

四一　搞平衡是权力的艺术 ………… *458*

四二　车翻了再去驯马 ………… *466*

四三	擦肩而过 ………… *475*
四四	畅所欲言 ………… *487*
四五	巧证清白 ………… *496*
四六	烫手山芋 ………… *507*
四七	阳谋 ………… *518*
四八	格雷欣法则 ………… *531*
四九	清官能断家务事 ………… *540*
五〇	怪事连连 ………… *548*
五一	良心可贵 ………… *559*
五二	拉个垫背的下地狱 ………… *566*
五三	与困兽对话 ………… *575*
五四	大假似真，大奸似忠 ………… *588*
五五	谁能笑到最后 ………… *596*

后　记 ………… *609*

二七　吹熄别人的灯，不一定能发自己的光

田振鹏是个闲不住的人，一有空闲就拾掇拾掇，不管是电器开关还是电磁炉、电饭煲，小毛小病他都能修理，秦慧楠给他送了个外号"小百科"。这会儿他正忙着修理台灯开关，视频对讲门铃响了，屏幕上出现了朱明远的脸，这让田振鹏吃惊不小。

朱明远说："大痕，我和周书记到你们家讨口水喝喝。"

"欢迎，欢迎！"田振鹏拿了几个药瓶放在床头柜，又将秦慧楠常用的手包放在客厅的茶几上，将自己的手机塞进包里，布置停当后去开了门。

周源环顾整洁的房间，笑着说："老朱，振鹏是个模范丈夫，是个宅男。他不是关门研究痕迹，就是洗衣做饭，是我们这些大男人学习的榜样啊。"

田振鹏边给两位泡茶，边说："哪里哟，在我们这个家，我就是三把手，是老婆的贤内助。"

朱明远和周源听后，哈哈大笑。周源说："你干脆就说自己是'妻管严'不就得了？"

田振鹏调侃地说："还没有悲催到这步田地，有时候我也会举起拳头抗议的。"朱明远和周源又是一阵笑。

开场白后，朱明远弦外有音地问："慧楠呢，不会出远门吧？"

"我出去刚回来，不见她人影。"田振鹏指着沙发上的手包，"她手包没有带，肯定没走远。"

周源眼睛一扫："晓君呢？今天不是周末吗，也不在家？"

这时田晓君从房内走出来，懂事地打招呼："二位伯伯好。"

朱明远笑了笑问："晓君，妈妈去哪啦？"

晓君说："妈妈说腰疼，浑身不舒服，出去做个盲人按摩和推拿。"

"我给她打电话。"田振鹏拿起座机拨号，茶几上，秦慧楠的手包里响起了手机铃声。

"这个人，丢三落四的。"田振鹏带着一脸的责怪说。

朱明远和周源交换了会意的目光，两人起身告辞。朱明远和田振鹏握着手说："田教授，我们就是来探探路，串串门，相互关心关心，走动走动，不能'鸡犬之声相闻，老死不相往来嘛'。"

"对对。"田振鹏连连点头，将两人送到门外。

朱明远走了两步，又转回身，表情凝重地说："田教授，中午我和慧楠谈话，有点不愉快，让她别往心里去。"

将周源、朱明远一直送进电梯，电梯门关上，田振鹏才舒了口气。走进家门，田晓君走过来，递来手机说："爸，妈妈包里放的是你的手机，怪不得铃声响了，我又学到了一手。"

"不许学，这是没有办法的办法，美丽的谎言吧。"田振鹏讨厌谎言，现在却为了老婆，拉着孩子一起说谎。俗话说父母是孩子的榜样和镜子，他颇有些忧虑和尴尬地看着女儿。

晓君大大的眼睛黑白分明，清纯的脸庞迎向父亲说："活在美丽的谎言里，也不错！"

秦慧楠乘坐的出租车行驶在长安街上，途经庄严的天安门广场，她拨通了丈夫的电话："振鹏，昨天晚上飞机晚点，凌晨一点才到达首都机场。好不容易联系上了郁书记，他每天的日程安排都很紧，只有今天早餐时间可以见我。现在正在赶路，我怕堵车、迟到……"

高速公路上，田振鹏正驾着白色的帕萨特，田晓君坐在车内。田振鹏对着手机说："我在高速上，送晓君回去上学。慧楠，内部消息说对章法成和尤喜军的处理，东山市公安局纪委已有初步意见：章法成行政降级，尤喜军开除出公安队伍……我担心有人'项庄舞剑，意在沛公'，将这把火烧向你，把你赶出东山。"

秦慧楠最担心的事情终于发生了。她无心浏览窗外长安街的景色，心情更沉重了。

秘书李冬在中央党校餐厅门口等着秦慧楠，他说："秦部长，郁书记在等你，你要有思想准备——"

李冬的提醒，让秦慧楠心悸了一下。

"郁书记可能要发火。"李冬在前面领路，边走边叮嘱，"记住，不管郁书记发多大火，你一定要忍住，千万别顶撞。"

秦慧楠点点头，面色凝重："放心吧，我没吃豹子胆。"

李冬带领秦慧楠走到一包间门口，推开门，包间里豆浆、油条、包子等早餐已摆放好，郁浩民边看文件边在等着。

秦慧楠站在门口，喊了一声："郁书记——"

"慧楠同志，风尘仆仆啊。"郁浩民放下文件，直接说，"坐吧，咱们边吃边聊。"他抬起胳膊，看着手表，"只能给你半个小时。说吧，抓紧时间。"随即，他拿起一只包子，咬了一口。

秦慧楠两步走到桌边，说："郁书记，我是为玉泉县公安局局长章法成和刑警队长尤喜军来求情的。"

"秦慧楠同志，关于章法成和刑警队长尤喜军违纪违规的事，状都告到省委、告到公安部和中纪委来了。"郁浩民稍做停顿，严肃地看了秦慧楠一眼，"现在，全国正轰轰烈烈地开展公安队伍纪律整顿和作风建设，你们这么做，不是往枪口上撞吗。这和你的职务、身份极不相称！你的政治头脑、政治智慧哪里去了？告状信上指名道姓地点了你的名。对章法成和尤喜军严重的违纪、违规，负直接领导责任的是你秦慧楠，人家要把你赶出东山市，你知道吗？"

秦慧楠低着头听完郁浩民的训斥，然后缓缓而坚定地抬头，直视着郁浩民锐利的目光，坦诚地说："郁书记，这件事我绝不推卸责任，听从组织的任何处理。"

郁浩民问："怎么处理呀？"

"怎么处理我都行，但是我还是要为章法成和尤喜军求个情。"秦慧楠从包里拿出资料，汇报说，"这两个同志在公安队伍里都是很优秀的。您看，章法成任玉泉县公安局局长四年来，全县刑事案件下降了百分之四十三；尤喜军刑事案件的破案率达到百分之八十一。两个人都是几次被评为省、市、县先进个人。"秦慧楠两眼闪着泪花，动情地说，"我舍不得他们，不想看到他俩活活地断送了在公安战线上的美好前程……"

郁浩民接过资料，拧着眉头目光深邃地看着秦慧楠，不说一句话。秦慧楠接着说："我承认，是我的过错，用错误的方法揭穿了贪官林强盛的一个阴谋，我们的出发点是好的，是在维护正义。"

听完秦慧楠滚烫的一席话，郁浩民仍旧不置可否，拿起材料仔细审阅起来。只见他紧锁的眉头逐渐舒展，忽然拿起手机拨号，对秦慧楠说："别出声，我给公安部杜副部长打个电话。"电话通了，郁浩民干笑了两声，"杜副部长吗，早上好啊，我是浩民啊！"

因为环境过于安静，秦慧楠能清晰听到两个人的对话。杜副部长声音洪亮："浩民书记啊，你不打电话没有事，打了电话必有事，我说得不错吧？"

郁浩民笑着说："这是对我的批评，说明我对你关心不够，我诚恳接受。"

杜副部长说："好了好了，我不是兴师问罪的。什么事？说吧。"

郁浩民和杜副部长的对话让秦慧楠心提到了嗓子眼儿。郁浩民问："我省玉泉县公安局局长章法成和刑警队长尤喜军的事，你知道吧？"

杜副部长说："怎么不知道？举报信、告状信就在我桌子上放着呢，公安部督察局准备向全国通报这件事。你有什么想法？"

郁浩民引用秦慧楠的话说："章法成、尤喜军两个同志在执法过程中，方法是错误的，结果是正确的。他们戳穿了大贪官林强盛企图陷害他人的阴谋。从资料上看，章法成、尤喜军平时表现都很不错，是难得糊涂，是初犯。"

杜副部长干脆地说："浩民书记，什么也别说了，你的意思我明白了。我亲自过问这件事，会给你一个满意的答复。"

秦慧楠双手合十，连连说："郁书记，谢谢，谢谢您！"

郁浩民一扫刚才的阴沉，咬了一口包子说："谢什么谢，我心软，是看不得女人的半滴眼泪。"

在省委书记郁浩民面前，秦慧楠就像个孩子，她掩饰着自己，说她很坚强，没有哭，更没有掉眼泪。

"撒谎。你看你两个眼窝，泪眼汪汪的！"郁浩民说完，秦慧楠揉了一下快掉下泪来的眼睛，然后展颜一笑："我是高兴的……"

正值春暖花开之际，绿柳依依，郁浩民将秦慧楠送出餐厅，看着她瘦削的肩膀感慨道："慧楠同志，不要泄气，更不要悲观，你去东山时间不长，成绩还是显著的嘛。"说到这，郁浩民停下脚步，右手用力地挥了一下，"你将悬在崔思康头上的几个'幽灵'赶跑了。特别是那个影响巨大的所谓'人民县长见死不救'，你还原了真相，堵住了一些人的嘴巴，还戳穿了林强盛举报的谎言。这些都是对正义的伸张和对好人的支持。"

秦慧楠低下头说："郁书记，别表扬了，批评我还来不及呢。"她没想到事情进展得如此顺利，又一次获得郁书记的支持。

郁浩民关心秦慧楠的下一步。秦慧楠汇报说，朱明远同志做了最后决定，二十天后市委调查组将撤出、解散。崔思康也必须调出，这事可能就不让她管了。但她表明自己的态度，要将崔思康剩下的问题彻底调查清楚，不留尾巴。郁浩民强调，强拆和克扣工程款的问题，特别是崔思康儿子的亲生父亲到底是谁？必须搞清楚。他问："朱明远给你二十天时间，够吗？"

秦慧楠露出坚强的笑容，回答说："够也干，不够也要干。赌一把！"

郁浩民问："赌什么？"

秦慧楠说："赌崔思康，看他是不是玉泉县县委书记的最佳人选。"

郁浩民又问："要不要我也押点筹码？"

秦慧楠连连摇头："不用不用，您对我的支持足够了。您是省委书记，担负许多重任，不让您承担这个风险。如果我输了，就离开官场，去做老师。只要您记得小小的秦慧楠，曾经为正义伸张拼搏过，足矣！"

"你这些话，触动了我伤感的神经。"郁浩民动情地说，"慧楠同志，记住两句话：有些事，很多人都在做，你不做，不代表你错了；有些事，很多人都不做，你去做了，同样不代表你错了。"

听完郁浩民的话，秦慧楠坚定地点了点头。

每一点滴的进展都是缓慢而艰巨的，秦慧楠的努力得到了认可，但这认可却让有些人芒刺在背。这时，距市调查组撤离玉泉县还有十八天。周源迈着匆匆的脚步，走进东山市委书记室。当朱明远告诉他秦慧楠去过北京时，周源心里一惊，心里说上当了，秦慧楠演了一出"空城计"，自己却没看出来呀。

省公安厅关于章法成、尤喜军两人的处分决定下来了。章法成行政记大过，但仍然是玉泉县公安局局长；尤喜军，撤销县刑警大队长职务，党内严重警告。

朱明远无可奈何地说："本来章法成降级为副局长，尤喜军是要开除出公安队伍的，可公安部的杜副部长发了话。"

周源难以置信地问："杜副部长听秦慧楠的？"

此时朱明远的脸几乎耷拉到了地上，自从上次和周源聊完之后，自认为可以和他推心置腹，所以毫不顾忌地说："还不是郁书记！"

周源走近朱明远低声说："告诉你一个内部消息，这次中央党校学习结束后，浩民书记要上调中央。"

朱明远看着周源，意味深长地边点头，边拖长了腔调："噢——"

戴国权用电话将省公安厅的处分决定告诉了卢晓明，他听到后，先是怀疑自己听错了，当确认之后如晴天霹雳，扔掉电话，抓起茶杯，猛地一下摔得粉碎，吓得吴雪姣一声大叫。

随着处分决定的公布，章法成和尤喜军从市公安局走出来，崔思康亲自开着越野车来迎接。见了面，任何言语都是多余的，三个人只是默默地抱在了一起。

越野车驶离市公安局，崔思康看着坐在副驾驶上的章法成，几天不见他瘦了。章法成要去见汪柱子，因为处分决定上有一条，必须公开向他赔礼道歉。崔思康不屑地说，向这个兔崽子道什么歉？免了。可章法成说不行，这个程序必须要走，否则小尤过不了关。

越野车来到一处工地，工人们在吊装施工，这里一片尘土飞扬。汪柱子和几个技术人员正在看图纸。越野车停下后，尤喜军下车走向汪柱子。

"汪总——"听到尤喜军的声音汪柱子抬起头来，见到尤喜军他愣了一下，挑衅地叫了一声："是尤大队长啊——"

尤喜军说："我不是大队长了，请叫我尤喜军，或尤警官。"

汪柱子腾地一下，火气又来了，嚣张地说："你还是警察？还披着这张皮？"

面对汪柱子的挑衅，尤喜军提高声音："这是人民警察的制服，请不要侮辱人民警察！"

汪柱子也提高了声音，挑衅着："人民警察？你配吗？"

尤喜军强忍着，低声说："汪总，因为我的错误让你受到了伤害，我诚恳地向你表示道歉！"说完，他向汪柱子深鞠一躬。

"鞠躬算个屁呀！"汪柱子翻了个白眼，"我不会在道歉书上签字的！"

尤喜军看着他的样子，真想一走了之，但如果没有道歉信的签字，自己则不能再做警察，他问："你想怎么着？"

汪柱子凑上前，瞪着牛眼，用食指指着尤喜军的鼻尖说："你白白关了我五天，扇你五个大嘴巴，便宜你了！"

尤喜军眼睛也没眨一下："来吧，动手，保证不还手。"

"你以为我不敢动手是吧？想想你抓我、审我的模样，凶神恶煞！"

汪柱子挥手,连续扇起尤喜军的耳光,尤喜军站着一动不动,嘴巴出血了。

此时坐在车里的崔思康和章法成马上打开车门,冲了过来。汪柱子幸灾乐祸地坏笑着:"表姐夫,你来迟了,这五个耳光打完了。"

"汪柱子,尤喜军还是人民警察,你凭什么打他?"崔思康的话音未落,章法成提醒道:"你不怕我治你袭警罪?"汪柱子将双手抱在一起,高举至胸,一副天不怕地不怕的样子,冲着章法成说:"治吧,我不在乎了。"

尤喜军擦擦嘴角的血,拿出道歉信说:"都别说了,这五个耳光是我愿意的,汪柱子,这下扯平了吧,请你在这上面签个字,咱们就结了。"

红了眼的汪柱子,知道这是一次复仇的机会,大声吼道:"不,崔思康在他家里打了我两拳,这两拳谁来还?"

"我来。"尤喜军挺挺胸,向前一步,目光紧盯着汪柱子,崔思康将尤喜军一推,走到汪柱子面前,拍拍胸口:"汪柱子,有种往这儿打!"

汪柱子握拳,往前一步,紧挨着崔思康说:"崔思康,你以为我不敢?"

章法成愤怒了,吼声如雷:"汪柱子,你敢再动手,我就是撤职查办,也要把你再关进去!你动手试试?"

汪柱子被章法成的气势镇住了,乖乖地在道歉信上签了字。

距市委调查组撤离玉泉县还有十七天。在玉泉县委县长室里,崔思康正在给赵恒儒布置任务,因为引水二期工程新闻发布会就在明天上午,这个时间定死了,雷打不动。赵恒儒很为难,说戴书记和两个常委有不同意见,要求召开常委会商定。崔思康不假思索地说,没有必要。正说着,戴国权推门进来了,开口就表明态度,召开引水二期工程新闻发布会之前,必须先召开县委常委会研究确定。

崔思康从抽屉里拿出常委会议记录,关于这件事,常委会早就明确了,会议日期由工程指挥长崔思康同志确定。

戴国权一反常态，态度强硬，冷冷地说："现在情况发生了变化，有必要再开一次常委会。作为县委常委，我有提出这个动议的权力。"崔思康看着他，不容置疑地说："作为主持工作的县委常委，我有否定这个动议的权力。"

这时戴国权暗自提醒自己，没必要将事情激化，于是语气缓和了一些："二期引水工程不能匆匆上马，这个工程咱输不起。"

崔思康马上打断他的话："请不要再提这个话题。"

戴国权见软的不行，马上收起笑容，语气冷冷地说："思康，引水二期工程上马，时机还不成熟，这不是我一个人的意见。"

崔思康抬头看着他，戴国权这才从口袋里拿出一份文件，递给崔思康，上面写着：关于玉泉湖二期引水工程征求意见表。

"你看，七个县委常委有三个不同意近期上马。这个意见表，我本来是不想拿出来的。"戴国权假装无奈，崔思康直指要害："征求意见表，是你的主意？"

"不，是三个常委共同的主意。"戴国权马上撇清自己。崔思康这下动了真气，大声说道："他们怎么不来？ 国权，有问题摆到桌面上来，当面锣、对面鼓地敲打，不要搞这些小动作！"

"你……"崔思康的话，让戴国权一时气短，不等他反应，崔思康接着说："国权，发自己的光，不要吹熄别人的灯！"说着，将征求意见表撕碎后扔进垃圾桶里。

戴国权压着火气，默默地看着他，最终也未能阻拦住崔思康的行动。

玉泉县展览馆展示厅里，电子屏幕上显示着：玉泉湖二期引水工程招投标新闻发布会。沙盘上，展示着玉泉湖二期引水工程模型，周围挤满了记者和建工企业的代表。

崔思康拿着木棒，指着沙盘模型说："今天我们选择在这里举行玉泉湖二期引水工程招投标新闻发布会，有着特殊的意义。前年的今天，我们的县委老书记窦复兴同志住进医院，查出肝癌晚期。可是他不顾病痛，奔走呼号,终于让玉泉湖引水工程通过审批,正式立项……他临终的那天早上,委托护士长转达我一句话:引水工程,拜托了。想不到我们共事八年,这是他留给我的最后一句话……"

崔思康两眼噙着泪水,哽咽着说不下去了。他控制了一下伤感的情绪接着说:"我们已经接收了全国几十家工程公司的标书,目前正组织专家团进行评审,五天后举行开标大会。这项工作在阳光下进行,绝不搞暗箱操作和地方保护主义,也不搞'外来的和尚好念经'。现在我把丑话说在前面,凡是送礼、说情、找关系、递条子、打电话的投标企业,退回标书,一律出局。并视情节轻重,追究法律责任。三年之内,不得承接玉泉县的建筑工程业务!"

崔思康最后的话,让大厅内响起热烈的掌声。他环视全场,这才在人群中发现了向他走来的秦慧楠。秦慧楠仔细地看着模型,感叹道:"工程浩大,这一百亿就是个天文数字。怎么筹集的?"

"除了磕头,还是磕头。"崔思康的话音不重,让人听起来却沉甸甸的掷地有声。

秦慧楠专程赶来,一是听听引水二期工程新闻发布的反映,二是找崔思康谈话,见崔思康面露难色,说这种马拉松式的调查,他受不了。秦慧楠提醒他,还在调查你的问题,要有耐心,认真对待,积极配合。这次的话题还是王秀芹,秦慧楠指出:"她是你十多年前不辞而别离开沙莎的理由。王秀芹付出了很多,你恩爱有加地选择了她,我为之理解,为之动容。可是范琳琳的年轻貌美,又成了你离开王秀芹的理由,我说得不错吧?"

崔思康头也没抬。秦慧楠知道崔思康最近压力大,便和风细雨、旁敲侧击地发表着人生感慨。她说生活中,可以不做君子,但绝对不能做小人,婚姻、爱情上也一样。我们可以做事失败,但绝对不能做人失败。

崔思康猛地抬起头,质问我做人失败了吗?秦慧楠不客气地说,据我所知,县人民医院有十多个主任和副主任医师,范琳琳不过卫校毕业的中专生，她以什么政绩当上副院长的？

这一问题，崔思康的回答很简单，说这事要问戴国权，是他一手操办的。

几乎在同一时间，田振鹏无意中发现王秀芹的一个秘密。这个秘密足以颠覆他和秦慧楠对王秀芹善良、本分的印象。他在一家银行取款机前碰到了王秀芹在取钱，她手持王长根的银行卡，里面竟有存款十万。

"秀芹，"田振鹏故意调侃说，"你爸原来是有钱人啊？"

"不，不是的，"王秀芹傻了，语无伦次地说，"我也不知道卡上有这么多钱……"她忽然又说道，"对了，先取两万还给秦部长。"田振鹏却说："你还是还给她本人吧。"

对于田振鹏的拒绝，王秀芹没有说什么，也没有取一分钱，拿着卡匆忙走了。看着她远去的背影，想着她刚才的语无伦次，田振鹏心里不平静了。他忍不住掏出手机，拨通了尤喜军的电话，要对方将王长根和王秀芹的全部资料给调出来，发到他的手机上。

尤喜军的工作效率极高，田振鹏刚回到玉泉宾馆，王长根和王秀芹的全部资料就发过来了。资料显示，父女俩是湖北黄冈人，王长根是名共产党员，做过村长。王秀芹高中毕业，没考上大学，一直务农。五年前父女俩背井离乡，来到玉泉县小王庄做了菜农。

夜深了，秦慧楠尽管轻手轻脚回到房间，还是惊醒了趴在桌子上打瞌睡的田振鹏。他指指写着"王长根、王秀芹"，还画着箭头、打着问号的那张纸说，王长根、王秀芹可能让我们陷入了一个圈套，接着叙说了王秀芹手持十万元银行卡取钱的怪事。还告诉秦慧楠料想不到的是，刚刚查明崔思康和王长根父女不仅是湖北老乡，而且是同村。

秦慧楠却说："这个信息你慢了半拍。我已了解到，王秀芹曾经是崔思康的未婚妻，因为王秀芹资助了崔思康大学四年、读研三年的基本费用，他甩掉了沙莎，是良心的回归。"

田振鹏说出自己的推论："问题是王秀芹为何从千里之外背井离乡，

来玉泉县做菜农？为什么王长根早不摔倒晚不摔倒，而在崔思康乘坐的红旗轿车路过时摔倒了？"

为了躲避因为引水工程来送礼的，范琳琳找好了旅馆，棒棒也去姥姥家住了。俩人雷厉风行，当晚坐上红色小跑车，到旅馆拎包入住。

崔思康夫妻刚走，秦慧楠和任大年来到他家门口，摁门铃，无人应答。小区物业修理工从崔思康隔壁出来告诉他们，听范院长说，好像要在旅馆住几天。有家不归住旅馆，什么意思？秦慧楠、任大年都想不出来理由。

正当秦慧楠、任大年抬脚准备走人时，对面来了个身材不高的中年男人，提着包走过来，摁响崔思康家的门铃。

中年男子看着秦慧楠和任大年，带着浓重的闽南口音，脱口说出："你们哪个工程队的？"

任大年、秦慧楠两人相视一笑，反问："你是哪个工程队的？"

"远啦，天涯海角。"中年男子说，"其实不用点破，大家也心照不宣。"

秦慧楠两手一摊，示意自己并没有带任何东西。哪知男子神秘一笑："送礼空手的是最厉害的啦。银行卡，国内的怕查就送国外的黑卡，美国的花旗、摩根，瑞士的，没法查的啦。"

面对男人的侃侃而谈，任大年饶有兴趣地问："你送的什么，见识见识？"

"这个……"中年男子还有些顾忌。

"我们都是一条战线上的，没关系的，让我们看看你们的实力，方可知难而退嘛。"秦慧楠的话激活了中年男子的虚荣心。他说："既然是同路人，也不忌讳的啦。"说着他从包里拿出一只精致的包装盒，打开后里面有一只青花瓷瓶。

任大年不屑地说："我以为什么，一只破瓶子。"

"破瓶子？"中年男子不乐意了，"这是国家考古队刚从南海捞出来的，是明代郑成功船队的礼品。我费了九牛二虎之力，花了一百多万呢。

你们呢？"

秦慧楠二话不说，走向电梯间。男人追上去问："你们送的是银行卡？瑞士的，花旗的，还是摩根的？"

秦慧楠平静地说："我们送的是车。"

中年男子追问："什么车？奔驰、宝马，还是保时捷？"

秦慧楠轻声但掷地有声地说："警车。"

杨娟知道了崔思康的行踪，打开导航，将秦慧楠送到兴隆旅社。这是一家小旅社，大堂不过十多平方米，前台只有两个单人沙发和一个小茶几。

秦慧楠突然造访，这让范琳琳大吃一惊，她不明白这么隐蔽的地方秦慧楠是怎么发现的。

秦慧楠环顾一下室内，问："为躲送礼的？"

范琳琳坦然地笑了："没法子，真不是作秀。现在送礼五花八门，形式多样，绞尽脑汁，让你防不胜防。别说站着，就是躺着也会中枪。这个地址我不会告诉任何人。"

秦慧楠喝了一口范琳琳递上来的茶，细细品味着："不错，这是茉莉花茶。淡而不寡，幽而不浓，清新爽气，回味悠长。"

范琳琳夸赞道："想不到秦部长精通茶道啊。"

"精通谈不上，我说的是世界上万物皆有道，何况做人。"秦慧楠的弦外之音范琳琳没听出来，只是配合地点点头。

秦慧楠微笑着，目光盯着范琳琳，这眼神弄得她有些局促。她问："怎么这样看我？"

秦慧楠的目光柔和中带着欣赏："你真美，让人羡慕。"

本来范琳琳对秦慧楠有一股怨气，听到她这样说心里很是受用，嘴上却谦虚地说："别恭维我，半老徐娘了。"

"不是恭维，是事实。"秦慧楠说，"你看我，才是名副其实的黄脸婆。"

"哪里哟,你太夸张了。"范琳琳说,"我比你小好几岁呢。"

范琳琳的话正好合了秦慧楠的意,她话中有话地说:"是啊,年轻就是本钱。男人们看中的就是女人的年轻和漂亮。"

这时范琳琳听出了秦慧楠的话中话,但碍于面子,她依然面带笑容:"秦部长,你说的男人也包括崔思康?"

秦慧楠点点头说:"如果我说得不错,他比你大十二岁。"

"这是事实,可我不是崔思康的小三,是明媒正娶的合法夫妻,我们有一个三口之家,很幸福。"范琳琳对这个话题很敏感地做了解释。

秦慧楠继续引导着范琳琳,希望她能解开自己心中的疑问,但是范琳琳没有接这个话题。秦慧楠见范琳琳滴水不漏,决定直奔主题:"范院长,这里只有我们两个女人。想问你几个问题,不见外吧?"

范琳琳想也没想:"随便问。"

"你和思康同志怎么认识的?"秦慧楠的问话更加尖刻,尖刻得似刺刀见红,"棒棒出生是你们婚前还是婚后?"

"秦部长,这也是你的工作?"范琳琳的脸上明显带着不悦。

"是的。"秦慧楠说,"是我们两个女人说说心里话,不记录,不录音,更不会外传,只是了解情况。可以吗?"

范琳琳警觉起来,突然想到崔思康说的话。"为了你能抬起头来走路,为了棒棒健康地成长,我愿意背这个十字架,这是我的承诺。如果你撕毁,后果自负!"于是,那扇刚想打开的窗户又闭上了,她对秦慧楠说:"每个人总有不愿意公开的秘密,千万不要苦苦相逼。这涉及我个人隐私,保持沉默可以吗?"

"别误会,"秦慧楠可以感觉到范琳琳内心的矛盾,语气平静地说,"我是在为思康同志澄清一些问题。"

范琳琳不冷不热地说:"对你提出的问题,我只想说一句,我和崔思康是合法夫妻。"

秦慧楠沉默了,这次探访失败了,没有得到想要的答案。但是她不会放弃,她要将崔思康身上的疑点全部解开。

此刻，崔思康正在竞标会场忙碌。主席台上方电子屏幕显示：玉泉湖二期引水工程竞标大会。台两侧坐着专家评审团和几名国家公证人员，台下坐满了竞标企业的代表和新闻记者。

崔思康和蒋德铭及工作人员在前排就座，卢晓明也坐在台下不起眼的角落，但还是被崔思康发现了。

面对崔思康，卢晓明哈哈大笑："厉害，你的眼睛装上了监控雷达？"崔思康也哈哈大笑："你是不是要问，落水狗爬上岸了？"卢晓明现出尴尬："不不不，崔县长你误会了，你不是落水狗，是烈火金刚。"

穿着华丽礼服的主持人上台宣布："激动人心的时刻快到了，玉泉湖二期引水工程竞标大会现在开始。请前十名入围企业代表走上台来！"

音乐声中，十名企业代表分别举着各自企业名称的牌子，列队上台，站成一排。

这种采用文艺舞台上的决赛形式，决出工程中标者是崔思康的新招。崔思康走上台，与各企业代表一一握手，祝贺他们入围前十名，竞争第一名。他对卢晓明说，你们尽管没有入围，但可以为这十家企业打分，监督这次竞标。

恰在此时，蒋德铭面色紧张地匆匆走来，对崔思康耳语着："崔县长，县委大门口出事了！"

二八　我发誓，血债血偿

玉泉县委大门口的三百多号人，打着标语，喊着口号，领头的依然是王三毛，打出的标语、呼出的口号，与前些日子在清水镇路口堵截秦慧楠时如出一辙。

几十名武警跑步过来，持枪列队，分组警戒，以防事态扩大。戴国权手里拿着电喇叭和赵恒儒匆匆下楼，正撞上秦慧楠和周源。戴国权汇报说上访的是玉泉湖引水二期工程拆迁户和讨薪的民工，两队人马聚合在一起。这么大规模上访，在玉泉县还是头一次。

周源环顾左右地问："崔思康呢？"

赵恒儒说："他在主持引水二期工程竞标大会。"

戴国权说："访民要见的就是他，不买我的账。你们听——"

只听访民的呼声从大门外传来："崔思康，快出来！一二三，快快快！"

"打电话让崔思康过来。"周源语气果断地说，"竞标会停一下，天塌不下来。"

秦慧楠不同意这么做，考虑到会议牵涉那么多竞标企业、新闻单位，还有评审团，中断会议影响不好。她决定和戴国权一起到大门口做访民的思想工作。可是，周源坚持自己的意见说："我是市委副书记、市安全委员会主任，有权决定竞标大会暂停。"

周源哪里知道，三百多个访民上访，幕后总指挥就是卢晓明。因为玉泉集团在二期引水工程招标初选中没有入围，他要搅黄今天的竞标大会，为其重整旗鼓、再次竞标赢得时间。

周源亲自来到竞标会场，宣布中止会议，将崔思康带回县政府大门口，处理访民的问题。

几百多个访民已经等得不耐烦了，开始冲击县委、县政府的不锈钢电动栅栏门。保安如临大敌，排成人墙。这时，王三毛七旬老母亲李全英出场了，只见她疯疯癫癫，手舞足蹈，说说唱唱："站在门外向里看，个个都是贪污犯。先枪毙，后审判，没有一个冤假案……"

一辆救护车一路鸣笛开过来，几名身穿白大褂的医护人员跳下车拖住了李全英，她一边挣扎一边叫骂："崔思康，你这个坏蛋！休想整死我。我不是精神病，不去医院，不去……"

当崔思康出现在大门口时，访民们更加群情激昂，一个个举着拳头，骂骂咧咧，那是要把崔思康生吞活剥的架势。崔思康几次讲话，都被叫喊声淹没了。秦慧楠见状抢过戴国权手中的电喇叭，大声说道："王三毛，你让大家静一静，要求你们安静五分钟，一分钟也行。"

王三毛冲着大伙挥挥手，人群果然安静下来。

秦慧楠说："大伙要见崔思康，他中止了引水工程竞标大会，赶到这里，你们为什么不让他讲话？王三毛，你回答。"

王三毛说："秦部长，崔思康满口官腔、谎话，大伙不相信他了。"

秦慧楠说："那你们还呼什么口号，让崔思康快快出来？"

王三毛无言以对，秦慧楠紧追不舍："王三毛，你们今天上访，打的标语、呼的口号，与那天我来东山上任时拦车告状一模一样。那天我接了你的状纸，做了调查，兑现承诺，给了你们回复。我要你们拿出证据，可是你们一直没有给我答复。"

这时崔思康插话了："王三毛，重复没有证据的上访，有意义吗？这是寻衅滋事，是违法的。你别忘了，龙门隧道的事还没有了结！"

提到龙门隧道，王三毛一下子火了，抓到了崔思康的把柄："你这是打击报复，是威胁，是诬陷！告诉你崔思康，我不是第二个吕佳龙！"

王三毛的话是一把火，众访民刚刚平息的怒火一下被点燃了，人群又骚动起来，鸡蛋、果皮、泥巴向崔思康扔过来。瞬间崔思康变成了大花脸,他抹了抹脸上的脏东西说:"大家请冷静,听我把话讲完!"突然,一颗石子飞来,击中了崔思康的头,只见他鲜血流淌,晕倒在地。

人群中有一只手,伸向地上的一块石头,此人是戴着墨镜的小胡子。突然一只脚猛踩住那只抓着石头的手,这是尤喜军。小胡子飞起一脚,踢倒了尤喜军,夺路而逃。

尤喜军紧追不舍,小胡子戴着黑色大口罩,跨上一辆摩托,疾驰而去。尤喜军驾驶警车,紧紧咬住不放。

一路追逐,来到盘山公路,摩托车飞出公路护栏,驶上一条盘山老公路。警车撞破公路护栏,冲上盘山公路。摩托向山上驶去,拐了几个弯,前面是绝路,脚下是悬崖,再下面是深潭。警车冲上来,撞向摩托,小胡子纵身一跃,钻进树丛。尤喜军停车,下车,拔出手枪,警惕地四下寻找小胡子。

突然,小胡子从背后猛扑过来,将尤喜军摁在地上。尤喜军鹞子翻身,金蝉脱壳,以泰山压顶之势,将小胡子压在地上。他一手卡着小胡子,一手举枪,对着小胡子的额头。

"开枪吧,有种你就开枪!"小胡子知道尤喜军不敢开枪,故意气他,尤喜军冷笑一声:"想死?没那么容易。你用石头砸人,我就掐死你!"

尤喜军的一只手,猛地将小胡子的脖子掐出了血。小胡子疼得难受,哇哇乱叫:"兄弟,你真要掐死我呀?"

"说,王长根和垃圾站的那位大爷是不是你砸的?"尤喜军手下用力,小胡子干咳着:"你松开,我会说的……你要掐死我了……"

"掐死你这人渣,捻死一只害人虫,恨不得一枪爆了你的头!"尤喜军愤怒地盯着小胡子。小胡子嘴上求饶,手下却没闲着,他伸出右手,偷偷从裤腿口袋里拔出一把小尖刀。

"姓什么?叫什么?说!"在尤喜军威逼下,小胡子佯装一脸诚恳:"兄弟,你放开,我说,我说……"尤喜军放开手,掏出手铐欲铐小胡子,没想到,他举起尖刀,猛地插进尤喜军的胸口。

尤喜军身子一颤,全身发软,手枪手铐都掉在地上,小胡子推开尤喜军,坐起来,扯掉黑色口罩,得意地笑了:"尤警官,尤队长,好好看看我这张脸。你不认识我,我可认识你。砸倒王长根的是我,砸死垃圾站方老头的是我。刚刚砸晕崔思康的,也是我!可惜,将我捉拿归案,邀功请赏,你没有机会了。"

尤喜军嗫嚅着嘴唇,闭上了眼睛。这时几辆警车鸣笛冲上来,小胡子无路可逃,将摩托推向悬崖,纵身一跃,一头扎进悬崖下的一潭深水里。

警笛鸣叫,警车疾驰而来,章法成带领警员们下车,冲过来抱起浑身是血的尤喜军。章法成悲痛地抱起他:"小尤,尤喜军,我是章法成啊——"

尤喜军艰难地睁开双眼:"章局……我……我……"章法成看着鲜红的血,从尤喜军身体里一股一股地流出来,他鼻子一酸,眼睛里闪着泪花。尤喜军艰难地举了举紧握成拳的左手:"告诉田教授……这手上有……有罪犯的血……"

"喜军,你坚持住,救护车就来了!"章法成泪眼模糊地看着眼前的尤喜军,只见他含着微笑,慢慢地闭上了双眼。

众警员悲痛欲绝,章法成咬着牙站起来。他心中在说:喜军,我发誓,血债血偿!

范琳琳跑进抢救室,只见崔思康满脸是血,昏迷不醒,她的心一下子碎了,只觉得头晕目眩,天旋地转。

经过一番抢救,崔思康终于醒过来了,无生命大碍。医生告诉范琳琳,是一颗石头砸中头部,差一点击中了右太阳穴。

范琳琳快要崩溃的神经终于松弛下来。她坐到病床前,拉着崔思康的手,一个劲地抹眼泪,嘴里重复着:"怎么会是这样?"

崔思康脸色苍白,声音很轻,但脸上却挂着笑容。他说:"人倒霉,就这样。"

范琳琳抚摸着他的伤口,愤怒地问:"谁干的?"

任大年来了,眼圈红红的,没等他开口,崔思康就苦笑着:"任部长,没什么大碍。当了四年常务副县长,头一次负伤挂彩,这是特殊待遇。"

任大年咬了咬牙,开口道:"秦部长让我来告诉你,尤喜军同志他……"

崔思康有心灵感应似的,紧张地问:"尤喜军,他怎么了?"

任大年哽咽着:"他……牺牲了……还躺在武警医院……"

崔思康弹坐而起,被任大年和范琳琳按住了。范琳琳说:"你还要做脑部CT检查,不能活动。"

亲如手足的兄弟,此时阴阳两隔,这是崔思康万万没想到的,他痛心疾首:"就是抬,也要把我抬到武警医院!"

送走了尤喜军,秦慧楠、周源又来看望崔思康。

可是到了病房门口,周源停住了脚步,面无表情地说:"我不进去了。"

秦慧楠说:"既然来了,就进去吧。"

周源摇摇头:"不想见他。"

很快,周源到了病房门口,改变主意转身而走的消息,传到了崔思康的耳朵里,他很是气愤。今天的事,完全是周源决策的错误,如果他不下令中止竞标大会,他就不会来到县委、县政府大门口,就不会有人用石头砸他,尤喜军就不会牺牲。想到这里,崔思康拔掉针头,下了床,范琳琳没能拦住他。

周源并没有走,他徘徊在病房的走道里,满脸阴云密布,当他见到头上裹着纱布的崔思康向他走来时,便来了个先发制人。

周源说:"你还想说什么?全搞砸了!又是一条人命,一位年轻的好警察就这么没了!"

崔思康痛苦地看着周源说:"我恨不能把心掏出来,让你看看是红的还是黑的。竞标会中止我想不通。如果不中止竞标大会,我就不会来到县委、县政府大门口,就不会有人用石头砸我,尤喜军就不会牺牲!"

周源接着说:"竞标大会不暂停,县政府还不被老百姓砸了,这个责任你负得起吗？王三毛为什么那么嚣张，他手里是不是捏着你的把柄？马王镇三百一十家拆迁户断水断电，都说是你下的命令，这是真的吗？"

这简直就是莫须有的罪名，崔思康暗淡地说："这是墙倒众人推，没有影子的事。"

周源听到这话，犹如火上浇油，指着他说："崔思康，做人要凭良心，这十多年你一路走来，我一路保驾护航。从村长到县长，我操了多少心，图的是什么？"

周源走出过道，走向门外停放着的轿车，崔思康紧随在他的身后。

周源打开车门，没有上车。他看了看崔思康，知道他是带着情绪来找他论理的，心里的反感猛地冒出。他说："你还执迷不悟，不敢正视自己的问题。市委对你的工作做了很不错的安排，你为什么不服从？"

面对情绪激动的周源，崔思康低声下气地说："周书记，能让我说几句吗？"

"有什么话，对慧楠同志说吧。"周源上车，猛地关上车门。望着远去的轿车，崔思康目光呆滞，两眼湿润。

一直远远看着丈夫的范琳琳，立刻走过来说："你流泪了。"崔思康固执地摇摇头。

范琳琳扶着崔思康走进病房，王秀芹出现在病房门口，小心翼翼地问："我能进来吗？"

不等范琳琳说话，崔思康对着她摆着手："秀芹，快进来。"

走进病房，王秀芹看着范琳琳："范院长，思康哥怎么啦？"

"思康哥？"范琳琳心中很是不悦，马上想起上次王秀芹找自己理论时的强硬态度。王秀芹则无视范琳琳在身边，一屁股坐到病床边，心疼地抚摸着崔思康的受伤的头问："怎么回事啊，不会是车祸吧？"

崔思康说："是人祸！"

"人祸？"一听是人祸，王秀芹急了，"狗胆包天，敢打县长！"

崔思康哈哈大笑："我这个官，比芝麻官还小半级，你以为没人敢打呀。"

王秀芹的关心溢于言表，旁若无人地问："还疼吗？没伤着要害吧？"

崔思康和王秀芹聊着，似乎忘记了范琳琳的存在，她只好悄悄地走出病房，闷闷不乐地回到办公室。不一会儿，护士走进来说，崔县长去龙门隧道了。

龙门隧道口，此刻已经变成了工程质量事故的现场会。崔思康头上裹着纱布，走上台中央，陪同的是赵恒儒。说良心话，这个会议是针对王三毛的，是总工潘凯为崔思康鸣不平而召开的，目的是煞一煞王三毛带领访民围堵县委、县政府大门口的嚣张气焰。这个会议，对崔思康也是极为重要的，作为引水工程的指挥长，他不能不到场。

潘凯看着台下问："马王管道工程公司来了没有？"

与会人群中有个小伙子举手说："来了！"

看着陌生的小伙子，崔思康问："王三毛呢？"

小伙子看着崔思康，毫无惧色地回道："人被你们抓了，还来问我？"

原来，马王管道工程公司的假冒伪劣事件，县公安经审队侦查后，找不到外来作案的证据，加上王三毛领头非法上访，章法成在昨天晚上下令把他拘留了。

对王三毛采取的行动，崔思康心里有一种解气的感觉。章法成头脑灵活，与崔思康在工作上配合得十分默契。

崔思康首先发言，他说："我再三强调玉泉湖引水工程是惠民工程，生命工程，环保工程，是百年大计，可是有人置若罔闻。今天紧急召开的现场会，就是对每个工程队敲警钟。引水工程指挥部决定，对已验收的工程重新复查，复查中发现问题的工程队，一律不准退场，更不允许承接二期工程。马王管道工程公司出现的问题，一定要严查，查出的结果一定公示社会。"

贾乐福做梦也没有想到，秦慧楠会到马王管道工程公司来视察。站在大铁门向里面望去，公司冷冷清清，门可罗雀。生产水泥管子的工地上也不见人影。

贾乐福晃动着铁栅栏门问："有人吗？ 老单头——"

老单头缓缓从门卫室里走出来："哟，是贾书记！"贾乐福问："三毛在吗？ 市里领导要找他。"

"三毛不是被你们抓走了吗？"老单头的话让贾乐福和秦慧楠都很惊讶，贾乐福马上问："谁抓的？ 我们镇政府怎么不知道？"

老单头指着里面说："你看，工人都跑了，生产都停了，公司也完了。你们领导要救救他呀，几百个工人饭碗砸了，这日子怎么过啊！"

老单头打开铁门，秦慧楠、杨娟、贾乐福等人走进来。公司办公楼是一排二层楼的工程用钢板房。老单头打开总经理室，室内设施简陋但很整洁，一排书橱上摆满书籍，里面有官场、市场、工程管理等书籍，还有《旧制度与大革命》、《大清相国》等作品。

杨娟有些不信地问："王三毛能看这些书，装门面的吧？"

老单头马上否认："不是，我们王总可喜欢看书了。白天上班，晚上看书，有时能看到夜里十二点。这些书都是他最值钱的家当。"

秦慧楠打开书橱门，拿起一本书翻开，书中的字里行间圈圈点点，确实是仔细读过的。再看写字台，台面也很整洁，有几个小药瓶引起了她的注意。

秦慧楠看着老单头问："你们王总身体不好？"

老单头点点头："年纪不过四十，血压和血糖都有问题。"

秦慧楠让老单头坐下来，亲切、温和地问他王三毛几次带人告状的原因，老单头直言不讳，如实相告："开始是为'王氏杂货铺'的拆迁，和崔县长顶牛了。后来又听说有人克扣王总几百万的工程款，王总找崔县长没有解决。前几天，崔县长亲自来我们公司，说王总做的工程不合格，用的水泥管子也不合格，还砸了我们好几节水泥管子。王总说，这是崔县长打击报复。我对王总说，人家是县长，你是个包工头，鸡蛋碰石头，找死啊！ 可王总就是不听……"

老单头带着秦慧楠等人走进生产水泥管的露天场地，指着被砸坏的水泥管心疼地说："领导，你们看，这就是被崔县长砸碎的，一节管子一千多块就这么砸了。当家方知柴米贵，站着放屁不腰疼，我们是小公司，耗不起呀。"

"这砸坏的管子怎么不清理呀？"面对秦慧楠的质疑，老单头马上说："人不是被抓了嘛……"他转脸对着秦慧楠，深鞠一躬，"领导，三毛是个苦孩子，不是个坏人，你们高抬贵手啊……"

老单头老泪纵横，贾乐福把他拉到一旁，不耐烦地说："行了行了老单头，现在求情，牛过了河拽尾巴，晚了！你知道眼前这位女领导是谁吗？市委常委、市委组织部秦部长，大领导！前些日子，三毛带人半路上堵的就是她的车。"

秦慧楠在砸碎的管道水泥石子中发现了竹签和铁丝，她捡起了两根装进包里。然后又拿起两块砸坏的用钢筋和不用钢筋的水泥管碎片，反复比试、观察后，又装进了包里。这时杨娟走过来，轻声地问："秦部长，有什么问题吗？"秦慧楠什么也没说，只是微微一笑。

离开马王管道公司前，老单头手里拿着两个小药瓶说道："领导，能麻烦你把这药带给王总吗？这是他请人特配的，市场上买不到，他一定忘记带了。"秦慧楠二话没说，接过药瓶装进包里。

三人来到王氏杂货铺门口，贾乐福指着小楼说："秦部长，这座小楼的拆迁，就是王三毛和崔县长矛盾的根子。"

秦慧楠看着小楼，古色古香，显得陈旧。邻居孟大妈打开院子的门，秦慧楠、杨娟、贾乐福走进院子。

孟大妈带着大家上了楼，这间是客厅加卧室。墙上有一镜框，里面是一个年轻的女民兵举枪射击的老照片，特别醒目。

这是王三毛母亲过去的照片。李老太叫李全英，年轻时出过不少风头。农业学大寨那年月，她是女民兵的班长，做过铁姑娘队长、女民兵连长，还当过大队妇联主任、计生组组长。

听了贾乐福的介绍，秦慧楠十分奇怪，她很难想象，这个当年飒爽英姿的女民兵连长今天居然成了围堵县委、县政府大门口的疯婆子。真是沧海桑田，物是人非呀。她问："李奶奶什么时候精神上出了毛病？"贾乐福想了想说："半年前，是这座小楼决定拆迁的时候。那天，崔县长亲自召开拆迁户动员大会，她在会上和崔县长争吵了起来。"

秦慧楠追问道："把她送进精神病医院手续合法吗？"

孟大妈说有医生的诊断，只要发病就强制治疗，病情好转就让她回来，自己是邻居也是监护人之一。孟大妈在一个柜子里找到了几瓶药，秦慧楠看到有两瓶全没开封。阳台上，晾着好几件衣服，那是李老太的。秦慧楠对杨娟耳语几句，杨娟点点头，和孟大妈一起收叠了衣服。

离开王氏杂货铺，秦慧楠等人走在马王镇那条写满"拆"字的老街上。秦慧楠发问："老贾，你是镇党委书记，说一句公道话，王氏杂货铺该不该拆？"

对于突如其来的提问，贾乐福有些措手不及，只好中性地回答："可拆可不拆。"

秦慧楠问："你想做个和事佬？"

贾乐福有自己的一套哲学，很辩证地说："社会上的矛盾，天天发生。特别是官民矛盾，怎么处理？我的原则是不能激化，只能钝化、软化。这不是和事佬，是维稳。秦部长，你说对吗？"

秦慧楠点点头："老贾，你说得很有道理。县、乡两级领导不好做，始终处在官民矛盾的风口浪尖上，每天直接面对的什么人都有。"

"是啊。"贾乐福深有感触，"天天是干不尽的麻烦，处理不完的大小矛盾。话再回到崔县长和王三毛上来，这两个人，一个是铁头犟，一个是犟铁头，两个人谁也不退让，我夹在中间不好做人。崔县长认理不拐弯，王三毛呢是一条道走到黑，这两个人碰到一起，就较起劲来了。其实这矛盾好解决，政府多花几个钱不就得了，绕开那个王氏杂铺店，花钱买稳定嘛。"

秦慧楠问："要多花多少？"贾乐福马上给秦慧楠算账："要拆的三百一十户，总拆迁面积十一万多平方米，每平方米增加补偿二千元，总共需增加经费不过二十二个亿。"

"不过二十二个亿？"秦慧楠反问道，"贾乐福同志，你说得很轻巧嘛！这句话从你这个镇党委书记口中说出，你不觉得脸红吗？什么花钱买稳定，这是推卸责任，将矛盾上交，让国家为基层稳定埋单，做冤大头？"

秦慧楠的话让贾乐福大吃一惊，他马上改口说："秦部长，对不起，这笔大账我没有算过。我总以为小小的镇党委书记，操不了全国的心。"

"什么叫大局意识？这就是。"秦慧楠停顿了一下，意味深长地说，"老贾，就这件事我旗帜鲜明地支持崔思康同志，他是对的。对部分群众不合理的要求，不能迁就纵容，更不能耍两面派。我不管王三毛和他母亲李全英与崔思康有什么个人恩怨，单拆迁这件事，支持崔思康是必须的。如果你不这么做，崔思康不撤你，我也要撤了你！"

二九　雨再大，也出不了英雄

秦慧楠和杨娟一起坐车回到了县委大院。刚下车，秦慧楠就让杨娟将马王管道两块水泥管的碎片送给田振鹏做检测，尽快出结果。

刚走进办公室，戴国权和章法成接到通知就提前到了。秦慧楠说："我喜欢开门见山，不兜圈子，不绕弯子。说吧，抓访民是怎么回事？"

章法成心里咯噔一下。昨天他不仅抓了王三毛，还抓了十几个上访群众。抓王三毛是正常的司法程序，是他批准的。可是抓访民是戴国权的批示，他是分管司法的县委副书记。

戴国权连忙解释："秦部长，这次群体上访事件影响很恶劣。作为县委副书记，我向您检讨，我们的工作没做好。"

秦慧楠说："国权同志，现在不是检讨的问题，是要分清责任，对号入座。是谁的责任，板子就打在谁的屁股上。我问你，是谁下令调武警部队的？"

"是我，这个责任我不推卸。"戴国权低下头，避开秦慧楠犀利的目光，"秦部长，这次的上访规模之大，来了好几百人，还发生了武力袭击行为，崔思康同志被砸伤……我没经历过这种阵势，缺乏经验，怕控制不了局面。"

"警察、武警不是你们的保安队，"秦慧楠一点面子也不给，"县委、县政府大院里有几百号人干什么吃的？他们为什么不出来做群众的思想工作？"

"是我的错，没有通盘考虑。"戴国权一个劲地检讨，他生怕秦慧楠批评他火上浇油、激化矛盾、扩大事态。

秦慧楠转头问章法成:"那个砸伤崔思康、杀害尤喜军的凶手抓着没有?"

章法成说:"已成立了专案组。"

秦慧楠接着问:"有线索了吗?"

章法成点点头:"我们已经从悬崖下的深水潭里打捞出犯罪嫌疑人的一辆摩托车,其他线索正在排查。"

秦慧楠知道,破案有个过程,不可操之过急。当知道这次抓了十二个访民时,她火了,批评道:"动不动就抓人,还抓了十二个,你们怎么收场?"

戴国权看看章法成说:"我们听领导的。"

秦慧楠冷笑一声:"你倒省心,把球踢给我了。"

戴国权连连摇头:"不,不是这个意思。"

室内陷入一阵冷寂,最后秦慧楠叹了口气说:"解铃还需系铃人,这个球踢给崔思康。"

戴国权长长舒出一口气,连连点头称是。三人会议结束,秦慧楠马上返回玉泉宾馆。刚到宾馆门口,白色帕萨特开到她身边,田振鹏摇下车窗,报告两块水泥管碎片检测结果出来了。检测证明,两块碎片水泥标号、沙石子产地、生产场地,均不一样。这两块水泥碎片说明了两个可能:第一,王三毛是破坏者;第二,王三毛是受害者。但是无论怎样,王三毛是龙门隧道工程严重质量问题的责任者,甚至是输水管质量问题的知情者和制造者。

崔思康不想住在病房里,坚持要回家,范琳琳拗不过他,拿了药水、药片就办了出院手续。刚进家门,戴国权的电话就来了,说来看看他。崔思康一听满脸的不高兴,范琳琳敏感地感觉到两人闹矛盾了,问:"你们到底怎么啦?"

崔思康说:"他这个人,越来越让我看不懂了。访民上访,他又是打电话调武警,又是下令抓人。我怀疑他是火上浇油,扩大事态。"

范琳琳说:"你呀太敏感了,总是怀疑、防着别人。这怪不得戴国权,现在哪个地方出事,少得了武警、警察的? 国权他也是好心,维护稳定,维护你的威信,防止事态扩大。"

崔思康说:"可结果适得其反,激化了矛盾,不仅丢了尤喜军的性命,还将我架到烈火上'烤全羊'。"

范琳琳准备好针头和药水,在崔思康屁股上猛扎一下,痛得崔思康大叫一声,范琳琳连忙说:"对不起,当了副院长,业务有点生疏了。"

崔思康顺势说:"所以啊,我劝你把这个副院长辞了,去干你的老本行护士长。"这话让范琳琳很反感,她不高兴地问:"你什么意思?"

崔思康没感觉到老婆语气中的不满,继续说着让范琳琳刺耳和扎心的话:"你挑这个担子很吃力。"

范琳琳变脸了,提高声音说:"崔思康,我这个芝麻绿豆小官不是你给的,你管不着!"

崔思康提醒她:"群众有反映,你是我老婆。知道吗,你这副院长当了三年,我被人家戳了三年脊梁骨!"

"你……"范琳琳顿感受到了莫大的委屈,摔门走出卧室,来到客厅,暗自流泪。没一会儿,门铃响了,范琳琳情绪不好,没动弹。崔棒棒走出房间,打开门,是戴国权和章法成,他赶紧说道:"妈妈,戴叔叔、章叔叔来了。"

范琳琳泪眼汪汪,连个招呼也没打,直接走进卫生间。戴国权和章法成直接走向卧室。崔思康要下床,戴国权一个箭步过来将他按在床上,关心地问伤口还疼吗?

戴国权和章法成在床边坐下,让章法成先汇报。崔思康说:"汇报就不必了,我问的是被抓的十二个访民放了没有?"

不等章法成说话,戴国权接着说:"思康,这说明章局长对这恶性事件的重视。"崔思康生气地说:"什么重视? 添乱!"

听到崔思康如此说,章法成提出自己的意见:"崔县长,伤害你和杀害尤喜军凶手的同案犯或知情人,很可能就在这十几个人之中。"

"宁可错杀一千,也不放过一个,是不是?"崔思康严厉的目光盯着章法成,"有本事就把嫌疑人找出来,别株连那么多人,我不背这个黑锅。被抓的人除了王三毛,其他人统统放了。王三毛的问题不是几次告状的问题,是他承包的引水工程弄虚作假、造成质量事故的大问题,要立案侦查。章局,你亲自过问,不管涉及谁一查到底!"

戴国权提议两人该走了,不能影响崔思康休息。崔思康让章法成先走,他要和戴国权再说几句。刚刚起身的戴国权又坐下来,他猜测着崔思康要和他说什么。

崔思康沉默片刻,像故意制造悬念似的在吊戴国权的胃口。果然他说出一句让戴国权惊心动魄的话:"国权,县委书记这一职务我决定放弃。你上吧,我全力配合你。"

看着崔思康一脸真诚,戴国权沉默片刻,差点说出这样的话:"其实,你上我上都一样,咱们是好兄弟。"可话到嘴边又咽回肚里,马上意识到这是崔思康对他的试探,改口说:"思康,挑这个担子非你莫属。"

崔思康也突然改口说:"既然你认为我能挑这个担子,我就不放弃了。不过你要和我心往一处想,劲往一处使,要补台,不要拆台。"

听话听音,锣鼓听声。戴国权听出崔思康的弦外之音,是在批评他不能搞三心二意,不要拆台,他觉得崔思康对他是不是有了信任危机?于是,他带着一股复杂的心情,走出了崔思康的卧室。

戴国权经过客厅时推开棒棒房间的门,孩子在做作业,听到门响,抬头笑着喊了一声"戴叔叔"。

"棒棒学习真用功,来,让叔叔亲一个。"戴国权在棒棒滑嫩的小脸上用力地亲了一下,捧着孩子的小脸许久没有动。

范琳琳推门走进来,泪眼汪汪,戴国权松开棒棒,转头看着她关心地问:"你怎么啦,思康欺负你了?"

范琳琳强颜欢笑,勉强挤出一丝苦笑:"没有啊。那么多人上访告他,他受了伤,又失去了尤警官,心情很不好。"

戴国权叹了口气,两人走出房间,来到客厅,他小声劝说:"思康的牛脾气你是了解的，忍忍吧。"

范琳琳听了鼻子一酸，眼泪差点又掉下来："我忍了十多年了。"

戴国权笑了笑："要忍一辈子。"

闪电照亮了玉泉县的天空，轰隆隆的雷声接踵而至，雨点吧嗒吧嗒落下来了。

十多个被拘留的访民，先后走出派出所，所长丁海在维持秩序，大声喊着："大家不要挤，门口有辆中巴车，送你们回家。"

访民们有秩序地向外走，突然有人站住问："所长，三毛呢？"丁海肯定地说："他还不能走。"

一听王三毛不走，就像在访民之间扔了一颗炸弹。有的说抓王三毛是崔思康打击报复，还有的说不放王三毛我们不回家。访民们情绪激动转身回头，一齐拥向派出所。几名警察挡在门口，不让他们进去。

访民站在雨中，一动不动，丁海大声喊着："大家赶快到车上去，这么大的雨，要淋坏身体的！"

"我们不走！"众访民吼声如雷，他们非但不走，反而在派出所门口席地而坐。雨越下越大，丁海看着众人，一筹莫展，他一溜小跑，跑回东关派出所审讯室。

审讯室里，王三毛坐在审讯椅上，章法成讯问，两警员正在做记录。

"王三毛，引水工程百年大计，可是你承包的部分偷工减料，搞成了伪劣工程，凭这个就能判你几年。说，这工程是谁介绍的？你又是怎么拿到手的？你给了人家多少好处费？"

面对章法成的审问，王三毛沉默着，脸上挂着满不在乎的表情。负责记录的年轻警员怒了："王三毛，你以为不开口就能过关？你应该知道这是个案件，不是一般的民事责任事故，你要认识问题的严重性！"

王三毛脸上依然带笑，一边点头一边说："章局长你抓我、关我，我不恨你，因为这都是崔思康对我的打击报复。让他见我，要不我不会回答你的任何问题。"

正在这个时候,丁海走到门口对章法成招招手。章法成站起身,走出来。丁海一脸愁容,汇报说被放出的十几个人,不见王三毛不肯走。章法成想都没想,一口咬定王三毛不能放,这是崔县长的意见。话音刚落,丁海的电话响了,戴国权来电说十二个访民暂时不能放,要一个个地调查,区别对待。

挂了电话后,丁海开始发牢骚:"对王三毛,县长要关,副书记要放,让我怎么办?"他推开窗户,外面大雨如注。这么大的雨,访民吃不消。其中还有两个年迈的老人,出了人命怎么办?

章法成想想事情确实很棘手,低着头向派出所大门口走去。

戴国权给丁海打电话时,是在下乡检查工作后回城的路上,还有两个随行的电视台记者。刚与丁海通完电话,卢晓明的电话就打进来了,说王三毛的事,完全是崔思康的个人恩怨,是打击报复。他不能关进去,否则事态会失控的。卢晓明的电话让戴国权预感到王三毛不是一般人物,否则卢晓明不会为他求情的。他灵机一动,出人意料地做了一个高调的举动——去超市买了十几把雨伞,送到东关派出所。

派出所门口,十几个访民席地而坐,夜已深,有些人已经嘴唇发青,却没有人愿意动一动。中巴车开过来,戴国权下车抱着十几把伞走到访民中,这时有人对举着摄像机的记者说:"快开机,这镜头太生动、太感人了!"

摄像机红灯亮起,开始录像。戴国权抱着伞,关心地说:"乡亲们,大家心平气和,什么事都好商量。"说着他将手中的雨伞一一递给访民,访民接过伞,无一例外地将伞扔得远远的。访民中有人对戴国权说:"戴书记,这不关你的事,让崔思康过来,放了王三毛,问题结了,我们马上走。"众人的情绪再次被引爆,依然此起彼伏地喊着:"放了王三毛,一切都了结。崔思康,滚出来!"

雨中,崔思康穿着雨衣走过来,他的头上戴着迷彩帽,挡住了头上缠着的白色纱布,他让十几个民警跑过来,为坐在地上的访民们撑起了一片雨伞。雨中,崔思康向访民们解释了不能放王三毛的理由,可是访民们根本不信，而且说崔思康就是利用职权，打击报复王三毛。

章法成走到崔思康的身边低声说，戴书记请你过去一下。崔思康走进所长室，戴国权关上门。

"思康，嫌麻烦不大还想出人命啊？"戴国权上来就先入为主一语封喉。崔思康不解地看着他。戴国权接着说，"我一个县委副书记，放一个人的权力都没有了？"

"王三毛的问题没搞清，不能放人。"崔思康这次是下了狠心，一定要将问题搞清楚。

戴国权开始上纲上线："那么多的群众泡在雨天里你无动于衷，视人民群众生命为儿戏，你还是共产党员吗？还是玉泉县的县长吗？我搞不明白，你为什么和人民群众的关系搞得这么剑拔弩张？"

崔思康说："国权，我是不是合格的共产党员，是不是合格的玉泉县的常务副县长，你我说了都不算。"

戴国权问："那谁说了算？门口坐在雨天里的群众说了算不算？"

崔思康毫不犹豫地说："玉泉县一百万群众说了算。"

戴国权说："你别发动群众，让玉泉县一百万群众为你站台。"

崔思康反唇相讥："谁在发动群众，你心里清楚。为拍摄'大雨送伞，雨中情深'，你把电视台都调来了。"

崔思康走进审讯室，王三毛头靠在椅背上，闭目养神。章法成严厉地说："王三毛，你不是要见崔县长吗，崔县长来了。"

崔思康走近问："王三毛，那么多人泡在雨天里，有你的乡亲，有你的员工，你不心疼？我郑重地告诉你，今晚的雨再大，也出不了英雄！"

王三毛一脸不屑，漫不经心地说："没事，我们这些草民天生命贱，饱经风雨，淋几个小时没关系的。"

崔思康问："你想出人命是不是？"

王三毛冷笑了一声："不用担心，出不了人命，最多伤风感冒，药费由我出。"

崔思康见硬的不行，就来软的，他要王三毛出去说几句，让访民们上车，去宾馆洗个澡、换换衣，吃顿饭，然后送回家。有什么问题，由代表反映。王三毛见崔思康屄了，暗自窃喜，马上提出了三个条件：第一，对龙门隧道排水工程他可以返工，承担损失，但是，不再追究任何人的责任；第二，王氏杂货铺决不拆迁，否则用生命来保卫家园；第三，他母亲李全英的精神病，完全是崔思康动员拆迁的高压造成的，必须赔礼道歉，进行经济和精神赔偿。

对王三毛的条件，崔思康毫不犹豫地回复一个字——不。王三毛眯起眼睛，马上反击，他说了一句意味深长的话："那后果是灾难性的。"

崔思康淡定地问："你在威胁我？"

王三毛又冷笑了一下："想和你交朋友，也许我不够资格。崔县长，别看我是个小包工头，缺少文化，但是做人做事讲究有理有节，留有余地，不会置人于死地。我等你三天。"

崔思康不以为然地说："没有必要，你随时可以出招，我等着。"

派出所门口，访民们还坐在雨天里，警察们仍撑着一片伞。崔思康和章法成来到访民面前。他在做耐心的劝说："老乡们，你们已在雨水里泡了近半小时，别把自己的身体不当回事。我们民警同志也为你们撑了近半小时的伞。他们不是铁打的，也是血肉之躯。你们看看他们身上淋的。为了你们的身体，为了你们的家人，我再次请求你们上车。"

刚才带头的访民说："崔县长，只要三毛出来说一声让我们走，我们马上走人。"

众访民附和着："对，听三毛的！"

"老乡们，那就对不住了。我们必须采取强制措施，赶你们上车！"崔思康说完，章法成下达命令行动，七八名警察冲上去拖拽着坐在地上的访民。这时一个访民突然掏出一把水果刀，对着自己的咽喉大叫："谁敢再动，我一刀扎下去！"在场的人都震惊了。

正在这时，秦慧楠乘车来了，后面跟着戴国权。原来戴国权说服崔思康无果，便火速去玉泉宾馆，将访民静坐在雨天要求释放王三毛的情况做了汇报。因为事态严重，秦慧楠就赶来了。她走到拿着水果刀的访民身前说:"这位老乡,你还挺讲义气的。为了王三毛,豁出去了?"

这位访民直言相告:"秦部长,这些年我们捧的是王总的饭碗,他对我们一路关照。全家老小都靠王总的公司,他倒了难道我们喝西北风去?这不仅是讲义气,是凭良心。为了三毛,我们愿意两肋插刀。"

秦慧楠知道,只有王三毛才是解决问题的突破口,便跟着章法成走进审讯室。

此时王三毛半躺在长椅上昏睡着,面露痛苦的表情。这时一名警察报告,王三毛说身体不舒服,很难受。

秦慧楠走到王三毛身边,轻轻喊了一声:"王三毛。"

王三毛睁开眼,一骨碌坐直身子:"秦部长。"

秦慧楠问:"身体不舒服?"

王三毛点点头:"是的,药忘带了。很难受,真的,我没装病。"

秦慧楠从兜里取出两个小药瓶,王三毛眼睛一亮,惊讶地问:"哪来的?"

民警端来一杯水,秦慧楠将药瓶递给王三毛:"来,喝口水,先把药吃了。"

王三毛接过水,赶紧把药吃了,好不容易从牙缝里挤出两个字"谢谢"。

秦慧楠从包里取出竹签和铁丝:"这就是你生产的水泥管替代的钢筋。偷工减料,假冒伪劣,你还有什么可说的?"

对秦慧楠的质问,王三毛无法解释。秦慧楠接着说:"王三毛,这是我在你的生产现场提取的证据。你以告崔思康的状为由,围堵我的车和县委大门口。你提供的举报材料,经过调查,查无证据。以上两件事,让法院判你几年一点儿都不冤枉。可我们没有这么做,因为你是一个企业的负责人,有一百多员工要吃饭。我们让你自己反省,主动交代问题,争取宽大处理。"

王三毛不服气地说:"秦部长,围堵你的车和县委大门口,我做得是过分了点,可崔思康伙同他人转包工程,暗中收取回扣。"

秦慧楠伸出右手："拿证据来呀。"

王三毛低下头，但仍然气势汹汹："我会拿到证据的，三天后。"

秦慧楠继续追问："为什么要三天后，谁给你证据？"

刚才还振振有词的王三毛瞬间哑巴了，他想到那天他和吴雪姣在宾馆的床上，吴雪姣答应三天后一定能给他证据，但此时他绝对不能说。

秦慧楠说："我提醒你，如果你拿不出证据，将面临诬陷罪被起诉。你承包的部分引水工程弄虚作假、偷工减料，造成了工程质量严重事故。就凭这笔账，你这辈子还能抬起头来吗？"

王三毛弱弱地争辩着："秦部长，用竹条铁丝代替钢筋，真不是我干的……"

秦慧楠将真假水泥管碎片检测报告递给王三毛："仔细看看，我已帮你证实，劣质水泥管不是出自你的公司。"

看着检测报告，王三毛惊愕不已，他刚才的傲慢和敌意一扫而光，换上的是钦佩和感激。他说："秦部长明察秋毫，真是个大清官哪，我给您磕头了……"

"不用。"秦慧楠话锋一转，"这份检测报告，还不能完全排除你工程掺沙子、监守自盗、贼喊捉贼的嫌疑。"秦慧楠的话又让王三毛紧张了，他当即信誓旦旦地表白："秦部长，天地良心，我真的没往工程里掺沙子啊。"

秦慧楠说："那么大的水泥管混进你们的成品场地，不是里应就是外合，你没发觉蛛丝马迹，可能吗？"秦慧楠提高了嗓门，王三毛胆怯了："秦部长，给我时间，我一定能查出来。"

秦慧楠突然动情地说："你公司的那个门卫老单头，一个多好的老人，对你的公司寄托着多大的希望。他对你的评价也很高，夸赞你喜爱读书。我真没想到，一个饱读诗书的人、一个阅读过《旧制度与大革命》等名著的人，居然干起弄虚作假、偷工减料的勾当，你污辱了读书人的斯文！"

不等秦慧楠再往下说，王三毛双手合十："秦部长，求您别说了……"

审讯室的门开了,秦慧楠走出,王三毛和章法成跟在后面,三人朝派出所大门走去,来到众访民面前,王三毛说:"大家快起来,我没什么事,你们都回去吧。"众访民坐着不动,王三毛火了,提高声音喊道,"回去,统统回去,别在这里丢人现眼!"

　　众访民这才纷纷起身,很有秩序地走向中巴车。王三毛转身跟着看管他的警察又走进了派出所,戴国权低声问章法成:"秦部长没放王三毛啊?"

　　章法成说:"秦部长不会拿原则做交易的。"

　　戴国权又问:"那王三毛为什么改变了主意?"

　　章法成回答:"这要问秦部长了。这个家伙,在我和崔县长面前,像茅坑里石头又硬又臭。可他为什么向秦部长低了头,我也在琢磨。"

　　在送秦慧楠回玉泉宾馆的路上,崔思康也在问秦慧楠类似的问题。秦慧楠此刻心情不错,笑着问,想学这一招吗?崔思康连连点头,说非常想。

　　秦慧楠说:"要付学费的,一杯咖啡。"

　　崔思康哈哈大笑,刚解决一起危机,难得他的心情放松,开着老婆的红色小跑,来到路边的一家咖啡店。

　　服务员给崔思康和秦慧楠送来了咖啡,崔思康着急地说:"我付学费了,你开讲吧。"

　　"好,开讲。"秦慧楠拿出水泥管取样检测报告,"这是制服王三毛的撒手锏。"崔思康看完检测报告,才恍然大悟:"原来是这样。什么叫明察秋毫啊,你就是!"

　　"王三毛因造假在引水工程中引发质量事故,不管是自己的责任还是被栽赃,他这个法人的责任推卸不了。引水二期工程,有人搅了竞标会的局。"秦慧楠的话让崔思康眼睛一亮,他点点头:"我也有同感。你说搅局的人是谁?"

　　"搅局的人,必须在调查组撤走之前查清楚,还有十三天。"时间不等人,秦慧楠眉头紧锁,崔思康也是压力山大。

"思康同志，"秦慧楠说，"引水二期工程是当前的头等大事，马王镇三百一十户的拆迁不能再拖，更不能改变方案，必须强行推进。在这两个问题上我支持你，旗帜鲜明。"

"你这个表态，让我心里非常痛快。"崔思康情绪高涨起来，"想不到你工作这么细，问题看得这么透。不过话要说回来，对我不能再牵扯你们的精力了。"崔思康一脸歉意。

"时间是一块试金石。"秦慧楠微微一笑，浅尝一口咖啡，"不要因为没有阳光就不走进春天。我们一头扎在这里这么多天，为了什么？不说你心里也清楚。"说到这里，秦慧楠停了一下，用无比坚定的眼神看着崔思康，"对新任的县委书记人选我的原则是：不轻易选定一个人，也不轻易放弃一个被选定的人！"

崔思康问："这么说，你还没放弃我？"

秦慧楠反问："为什么要轻易放弃呢？"

秦慧楠的反问，让崔思康自信心大振："我也表个态：组织上不放弃，我也绝不让组织上失望。"

崔思康高兴之际，秦慧楠趁机又提出了这个问题："告诉我，你和范琳琳在结婚之前到底发生了什么？"

崔思康脸上的笑逐渐僵硬起来："这和工作有关吗？"

秦慧楠面色严峻地说："如果共产党的一个常务副县长是一个好色之徒，曾经是个强奸犯，你说该怎么办？就算是流言蜚语，我也要查个一清二楚，这是我这个做组织部长的职责。你现在主持一个县的工作，虽说是临时的，但是你的人格、人品、道德三方面不能有任何的缺陷。如果明知你有病还带病任用、带病提拔，这就是我的失职！"

三〇　先养儿子后结婚的问题

日上三竿，酒红色的劳斯莱斯在周源家门口停下，车里走出卢晓明和吴雪姣，吴雪姣快走几步，上前摁门铃。

保姆开门，吴雪姣介绍了卢晓明的身份、说明来意，保姆面带难色，说周书记再三交代，他家里不接待企业领导。卢晓明说是代表玉泉县商会来推荐县委书记候选人戴国权，他带来了全县几百家企业联名推荐信，还有录像资料。保姆让他们在门外稍候，拿着推荐信和录像U盘进去通报周书记。

周源正在穿西服、扎领带，准备出门。听到保姆禀报，批评道："我说过多少次了，企业家不能到我家里来，瓜田李下。"

保姆递上资料，周源打开推荐信：强烈要求戴国权同志任玉泉县县委书记的推荐信，最后签名有上百人。周源将U盘插入电脑，出现了电视专题片的标题：亲民书记戴国权。

视频由男中音的解说娓娓道来："多年来，戴国权同志在市委的直接领导下，特别是在市委副书记周源同志的精心培养下，其工作能力和工作业绩得到了很大的提升……"

周源对保姆说，推荐信和录像U盘留下，人就不要进门了。他收拾起资料，匆匆出了家门，来到市委大楼，直奔朱明远的办公室。

室内，朱明远与秦慧楠正在观看着视频，内容和卢晓明刚送给周源的相同，是戴国权的两次亲民活动的新闻，其中一个是戴国权"雨中为访民送伞"的新闻。

视频播放完毕，朱明远说："这两个片子被国权同志压下了，没有播出。因为涉及对县委副书记的专题宣传需要报批市委，罗西来同志就把球踢给我了。"

秦慧楠轻轻笑了笑："朱书记，你紧急召见我们来看这电视新闻片，用心良苦啊。"

朱明远笑笑，转头问周源："戴国权同志是谁负责考察的？"

周源说："也是我。"

秦慧楠奇怪地问："那你为什么重思康、轻国权呢？"

周源回道："怎么说呢？孔明卧居草庐，能做蜀汉军师；楚霸虽雄，败于乌江自刎；汉王虽弱，竟有万里江山。这是北宋传奇状元宰相吕蒙正流传千年的《寒窑赋》告诉我们的道理。政坛上有人具有运筹帷幄、治理全局之才，有人只能一生充当配角。崔思康和戴国权相比，能力相差不小。当然从考察的情况来看，戴国权是个相当低调、务实的清官。但是我们选择的不仅仅是清官，而是有能力的清官。这就是我的回答。"

周源话音刚落，朱明远马上说道："慧楠同志，请组织部把戴国权所有的考察材料马上给我送来，我要重新审看。"

在市委调查组撤离玉泉县还有十二天的时候，朱明远确定了"弃康用戴"的决心。

离开东山，秦慧楠匆匆赶到玉泉宾馆。刚进门，章法成和丁海走进了房间，章法成介绍了丁海，说现在他抽调县局，顶上尤喜军的岗位。

章法成汇报了两件事：其一，击倒王长根和砸死垃圾站方大爷的两块石头，送到省厅做检测，现在又打回来了，石头上没有发现什么痕迹。他不死心，请田教授会同国内专家再做一番努力，希望能找到罪犯留下的痕迹。丁海从包里取出装有两块石头的金属盒，请秦慧楠转交田振鹏。

然后又汇报了第二件事。他从包里取出一只塑料袋，里面装着尤喜军临死前留下有凶犯血迹的衬衣。现在已经采样，完成DNA检测。如果两块石头上留下的生物痕迹与DNA检测结果吻合，那三个案件的凶手就是同一个人。

听完章法成的汇报，秦慧楠忧心忡忡地说："这些日子，各种事件接踵而至，触目惊心。胡萌萌被谁撞死？谁使肖强强的刹车失灵？杀害尤喜军的凶手又在哪里？还有这两块没有水落石出的石头。法成同志，这些压力你能顶得住吗？"

"顶不住也要顶！"章法成目光坚定地说，"秦部长，我和丁海同志向你立下军令状，十二天之内交给你一个满意的答卷。还有，田教授让我查的王长根的卡号，里面的十万元是从一个叫李全英的账户里转出来的。"

"李全英？"这不是王三毛的母亲吗，秦慧楠震惊了。她不由得转头看了一眼丁海。丁海接着说："李全英转出十万元的这个账户里还有将近四百万，是现金存入，分四五次入账。"

听到丁海的话，秦慧楠有些失望。现金存入，意味着资金链线索断了，无法查到经费的银根，除非敲开存款人的嘴巴。李全英是引水二期工程拆迁中最牛的钉子户，也是崔思康的冤家对头。事情一下变得更加扑朔迷离起来。下一步怎么办？她把调查的目标移向了神秘的李全英。

王长根卡里的十万块钱让王秀芹意外，也让她欣喜，终于可以偿还一部分债务。她首先来到崔思康家，归还他垫付的五万元。

只有范琳琳一人在家，听明她的来意，范琳琳当即表示："思康不在家，这钱是他借你的，你还是还给他。"

"思康哥什么时候回来？"王秀芹突然话锋一转，"范院长，总想问你一件事，又不好开口。"说完，王秀芹留下一个悬念，转身就走。

范琳琳急了："等一下，有话你就照直说。"

听到范琳琳的话，王秀芹停下脚步问："范院长，你和思康是不是先养儿子后结的婚？"

听闻此话，范琳琳头脑嗡地一下炸开了，惊呆地看着王秀芹说不出话来。

回过神来，范琳琳追问："我先养儿子后结婚，是思康告诉你的？"

"没有、没有……"王秀芹觉得范琳琳不可能给她答案，想马上走人。

范琳琳叫住她说："秀芹，事实证明思康在你爸爸这事上是没有什么责任的，他背了黑锅，连提拔县委书记的事都停下了，你不想证明思康的清白吗？"

王秀芹马上转身，用力地点点头。范琳琳拿出纸和笔，让王秀芹写上证词，签名并按上手印。证词写好了，王秀芹提出了一个让范琳琳怎么也没想到的要求：她不想卖菜了，请求到范琳琳家做保姆。

王秀芹离开崔思康家，马上想到将二万块钱还给救命恩人秦慧楠，于是来到玉泉宾馆，打听到房门号，按响了门铃。丁海起身开门，门外站着的是王秀芹，探身往里面一看，几个人她都认识，便不客气地说："哟，秦部长、田教授、章局长、丁警官都在呀？"

章法成与丁海交换了一下眼色，推说有事，起身告辞。

"秦部长、田教授，我是来还钱的，这是两万块。"王秀芹一脸的歉意和感激，从包里拿出二万现金放在茶几上说，"再次感谢！"

秦慧楠看着眼前崭新的百元大钞，话中有话地问："秀芹，怎么突然有钱了？"

王秀芹说："我不是把房子卖了嘛。"

田振鹏开始帮她算账："卖了也不够啊。据我所知，你卖房才拿到定金八万，加上捐助款七万。可你爸爸医疗费、手术费、专家诊费一共用了近十七万！"

王秀芹吓一跳，吃惊地问："田教授，你什么都知道？"

秦慧楠看着她惊讶的样子，安慰道："他就是干这工作的。他的意思是你超支了几万，这个窟窿怎么填？"

王秀芹从来没想瞒着两位恩人，就实话实说："我爸爸卡上不是有十万嘛。"

田振鹏提醒她："你爸爸卡上十万从哪来的？卡里面的钱又是谁给

的，连你自己都不清楚，这钱能花吗？"

经田振鹏这么一提醒，王秀芹自觉心虚，但依然争辩道："这……反正不是偷的。"

秦慧楠说："花了不明不白的钱，后果可能很严重！"

秦慧楠的话让王秀芹压力很大，她忧心忡忡地起身告辞了。刚走出玉泉宾馆的大门，丁海叫住了她，她不由得心里一惊，问道："丁所长，我犯事了？"

丁海一指旁边的警车："章局长找你。"

王秀芹有些不情愿，但丁海威严的脸让她意识到自己只能乖乖听话，跟着丁海上了警车。她小心翼翼地坐上后座，章法成什么也没说，立即转动钥匙，发动车子。王秀芹紧张起来："去哪？把我带到哪里去？"

丁海冷冷地说："去个安静的地方说说话。"王秀芹转脸看着章法成，捶胸顿足喊道："我不去公安局，不去派出所，我没犯法，凭什么抓我？"

章法成看着喊叫的王秀芹，说："凭什么？就凭十万元来历不明的银行卡，就可以对你采取措施！"

王秀芹虽然早有思想准备，这银行卡上的钱可能不是好来路，却一直心存侥幸。现在祸到临头她马上说，这卡不要了，钱也不要了，当即表示马上回医院去取卡。三人驱车来到玉泉县医院，进了病房，王秀芹直奔病床床头，从王长根的头下拿出一个枕头，拉开拉链，伸手一摸，银行卡没了踪影。

王秀芹告诉章法成，早饭前她还检查过，肯定是在枕头里。奇怪，怎么不见了？她还说，这卡上次就差点被小偷偷走。这个情况引起了章法成和丁海的高度重视。他问刘燕儿，今天上午有哪些人到病房来过？刘燕儿说，秀芹姐走后，接连来了好几拨人。有给病人例行检查的，有送药的，有输液打针的。

警车一路疾驰，来到玉泉县公安局，章法成将王秀芹带到局长室。她拘谨地坐在章法成对面，一位年轻的警察正准备做记录。

"认识他吗？"章法成拿出王三毛的照片，王秀芹摇摇头。章法成说,"仔细看看,这个人是不是化装成大夫,第一次去偷你爸爸银行卡的人?"王秀芹又摇摇头说:"不是,真的不是。他的脑门比那个偷卡的人要大得多。"

"认识她吗?"章法成又拿出李全英的照片。王秀芹一头雾水地说:"更不认识,从没见过。"

旁边的警察提示道:"你爸爸卡上的十万块,就是从她的卡上打出来的。"王秀芹吓了一跳,这个人为什么要给父亲十万块钱呢?

章法成接着说:"王秀芹,和你所有的谈话都记录在案,你要讲真话。"

王秀芹紧张地点点头。章法成和颜悦色地说:"我问你,你爸爸在没病倒之前的几天有什么反常现象吗?"

章法成的声音和表情,使王秀芹平静下来,她说有一天在农贸市场卖菜时,父亲的手机响了,王长根说是老家来的熟人,奇怪的是父亲接完电话回来,脸上怒气冲冲,一没留神,脚下一绊差点跌倒,只听他嘴里骂着,说兔崽子,又要升官了。不管王秀芹怎么问,老人就是不说,自己一个人在那暗自生闷气。

王秀芹将这件事原原本本告诉了章法成。章法成看看旁边的警察,警察点点头,示意已经全部记录下来。章法成要王秀芹对今天的谈话保密,王秀芹连连点头保证着。

章法成和丁海又突击提审王三毛,拿出王秀芹和王长根的照片问他认不认识? 王三毛一口咬定不认识。丁海问他,既然不认识,你妈妈为什么给他们的银行卡上打过十万块钱?

王三毛感到奇怪和吃惊,这种表情绝对不是表演。他说他挣的钱全交给母亲。章法成、丁海一阵沉默,刚发现的线索似乎又断了。

凡事皆有因果,找出因果的线头,便会找到事情的真相。时间紧迫,当所有的线索断断续续、模模糊糊时,崔思康似乎有了新的思路。

当新月高悬夜空之时,崔思康来到了玉泉县精神病院。陶院长带着崔思康穿过男性病人区，见到李全英的主治医师林大夫。三人向病房走去。过道里，陶院长向崔思康介绍，李全英老太太患的是间歇性精神分裂症，是专家会诊的结论。

崔思康问："专家有没有对她的病因做出结论？"

陶院长马上回答道："一般的精神分裂症，病因不外乎两种：一是遗传，二是精神受到强烈刺激，使患者出现知觉、思维、情感、意志、行为和认知功能等方面的障碍。强制李全英入院的手续是完备、合法的。这期间，她有几次逃跑。"

崔思康看着不远处的病房问："也包括这次逃跑去围堵县委大门口？"

陶院长点点头："我们接到电话后，立即派车，强行将她收回了医院。"

三人来到一间病房前。铁门上有铁栅栏窗，门锁着。林大夫指着病房说："这就是李全英的病房。现在是户外活动时间，她在院子里。"

崔思康看着铁栅栏，转头看着陶院长问："可以进去看看吗？"

"可以。"陶院长说，"晚上病员户外活动是半小时，还剩十分钟。"

十多平方米的单间病房里乱糟糟的，地上满是方便面盒、纸巾以及摔坏的玻璃杯和药片，与之相反的是床铺上非常整洁。

"房间为什么不打扫？"崔思康的第一感觉就是这里像个垃圾场。

林大夫忙说："李老太喜欢脏，不让打扫。每天趁她户外活动，保洁趁机打扫。李老太回来后大哭大叫，头撞墙，砸东西，还打伤了保洁员。我们要打扫房间，就需给她注射安定剂，等她睡着了之后。"

"你们说她喜欢脏，她的床铺上为什么很干净？"崔思康的这个问题，让林大夫顿时语塞。崔思康接着问，"这房间你们进来过吗？"

"还没有……"林大夫愧疚地说，"她会伤人，泼脏水，我们都很怕。"

崔思康说："药片扔在地上，说明她不好好服药，你们就不管了？"

林大夫看着地上的药片，抬头看着崔思康说："我们给药，她说是毒药；给她饭菜，她说下了毒。还说……"

说到这里，林大夫没敢往下说。崔思康追问道："还说什么？"

林大夫顾不了那么多，只能实话实说："说我们是崔思康派来的，要毒死她、害死她，强拆她的王氏杂货铺。"

陶院长叹了口气说："每次灌药、喂食，都要费很大的劲。李老太说，只有她儿子买的药、送的饭她才吃。后来她儿子王三毛按照我们的处方买来了药，还有食品和方便面。"

医生打开柜子，从里面拿出几个药瓶，崔思康看着空空的药瓶说："这地上的药是这瓶子里的。"

林大夫点点头："李老太情绪暴躁，有时吃药先扔在地上，户外活动回来再从地上捡起来，塞进嘴里连开水都不要。"

崔思康从地上悄悄捡起几片药，放进口袋里，这时李老太在监护的搀扶下回来了，见房间里有人，她挣脱监护，大叫一声，冲进房间，抓起地上的垃圾，砸向崔思康，边砸边喊："崔思康，黑心肠，一心要拆我的房。老娘不买你的账，豁出老命干一场……"

几个监护冲进来，将李全英摁在床上，崔思康见状大喝一声："放开她，你们都出去。"

陶院长关心地看着他："崔县长，不行，危险！"

崔思康看着手无寸铁的李全英，银白的头发，瘦小的身体让她显得苍老很多，他对陶院长说："她手上没枪没刀怕什么？你们出去。"

房间里只剩下崔思康和李全英，李老太指着他的鼻子说："你，崔思康……你是县官大老爷……是狗官！"

崔思康将一张方凳挪到李全英身旁，低声说："李奶奶，你坐下来冷静一会儿，能听我说几句话吗？"

李全英推开方凳打坐在地上，捡起地上的几片药，崔思康赶紧从柜里拿出药瓶："老人家，地上的药片脏不能吃，给你这瓶子里的药。"

李全英突然将手上的几片药塞进嘴里，崔思康倒了杯水端在李全英面前，李全英接过水杯，喝了一口，猛地将水杯砸向崔思康。崔思康躲闪不及，水杯砸在他身上，摔碎在地上。接着她又举起小方凳，院长和几个监护、护士冲进来将李全英摁在地上。

崔思康退出病房，和陶院长走在过道里感叹道："我现在体会到，你们的这份工作真不容易。"

崔思康和陶院长走进精神病医院的录像监控室。崔思康要调看李全英病房的录像，监控员看看陶院长为难地说："李全英房间的监控录像系统坏了好多天了。"

崔思康说："那就搬一张床，抱床被子过来，今晚我就坐在这儿看监控。"

陶院长马上意识到崔思康在怀疑李全英装疯卖傻，当即表态："崔县长，不管花多少钱，明天我一定修好监控录像系统，将李老太的二十四小时监控录像送给你。"

崔思康摇摇头："不行，我没有时间了。"

世界上很多事的巧合是出人意料的，异曲同工的事经常发生。此时秦慧楠也带着杨娟出现在李全英的病房门口。病房里面，李全英在地上盘腿打坐，双手合十，像一尊木雕泥塑。医护敲门喊李全英开门，可她毫无反应。

秦慧楠拿出手机，调出当年李全英靶场射击训练的照片，对杨娟说："小杨，用这个你来敲门试试。"

杨娟举起手机，对着铁栅栏窗口说："李奶奶，你看这是什么？"

李全英抬起头，睁大眼睛看着杨娟举着的手机急忙下床，走到门口看到屏幕上的照片，目光开始发亮，招着手连说："给我，给我！"

李全英从窗口接过手机，看着照片，兴奋得手舞足蹈："这是我，这就是我，哈哈哈……"说着说着，她就唱了起来，"飒爽英姿六尺枪，太阳照在练兵场……"

秦慧楠走到门口，对着里面说："李奶奶，你唱错啦。应该是：飒爽英姿五尺枪，曙光初照演兵场。中华儿女多奇志，不爱红装爱武装。"

秦慧楠也哼唱起来，李全英一下怔住了，这个她十分熟悉的歌声，穿过了时空,穿透了她的心。她透过铁门窗户愣愣地看着。秦慧楠拿出一件衣服说:"李奶奶,这是你的衣服,干净的,带给你的。"

李全英喜形于色:"我的,给我,给我!"

秦慧楠指指铁门里面的桌子:"把门打开,窗口小递不进去。"

李全英移开了顶住房门的桌子、椅子,医护人员推开了门,秦慧楠和杨娟走进室内,李全英猛地抢过秦慧楠手里的衣服,要杨娟和护理出去,只准秦慧楠留下帮她换衣服。

听说秦慧楠来了,崔思康和陶院长一路小跑来到病房门口。门外站着杨娟和医护人员,她们在密切注视病房内的情况。杨娟告诉崔思康,李老太刚刚安静下来,秦部长刚帮她换了衣服,现在正梳头呢。

崔思康透过小窗口,看到病房里面秦慧楠正帮李老太梳头。此刻的李全英温顺得像一头老绵羊,任凭秦慧楠帮她梳理一头银发。

秦慧楠拿出一面小镜子:"李奶奶你看,精神多了吧?"

李全英对着镜子傻傻地一笑:"你这闺女真好。"

秦慧楠站起身:"时间不早了,我该走了,你睡觉吧。"

秦慧楠将李全英扶躺在床上,刚走到门口,李全英下床冲过来,抱住秦慧楠的一条腿号啕大哭起来。崔思康、陶院长、杨娟赶快冲进来,秦慧楠让众人出去,对李全英说:"李奶奶,你是舍不得让我走? 我还会来看你的。你把手松开好吗?"

李全英慢慢地松开了手,秦慧楠走出病房。

陶院长将秦慧楠、杨娟、崔思康请到了贵宾室,并让林大夫介绍了李全英的病情。秦慧楠问林大夫,她在患者家的房间里发现了一个疑点,医院开给的几瓶治疗药原封不动,一片都没有吃。林大夫说这很正常,精神病人都不承认自己有病,服药一般都是强制性的。离开了监管,患者服药的自觉性几乎降到了零。

秦慧楠离开医院,正准备上车时,崔思康走过来说:"耽搁你几分钟,说几句话行吗?"

秦慧楠见崔思康出现在精神病院,明白他也是冲着李全英来的,但这绝不是和她不谋而合,而是另有企图。

崔思康压低了嗓音说:"我考虑再三,决定彻底放弃。"

秦慧楠问:"放弃什么?"

崔思康说:"放弃县委书记职务的考察,同时也放弃现有的职务和权力。"

秦慧楠马上问:"怎么回事,你的情绪为什么产生这么大的波动?"

崔思康说:"我不愿意看到一个市委常委、市委组织部部长来到一个肮脏的房间,为一个疯老太太梳头、换衣服。你不必这样,这温情牌一点都不感动,因为这李老太是个冷血,她不吃这一套。"

秦慧楠皱着眉头反问:"你认为我是在作秀?"

崔思康接着说:"我也不想再欠你的人情。现在你每天都如此操劳,上午去市里工作,下午来玉泉县处理我的问题。每天来回奔波一百多公里,这样下去是要累垮的。这一切都是为了我,我不值得你做出这样的投入。"

秦慧楠没想到崔思康心理压力如此之大,思想包袱如此之重。她说:"你的心情我理解,可帮李老太梳头、换衣服又怎么啦?按辈分她能做我的母亲。在许多人的眼里,我们这一级的干部无论走到哪里前呼后拥,官大了职务高了就不食人间烟火了?我说过,为了神圣的工作,为了公平正义的追求,哪怕是再差再难也无所畏惧。我不会轻易放弃你,因为你不仅是属于你个人的。"

崔思康沉默了,一时无言以对。

崔思康告诉秦慧楠,他今晚要留下来住在监控室,看到一个真实的李全英。因为李全英在这里待着,二期引水工程的拆迁就这么耗着。王氏杂货铺的法人和房主都是李老太,她不签字,就无法动工。更何况他已向全县人民承诺,坚决不搞强拆。李全英经过三次婚姻失败的沉重打击都没有疯,为什么拆迁时她却疯了?他不信,坚决不信!

秦慧楠问崔思康:"你是不是想找到李全英不是精神病人的证据?"

崔思康反问道:"你不是也在帮我找吗?"

三一　将计就计，引蛇出洞

时间过得很快，一眨眼五天过去了。按照市委书记朱明远下的死命令，市委调查组撤离玉泉县还有十四天，这天刚好是个周末。

秦慧楠几乎是扳着指头过日子。调查工作有了进展，但还有许多坎没过去，眼前又冒出了李全英的精神病是真是假的问题，真是此起彼伏，按下葫芦又冒起了瓢。从玉泉县精神病医院赶回到东山市的新家，已经夜幕降临，华灯初放。她身心疲惫，觉得浑身跟散了架似的。

田振鹏和田晓君都来了，此时田振鹏正在演奏锅碗瓢盆交响曲。他从厨房里走出来，腰间扎着花布围裙，头上戴着高高的白色大厨帽，其模样滑稽可笑又可爱。只见他端着一盘热气腾腾的小炒肉走出来，吆喝一声，报了菜名，引得秦慧楠和田晓君哈哈大笑。一家人其乐融融，甚是温暖。

在母亲面前，女儿心里的话是装不住的。田晓君告诉秦慧楠，爸爸在小区对面的商场里为她买了件外套，式样、颜色是她自己选的。说着，她从卧室里拎出一个服装盒，看上去精美、高档。秦慧楠问花了多少钱？晓君说不贵，三百多块。田振鹏解释说，下午五点，父女俩刚跨进小区门口的商场，晓君看中一件外套，试穿后很满意，决定买下。商场经理好心地说这是样品，还沾上了灰尘，过会儿去仓库拿一件未拆封的给送上楼去，田振鹏同意了。果不其然，没过多长时间，一个售货员将服装送上门，还没有拆封，秦慧楠就回来了。

秦慧楠说现在拆封，看看晓君选衣服的眼光。田振鹏打开包装盒，展开衣服，没想到衣服里面裹着一只青花小瓷瓶，让三人惊愕不已。田晓君说这是赠品，给我插花用的。田振鹏说这瓶子很陈旧，瓶底还有方印，标有"宋代官窑"四个字。秦慧楠拿起花瓶，细细地观看一番，胸有成竹地说这是古董，她将那天晚上和任大年去找崔思康，碰到南海工程队送的礼品也是青花小瓷瓶的事叙述了一番。

田振鹏惊呼，简直是天方夜谭，礼是这样送吗？上百万的礼品隐藏在三百多元的服装里，送礼人不见首尾，难道是做"无名英雄"？天下哪有这样的傻瓜。秦慧楠说当然没有这样的傻瓜，现在的送礼人挖空心思，无所不用其极，让人防不胜防。现在是高科技时代，人家也许将这一过程摄入镜头，做成了证据，在张网以待呢。如果这青花小瓷瓶是真家伙，那商店经理和送货人脱不了干系。可是他们为什么这么做？难道是有人幕后指使？

这天晚上，秦慧楠辗转反侧，无法入眠。她觉得问题的严重性在于她也像崔思康一样，成了对手引诱和围猎的目标。怎么办？她在明处，对手在暗处，明枪好躲，暗箭难防啊！

第二天中午，秦慧楠赶到玉泉县委，崔思康接到电话也赶来了。因为是周六，县委大院里很清静。当秦慧楠将青花小瓷瓶摆放在茶几上时，崔思康眼睛一亮，连问这是哪里来的？秦慧楠说，这瓶子本来是送给你的，昨天又送给了我。崔思康刚要伸手去拿瓶子，秦慧楠立即按住了他的手，很专业地说别碰，不要毁了留在上面的指纹。田振鹏一大早去东山古玩市场让人鉴定，初步认定这是真家伙，价值一百五十万元。秦慧楠告诉崔思康，这人我见过，南海来的，为了在引水工程中分一块蛋糕。我们要尽快找到这个人查明情况。

崔思康说不用找，就是南海建筑工程集团。他们开什么玩笑？拉市委组织部部长下水，胆子太大了。说着就给那个公司董事长打电话，可是对方赌咒发誓，并用党纪国法做保证，否定了这件事。

那么，这价值一百五十万元的青花小瓷瓶的主人又是谁呢？崔思康决定让县纪委立即展开调查，秦慧楠不同意。她说这青花小瓷瓶我笑纳了，这让崔思康惊愕万分。可下面秦慧楠来了个大喘气，说了个"但是"——青花小瓷瓶暂时由玉泉县委保管,打个收条,盖上县委办公室的印章。她交代此事要严格保密,只有我知、你知,还有赵恒儒知。崔思康明白了秦慧楠的用意。这是将计就计,引蛇出洞。

太阳高照,戴国权还懒洋洋地半躺在躺椅上,茶几上杯盘狼藉,空酒瓶、空罐头盒散落了一地。夜里,他在借酒解闷,借酒浇愁。细细回想这些天他和崔思康的关系可用八个字表明:渐行渐远,形同陌路。

门铃响了,戴国权警惕地打开门镜,只见门外站着个戴口罩、戴墨镜的男人,再仔细一看是卢晓明。他赶紧将其拉进来,关上门,责怪地说:"一般的情况,不要到我这里来,这里到处都装着摄像头。"

卢晓明不是不懂规矩,而是因为青花小瓷瓶的事,是他的自作主张,违反了俩人曾定下的规则,他必须向戴国权当面说清楚。对卢晓明的"先斩后奏",戴国权心中很是不悦。当他听说这事很可能闹成时,心中又舒展起来。卢晓明说那青花小瓷瓶秦慧楠很可能笑纳了,理由是田振鹏拿着瓷瓶去古玩店问价后就再无动静,也没有人去找那家服装商场的经理和送货的员工问话。

戴国权说:"这又是一步险棋,万一商场的经理供出来呢?"

卢晓明回道:"你放心,他们是汪柱子的'老铁',都是舍身炸碉堡的人。"

戴国权无奈地说:"下不为例。你看你,跟特务、间谍似的,哪儿像个上市公司的总裁。"

卢晓明呵呵一笑:"人有多面性,其光鲜、靓丽和丑陋、阴暗的比例,几乎是半斤对八两,何况我卢晓明了?"看着茶几上杯盘狼藉,他问,"哟,自斟自饮,借酒浇愁啊?"

戴国权说:"昨晚是周末,一斤五粮液喝了个底朝天,在这躺椅上睡着了。你不叫门,不知还要睡多久。坐下,还有酒有菜,咱们来个对酒当歌?"

卢晓明说:"大清早的喝什么酒? 我还要开车。"

戴国权说:"这你就不懂了,一日三餐酒,才是大酒仙。陪我喝两杯,帮你叫个代驾。"

戴国权死磨硬缠,情面难却,卢晓明不好再拒绝,只得落座。戴国权又开了一瓶五粮液。卢晓明说这屋里什么都好,就缺个女人。没有女人不成家,他要戴国权抓住青春的尾巴,赶紧找一个。戴国权摇头叹息,说女人不是农贸市场买青菜萝卜。没女人的日子戴国权熬得住,可他卢晓明没女人就惶惶不可终日。不过戴国权很会隐藏,说不定深藏着一个女人。

两个人敬酒碰杯、觥筹交错,一瓶五粮液快要见底。他们喝了就骂娘,从朱明远、周源、秦慧楠,再骂到崔思康。

这时候门铃又响了,戴国权开门一看竟是范琳琳。顿时,卢晓明两眼放光,在他的眼里,门外的那位少妇年轻漂亮潇洒,比起吴雪姣更加端庄、成熟和有韵味。

一股酒气扑面而来,范琳琳见室内有人,不想进屋,要在楼下的小咖啡店和戴国权说几句话。范琳琳从未单独来过戴国权家,见她很着急,料定有事,戴国权就一口答应。他让范琳琳先去咖啡店,说自己和客人打个招呼就来。

卢晓明说:"我说嘛,你身边肯定隐藏着一个女人。"

"你胡说什么?"戴国权说,"这是崔思康老婆、县人民医院副院长范琳琳!"

"啊?"卢晓明目瞪口呆,十分羡慕说,"崔思康艳福不浅啊,难怪他的表舅子汪柱子把他往死里整。为了这么个大美人,搁到谁头上都会拼命的。"

俗话说,要么不来事,来事一起来。就在戴国权下楼去见范琳琳的当口,戴国权家的保姆刘妈来了。她正要给卢晓明泡茶,客厅电话响了,是身在美国的戴国权老婆打来要钱的,女儿下个学期四万美元学费没有着落。卢晓明还从刘妈口中获悉,这个离婚五年的前妻几乎是天天来电、月月要钱,这是离了婚的夫妻?无意之中,卢晓明如获至宝,发现了戴国权一个天大的秘密。不，是一个把柄，是增添了一根操控木偶的牵绳。他想戴国权很可能是假离婚、真裸官，眼下从中央到地方，对裸官查得很严。

卢晓明很有心机，他故意说刘妈的话不可信。刘妈急了，翻包找出一张上个月银行汇款的收据。卢晓明拿出手机，对着收据拍了照。

楼下的小咖啡店很安静，环境优美，淡淡的背景音乐，香味四溢的咖啡，很有情调和韵味。范琳琳和戴国权相对而坐，这于二人还是第一次。范琳琳问戴国权的第一个问题是，为什么崔思康这些天神神秘秘，很少和她说话，这两晚没回家住？戴国权说你是他老婆，你问我我问谁去？范琳琳说你别装糊涂、打哈哈。你和思康是好兄弟，我是思康明媒正娶的老婆，你有事不能瞒着我。范琳琳的第二个问题是，秦慧楠和调查组什么时候走？戴国权扳着手指数了数说还有十二天吧。范琳琳十分厌烦地说，怎么没完没了的？她是不是把市委组织部搬到玉泉县来办公了？

接着，范琳琳毫无顾忌、口无遮拦地说开了。她说这么多天了，不给崔思康结论，这是什么意思？新官上任三把火，她的第一把火烧向崔思康，想再搞点政绩出来。可她看错人了，崔思康是个七品芝麻官，把他搞倒了，她能升官为市长、市委书记吗？

范琳琳如此放肆地说话，吓得戴国权大气都不敢出。他看看四周说："小姑奶奶，小点声，别乱说，秦部长与思康无仇无冤。"

范琳琳说："什么无冤无仇，有的人总把别人当作自己的垫脚石。"

戴国权告诉范琳琳，他和思康有矛盾了。接着他又诉苦说崔思康听不进他半点意见。说句难听的话，他是县委副书记，也享受正处级待遇，两人是同级，他凭什么对我指手画脚？这几年配合他，包容他，理解他，自己问心无愧。

范琳琳安慰说，这方面，她看得出来，你总是让着他。思康这个人很强势，在家里也是这样。有时候发火，举着拳头冲着我吼叫。知道他这个臭脾气，你就不要计较了。

戴国权说，不管怎样，我们还顾及兄弟之情。敬君子方显有德，怕小人不算无能，我就是这么个人。

戴国权和范琳琳结束了谈话，心里一阵酸溜溜的。范琳琳尽管和崔思康闹矛盾，心里还是向着自己的男人。女人啊，总是那么傻。就像自己的老婆，为了留学美国的女儿，她听他的话，辞了职去陪读，省吃俭用，连个化妆品也舍不得买，还办了假离婚手续。人们都说"贤妻、薄田家中宝"，他的老婆就是。万一他出了问题怎么办？她们母女在美国怎么活？想到这里，他不寒而栗。

回到家里时，保姆刘妈走了，只剩下卢晓明仰面朝天地呼呼大睡。电话响了，是远在美国的妻子打来的，说五万美元汇款刚收到。戴国权蒙了，说我没汇款啊。

"是我。"卢晓明弹坐而起，"嫂子在美国快断炊了，你让她喝西北风啊？"他再也不顾及情面，一针见血地说，"我知道，你们感情深厚，是假离婚！这事不该瞒着我，难不成我还能坏你的事？"

卢晓明的一席话说得戴国权本来心中存有的金盆洗手的火苗，被一盆冷水浇灭了。他只有硬着头皮往前走，走到哪，算到哪，没有回头之路。

李全英的问题关联着她儿子王三毛，这个钉子户像只刺猬，让人无从下手，整个拆迁工程因这娘俩的阻碍可能半途而废。秦慧楠明白，李全英如果是个精神病人，你拿她没辙，因为她是王氏杂货铺的房主，让她在拆迁协议上签字是没有法律效应的。如果李全英的精神病是装的，那就从这个钉子户撕开一个口子，然后问题就好办了。

这天下午，秦慧楠在贾乐福的陪同下来到王氏杂货铺门前，目的是为查明李全英精神病的真伪探探路子。这座独门独院的三层小楼红瓦白墙、格子窗，马头墙配有长长的阳台，颇有中西结合的建筑风格。小楼坐落在马路边，车水马龙，人来人往，是个开商店、搞商品批发和物流中转的风水宝地。

隔着紧闭的铁栅栏大门，秦慧楠看到院内十分整洁，花坛里的月季花含苞待放。贾乐福问，这里你都来过了，能看出李全英精神病的真假？秦慧楠认为，也许不能，但我们不能放过任何一个细节。有时候一个不起眼的细节，能告诉你一个惊人的真相。贾乐福说，你倒像是个公安侦查员了，肯定是受了田振鹏的影响。秦慧楠否定了这说法，因为她大学四年的选修课是刑侦学。她从小就想当公安侦查员，谁知阴差阳错，从事了组织工作。

小楼隔墙的四合院里，是秦慧楠召开座谈会的会场。十多名与会者是李全英的邻居，有的关系十分密切。

秦慧楠问村民，李全英精神病第一次发作是什么时候？村民们反映是在今年的春天，引水工程第一次拆迁动员大会以后。这次大会，是崔思康做的动员报告。在会上，崔思康下了死命令：凡是工程需要决定拆迁的，一定要拆。没有特殊，没有例外，不准说情，天王老子也不行！

接着，秦慧楠又提出了另一个疑问，李全英不在家，她儿子也经常不回家，可为什么这个小院子干净、整洁，花草茂盛？一个村民说，李全英家的小院是委托他帮着照料的，给点工钱。他觉得李全英很正常，说她有精神病，打死他也不信！

听到这里，秦慧楠和贾乐福会意地交换了一下目光。种种迹象表明，李全英的精神病不那么简单，是个谜团。

三二　个人隐私不是沉默的借口

从下午两点到马王镇开座谈会，到四点钟又赶回县城，秦慧楠几乎是马不停蹄在和时间赛跑。回到调查组，听取了任大年、杨娟对范琳琳个人任职的情况调查汇报。这中间，几乎没有喘息的机会。

任大年汇报说，范琳琳是四年前入党，三年前任县医院副院长。从整个考察、任用的操作程序上来看，都符合规定和要求。但是整个过程，都有戴国权的影子。县医院的同志反映，范琳琳入党、提干，是戴国权站在台前，崔思康站在幕后。凭范琳琳的学历和能力，是当不上副院长的。在调查中，机关有的干部言语激烈。杨娟汇报说，调查中有的干部提醒，范琳琳卫校毕业后两年没工作，干了些什么，组织上必须调查清楚。河南驻马店等地的主要领导，培养"三陪女"入党、提干、当局长的丑闻，是我党惨痛的教训，不能重演。

秦慧楠身子一颤，头嗡的一声爆炸了，她在思考这么一个问题：对崔思康，不能乐观得太早。尽管前面几件事水落石出，得到了澄清，但是并不代表崔思康是干净的。崔思康在玉泉这块土地上快二十年了，也是树大根深呢。他从村干部和乡长干起，做了四年副县长、四年常务副县长。常在河边走，哪有不湿鞋呢？

杨娟提醒秦慧楠，对崔思康我们是调查，绝不是为他站台。就算崔思康是清白的，我们也不能公开地一屁股坐在他的身边。特别是崔思康为什么抛弃未婚妻王秀芹？他和范琳琳怎么认识、结合的？崔棒棒的生父是谁？范琳琳卫校毕业后几年没工作都干了些什么？为什么认识了崔思康就进了县医院？为什么一个中专生能当上医院副院长？对这些问题，崔思康不是遮遮掩掩，就是以个人隐私为由，要么沉默，要么拒绝回答，这很不正常。

秦慧楠赞同杨娟的观点，个人隐私不是沉默的借口，一定要敲开崔思康的嘴巴，让他向组织说出真相。

关键时刻，戴国权敲开了门，站在他身旁的是清水镇医院的老护士吴梅芬。戴国权说这位吴奶奶本来是找秦部长，却找到他那去了。吴梅芬是来反映问题的，她向秦慧楠提供了一个重要情况。她说当年怀孕六个月跳河寻死的范姓姑娘，在清水镇一家歌厅做过"三陪女"。那个救她的姓崔的男子，就是她三陪的客户。姓范的姑娘说，肚里的孩子是姓崔的，姓崔的不承认，两人就闹矛盾，姓范的姑娘要告发，姓崔的没办法，就收留了姓范的姑娘和孩子。

这个消息是爆炸性的，在秦慧楠的心里掀起了惊涛骇浪。她感觉身子在颤抖，连呼吸都急促起来。望着吴梅芬这位面相善良、说话诚恳温和的老人，秦慧楠沉默了，好不容易对崔思康树立起来的信心，像一架突然失去动力的飞机，一下子栽入了谷底。秦慧楠怀疑吴梅芬讲话的真实性，但是戴国权告诉她，吴梅芬是个好护士，曾在县、市卫生系统几次被评为先进个人。秦慧楠很担心河南驻马店等地的贪官培养"三陪女"入党、提干的丑闻在崔思康的身上重演。

是人都有失意和情绪低落的时候，秦慧楠也不例外。虽说已为市委常委、市委组织部部长，但是她竭力克服的容易情绪化的问题又暴露出来了。晚上回到宾馆，居然将一瓶白酒，就着几两花生米、二袋苏州卤汁豆腐干，喝了大半瓶。田振鹏来到房间时，她靠在沙发上睡着了。知妻莫如夫，田振鹏猜想，老婆一定又碰到大麻烦了，否则不会这样。果然不错，喝得醉醺醺的秦慧楠，还能把吴梅芬反映的问题讲得清清楚楚。

田振鹏问："吴梅芬反映的情况你信？"

"为什么不信？她是一个好护士，几次评为市、县先进个人。"秦慧楠很痛苦地说，"范琳琳做过'三陪女'，崔思康是她三陪客户。常务副县长将'三陪女'娶为老婆，还培养入党、提拔为县医院副院长。我心里现在是什么滋味？打翻了的五味瓶……你是痕迹专家，要是照妖镜就好了……照照崔思康，是人还是妖？"

听了这些话，田振鹏心里暗暗吃惊，如果这一切是真的，不仅秦慧楠吃不了兜着走，就连支持她的省委书记郁浩民也难辞其咎，并且会引起社会舆论一片大哗，一片谴责。但是，田振鹏毕竟是经过大风大浪的人，很快冷静下来，他说："我再问你一次，吴梅芬的话你信吗？"

秦慧楠说："她就是证人，我没有怀疑的证据。花花世界，诱惑颇多。十多年前的崔思康年轻旺盛，说不定经不住诱惑，掉进了'三陪'的陷阱。"

田振鹏说："老婆，别着急。范琳琳是不是做过'三陪女'，我以最快的速度给你一个答案。"

人们常说，屋漏偏逢连夜雨，船迟又遇打头风。这天中午，崔思康家里发生了一件大事，他破天荒地打了范琳琳一巴掌，他的后院开始起火了。事情的起因是王秀芹。上午她跑到崔思康家来还钱，崔思康不在，正巧范琳琳在家。王秀芹说她不想种菜卖菜了，请求帮她找份工作，哪怕做保姆也行。她一口一个"康哥哥"，让范琳琳听了很肉麻，她提醒崔思康对王秀芹要提高警惕，防止她骗财、骗色，更防止权色交易。听了这些话，崔思康心里窝着火，他说王秀芹不是这种人，别败坏人家的名声。范琳琳赌气地说，那好，把王秀芹请过来，白天做保姆，晚上做情人，一举两得。这些话让崔思康情绪顿时失控，他一巴掌打在了范琳琳的脸上。

范琳琳被打蒙了，许久后才问："你终于动手了？"

崔思康知道闯了祸，失了手，连连说："对不起，对不起……"

范琳琳摔门走出家门，崔思康追到楼下，范琳琳已经坐进车内，点火、发动，崔思康站在车头，挡住去路。

范琳琳摇下车窗大吼："让开，找死啊你！"

崔思康拉开车门，坐到副驾驶位置上，拔掉车钥匙说："我错了，你打我吧。"

"我长这么大，从来没人对我动过一手指头。"范琳琳抽泣着，"崔思康，想不到你会打人，打的还是与你同甘苦共患难的老婆！"

"我再说一次，我错了，向你诚恳地道歉。"崔思康拉着范琳琳的一只手，放在自己的脸上，拍了几下，"这下行了吧？"

"别来这一套，"范琳琳抽回手，不依不饶地说，"我不会原谅你的！"

"知道王秀芹是什么人吗？"崔思康掷地有声地说，"她是等了我六年的未婚妻！"

一个晴天霹雳在范琳琳头顶上响起，她只是"啊"了一声，什么话也说不出来。这个真相太突然了，可是它真实地存在着。她知道为了她和棒棒能好好地活着，这个真相在崔思康心里埋藏了十年，今天终于公布出来了。

崔思康说："当年为了你和棒棒的两条命，我放弃了她。没有她和她的父亲王长根，我念不完大学和研究生专业，也就没有我的今天。面对他们父女，我自责、愧疚，心里背着沉重的十字架。"

说完这些话，崔思康扭头走了。他走出小区大门，走向路边伸手去拦出租车。范琳琳追出来，追到马路边，看到一辆出租车在崔思康身边停下，她知道崔思康今晚要赶到引水工程指挥部开会。

范琳琳边跑边喊："思康，我开车送你去——"

崔思康没听见似的坐进了出租车。车轮启动，看着出租车驶离，消失在车流中，范琳琳一脸愧疚，止不住泪水夺眶而出。突然，她转身跑进小区，开着红色小跑车，向引水工程指挥部驶去，几乎和崔思康乘坐的那辆出租车同时到达引水工程指挥部的门前。这一晚，她和崔思康同住在工地的钢板房里。

夜色苍茫，山风呼啸，钢板房吱吱作响。床上，范琳琳睡不着，翻了一个身，惊醒了崔思康，她泪眼汪汪地说："你大小也是个县长，怎么住在四面透风的工棚里？你常告诉我说工程指挥部条件不错，有暖气有空调，有热水有小灶，原来你是骗人的！"

崔思康说："这又怎么啦，值得你哭哭啼啼的？我从小睡过牛棚，相比之下这里强多了。"

范琳琳说："不是不支持你工作，是舍不得你。别的县长也这么做吗？"

崔思康说："别人怎么做我管不着，我要管好自己。"

范琳琳问："我看到你买好医务护理方面的书籍了。你真的想辞职，和我去开诊所？"

崔思康说："这是我最后的选择，也是挺不错的选择。没有官场上勾心斗角，也没有说一套做一套的伪君子。我可以天天陪着你给病人打针、输液、量血压、测血糖。等棒棒长大了，我们就出去旅游……"

范琳琳说："别说了，你心里的弯弯绕别人不明白，做妻子的心里还不明白？你是放不下玉泉县的，也是放不下县委书记这个职务的，因为你是一个不服输的人。"

马王镇的街头有个古戏台，新中国成立前是大户人家搭台唱堂会的地方，新中国成立后成为群众集会和文艺演唱的平台。戏台是明代建筑，雕梁画栋，龙凤呈祥，整个建筑别具一格，前些年被省里列为文化遗产。

今天，古戏台的上方拉着横幅，上面写着"玉泉湖引水二期工程拆迁动员大会"。台下，坐满了拆迁户；台上，中间坐着崔思康、赵恒儒，两边坐着镇书记贾乐福、镇拆迁办胡主任和引水工程指挥部总工程师潘凯。

崔思康走到话筒前，说："诸位乡亲，该说的都说了。通过拆迁这个纽带，我认识了大家，大家也认识了我，我们成了朋友。我的要求不高，是要和大家成为好朋友，不知你们给不给面子？"

台下的人发出一阵笑声。崔思康继续说着："今天，我要用事实来说明，玉泉湖引水工程对我们在座的每一个人，对子孙后代，是多么的重要。赵主任、潘工，开始吧。"

赵恒儒和潘凯抬上条桌，放置两个大的圆柱形玻璃瓶，拧开两塑料桶清水，分别倒入两个圆柱形玻璃瓶内。

崔思康拿出一个小玻璃瓶说："大家看好了，这桶里是玉泉湖水，这是马王镇的自来水。我这个小瓶里装的是化学试剂，能检测出水里面的细菌和有害物质的多少。"

崔思康将化学试剂分别倒入两只圆柱形玻璃瓶内，顿时，装马王镇自来水的瓶内出现了黄黑等脏兮兮的球体，玉泉湖水则保持着清澈。台下的拆迁户们惊叹起来。

崔思康说："大家看到了吧？事实胜于雄辩。想想我们每天喝的水，不恶心吗？所以我们说玉泉湖引水工程是惠民工程，关系到我们子孙后代的健康和幸福。刚才做的不是魔术，是科学，是事实。这个试验很简单，台下的每一位都可以做。如果不信，这台下就有自来水管，你们自己来体验一下。有谁愿意上来？"

台下有人喊道："崔县长，我们信！"

崔思康说："既然大家信我，我也给大家承诺。凡是十天内签订拆迁协议者，补偿费奖励百分之五，十五天内签订拆迁协议者，奖励百分之三。我们刚刚做出决定，在引水渠旁建经济适用房，按规定期限拆迁者，可以用旧房换新房，面积不减。"

贾乐福又补充说："还告诉大家一个好消息，崔县长拉来了几吨玉泉湖的水，每户可免费取水！"

崔思康说："用这种水泡茶，泡出的味道和你们镇自来水肯定不一样。你们一定会说味道好极了！"

三三　与高明的对手较量

田振鹏是个说话不含糊的人,为了查明范琳琳是否做过"三陪女",他第二天中午就开始了行动。

白色的帕萨特在清水镇吴梅芬居住的大院外面停下,车上走下田振鹏。他戴着棒球帽、大墨镜,身穿黑色名牌T恤,风流倜傥,换了个人似的。邻居告诉田振鹏,吴梅芬这会儿不在家,去大市场摆摊了。

清水大市场,是一个批发大市场,规模仅次于浙江义乌,日用百货、服装、电器、装饰用品应有尽有。"吴氏木偶玩具"铺里,吴梅芬浓妆艳抹,年轻了许多,围观的客户很多,还有不少外国人。吴梅芬正在表演着一具宫廷婢女木偶,嘴里还哼着京剧唱腔:

　　最是人间留不住,
　　朱颜辞镜花辞树。
　　一夜落花东流水,
　　珠容玉貌瞬息无……

田振鹏挤进围观的人群中,从手机中调出吴梅芬的头像,确认无误。这会儿,吴梅芬又打起竹板,说起了快板:

　　都来看,都来瞧,
　　清水木偶很火爆。
　　有汉人、有洋人,

还有天兵天将、
唐僧西天取经、
三打白骨精……

田振鹏以一个大客户的架势,很快取得吴梅芬的信任,并将他带到样品室。无意中,吴梅芬说漏了嘴,说大老板卢晓明是木偶迷,并在她这里预定一批木偶。吴梅芬翻开定制本,里面是一幅幅定制的人物、照片,居然有秦慧楠、崔思康、周源、林强盛、朱明远的照片,这让田振鹏很震惊,马上向秦慧楠告知了这一个发现。秦慧楠让田振鹏帮她定制一个"杨子荣",因为杨娟反串的"打虎上山",唱得可专业了,到时让她露一手。

田振鹏交了押金、接过收条,才办他的正事。他拿出范琳琳的照片,问吴梅芬:"阿姨,认识这个人吗?"

吴梅芬警惕起来:"你怎么问这个?"

"受人之托。"田振鹏说,"她是我一个朋友的老婆。"说着他将一个红包塞到吴梅芬手里,"小意思,我朋友一点心意。"

"这多不好意思。"吴梅芬接过红包,"要了解什么情况?"

田振鹏问:"她曾在清水镇做过'三陪女'吗?"

"只是听说。"吴梅芬支支吾吾,"真实情况要问青春舞厅的孟老板。"

一向谨慎、小心的田振鹏,今天出现了一个失误。他来清水镇,不该开着自己的车。这辆车早已成了汪柱子、小胡子等人全天候监视的移动目标。范琳琳曾是歌舞厅"三陪女"的信息是卢晓明通过吴梅芬放出去的,只有坐实了范琳琳做过"三陪",才能坐实崔思康的"权色交易",这是他下的一盘大棋。

在清水镇青春歌舞厅的总经理室内,田振鹏将范琳琳的照片递给一个叫孟向艳的女总经理。孟向艳回忆,好像听说过有个姓范的姑娘在我们舞厅干过。毕竟十年过去,记不清了,只有查询歌舞厅保留的人员花名册和工资发放表。她叫来了舞厅的宋会计，进入保管室，一阵翻箱倒柜，终于在员工登记册中看到了范琳琳的名字、身份证号和简历。

　　田振鹏不愧为痕迹专家，细微的痕迹变化和异样，逃不过他的眼睛。有关范琳琳的这一页，有做旧的迹象。他能断定，这花名册上范琳琳的登记内容，造假的嫌疑很大。他要将花名册上有关范琳琳的登记内容拍照，被孟经理拒绝了。他只得离开歌舞厅，坐进自己的车内，拨通了章法成的电话。他说："凭我的经验和判断，青春歌舞厅提供的范琳琳的登记表是不是涉嫌造假，这是揭露又一个阴谋的关键。"

　　章法成回说："明白了。我立即通知清水镇警方做出反应。"

　　田振鹏挂断手机，点火发动，驶上大街。一辆吉普越野车尾随而来，驾车人是小胡子。

　　智者千虑，必有一失。白色的帕萨特刚驶出收费站出口，吉普越野车就驶入收费通道。当田振鹏驶上高速主路开始加速时，吉普越野车驶出收费站，加速追赶。小胡子拿出一只遥控器，说了一句："田大痕，去死吧——"他猛地揿动一下遥控器。前面，白色帕萨特车头强烈一震，车前盖突然掀开蹿出烟火。很快，驾驶室蹿出火苗，田振鹏的衣服、头发着火了。他猛地踹开车门，滚下车去，没有几秒钟，汽车油箱发生了爆炸，化作一团烈焰。

　　白色帕萨特自燃，虽然没有发生人命事故，还是引起了省、市、县公安部门的高度重视。但是，交警部门现场勘查的结论是"车辆自燃"，理由是该事故车是出厂十多年的二手车，电路老化，发动机漏油，车上未发现任何人为破坏的痕迹。持不同意见者认为，事故车电路老化，发动机漏油这是事实，但自燃偏偏发生在田振鹏关于范琳琳是不是"三陪女"的调查即将揭开真相的关键时刻，这难道是巧合？没有发现事故车上爆炸装置的痕迹，不等于排除人为破坏的可能。一场大火，汽车烧成了铁架子，除了金属一切都化为灰烬，还能留下什么痕迹？

　　章法成用担架将受伤的田振鹏抬到现场，期待他能发现什么。可是他望着汽车铁架和一堆黑乎乎的灰烬，一时也无能为力。郁浩民书记得此消息十分震惊，给秦慧楠打电话询问情况。秦慧楠说万幸的是田振鹏死里逃生，躲过了一劫。他身上多处皮肉擦伤、烧伤，软组织受伤、腰部骨折，但没有生命危险。郁浩民问秦慧楠对这次事件有什么看法，秦慧楠说对汽车自燃的勘查结论，她存有疑点，但是苦于找不到证据，只能维持这个结论。郁浩民说，如果这又是一个阴谋，说明我们的对手是高明的，这也告诉我们与高明对手的较量是值得的。不要急，也不急于找到结果，精彩在于寻找结果的过程。什么叫大智若愚、欲擒故纵？我比对手高明，但是偏偏让对手以为我们比他愚蠢。明白我的意思吗？秦慧楠茅塞顿开地说，明白了。

　　在武警医院的病房里，田振鹏半躺着，脸部有擦伤，肩膀、腰部都缠着纱布。秦慧楠与章法成坐在病床头。

　　田振鹏说："章局，我的白色帕萨特'烈火中永生'了。"

　　秦慧楠说："振鹏，我的心像过山车似的怦怦直跳，你还想着那辆破车。车算什么？人保住了就是万幸。我看看，伤得怎么样？"

　　田振鹏幽默地说："别紧张，别担心，我好好的，不过擦伤了几块皮。有个护士问我，你身上着火了，当时怎么想的？我说竭尽全力，保护好我这张脸。我怕毁了容，老婆蹬了我。"

　　秦慧楠、章法成一听都笑了。

　　秦慧楠说："振鹏，不管岁月流逝，还是山崩地裂；不管是眉清目秀，还是皱纹满面，你这张脸，在我心中是最帅的。"

　　章法成拍手叫好："说得好！想不到秦部长也会海誓山盟。"

　　秦慧楠说："什么叫'也会海誓山盟'，你问问振鹏，比我写给他的或说给他听的爱情诗，这是不是冰山一角？"

　　田振鹏说："这不假。"

　　在病房里，秦慧楠向章法成传达了郁浩民书记的电话精神。章法成对郁书记的"我比对手高明，但是偏偏让对手以为我们比他愚蠢"这句话体会颇深。他告诉秦慧楠和田振鹏，刚刚省公安厅来电，说歌舞厅提供的所谓范琳琳登记的员工花名册是伪造，清水警方拘传了吴梅芬和孟向艳。

有关崔思康"权色交易"谣言制造和传播的案件，很快成功告破。主要嫌疑人孟向艳、吴梅芬还有女会计宋月兰三人，被推上了法庭的被告席，因利益驱使她们上演了这场闹剧。首犯是年轻的女会计宋月兰，守住了最后的防线，使案件难以再向深处追查，保住了幕后的人物。她的理由是，范琳琳是只有中专文化的护士，当上县人民医院副院长，靠的是漂亮的脸蛋，强烈的嫉妒心理，使她搞了一场抹黑他人的恶作剧。

可是谁也不会知道，女会计宋月兰是汪柱子花五万块钱买来"舍身炸碉堡"的女人，这个女人真傻，牺牲她一个，保护了一大片。为了蝇头小利，她以毁了一生的名誉为代价，不禁令人扼腕叹息。

崔思康在马王镇召开了第三次拆迁动员大会，工作大有进展，有一百多户同意签约，还有一百多户考虑签约，犹豫不定的和坚决不签的只剩六七十户，这是一个很了不起的成果。当崔思康满怀喜悦回到引水工程指挥部办公室时，秦慧楠和杨娟在等着他。秦慧楠变戏法似的，从提包里拿出一束洁白的茉莉花，递到崔思康手里。顿时，崔思康愣住了，不知所措。

杨娟说："送给你的茉莉花，它象征洁白神圣。"

秦慧楠说："打开塑料膜，看看花里面有什么？"

崔思康摘掉套在花束上的塑料袋，花中有一份红头文件。

秦慧楠说："这是关于你的所谓'权色交易'问题的专项调查和结论。这份报告澄清了两个问题：第一范琳琳不是'三陪女'，第二崔思康没有接受'三陪'和犯下'未婚先孕'等违纪违规的错误……"

崔思康情绪一下子激动起来，扔掉花束说："为什么要做这个调查？这是我的隐私！"

秦慧楠说："共产党的干部不是泔水桶，不能让别人乱泼脏水。知道这是谁说的？省委书记郁浩民同志。这句话，是他让我转告你的。"

崔思康说："人生难免要受些委屈和伤害，与其耿耿于怀，郁郁寡欢，倒不如坦坦荡荡，泰然处之。"

秦慧楠说："共产党员也是人，受委屈也是有底线的，人格和尊严不允许抹黑，这也是浩民书记说的。"

"棒棒怎么办？"崔思康痛苦地说，"要是他知道我不是他亲爸爸，感情上怎么受得了？孩子渐渐长大，懂事了。还有范琳琳，外界知道了，问她棒棒的亲爸是谁，她怎么回答？她还怎么做人？这些你为他们想过没有……"崔思康说不下去了。

秦慧楠说："一个天大的委屈，让你忍受了十多年。就是你个人想继续忍受下去，组织上也不会同意的。因为你是党和人民的干部，在主持一个县的工作，关系着一百多万群众的切身利益。现在，别有用心的人正利用你的隐私大做文章，企图压垮你，组织上却决不容忍！告诉我，你和范琳琳在结婚前到底发生了什么？棒棒的亲生父亲到底是谁？"

崔思康说："关于这是有个秘密，但是对不起，我不能说。因为我向范琳琳郑重承诺过，这辈子让这个秘密石沉大海，永不外传。"

秦慧楠说："思康同志，我尊重你的隐私，理解你的承诺。可是，当别人把刀架在你的脖子上了，你怎么办？"

"崔县长，"一直沉默的杨娟插话了，"你还不知道，为了澄清这个问题，田振鹏教授在回来的路上汽车自燃爆炸，差点丢掉性命。"

崔思康一听吓坏了："这么重大的事，章法成为什么不告诉我？"

秦慧楠说："是我让他先不告诉你的。振鹏住在武警医院，身上有擦伤、烧伤，腰部骨折，没有大碍。思康同志，关于王长根事件，由于我考虑不周，误入圈套，让你受到了伤害。所谓'权色交易'的问题，一直影响着组织上和我对你的信任和任用，你受委屈了。浩民书记让我选个好的时间、用个好的形式向你道歉，让朱明远书记也来参加。不凑巧，他今天有个外事活动，只能让我代表了。对不起，我的道歉方式没有创意。"

"不，"崔思康说，"你很有创意，你的道歉让我震撼，感谢你的茉莉花。"崔思康捡起茉莉花束，又闻了一下，平静地说，"我和范琳琳认识在十年前，那时我还是一个副乡长……"

那是一个晚上，皓月当空，崔思康骑着自行车，路过清水镇的清河大桥。桥中央，有一个人爬上护栏，跳进水中，宽阔的河面立即溅起一朵浪花。崔思康扔掉自行车，冲上去，毫不犹豫地翻越护栏，跳进河里救人。被救的正是年轻的女子范琳琳。

崔思康背着昏迷不醒的范琳琳，奔跑在一条狭长的街道里。前面是清水镇医院，崔思康以百米冲刺的速度冲进医院的大门，闯进急诊室。护士长吴梅芬帮着将范琳琳抱上了担架车，送进抢救室。

一个小时后，吴梅芬从抢救室走出，她告诉崔思康你女友脱离了生命危险，还告诉崔思康，你女友怀孕五个多月了。崔思康说，护士长你误会了，她不是我的女朋友。可吴梅芬说，你们这些男人，与女人交往不能不计后果，她说："不是你的女朋友，你又是跳河救人，又是挂号付费的，是见义勇为的活雷锋啊？"她还说别再推卸责任了，男子汉，敢做敢当。崔思康当时要走，可吴梅芬拽住不让走，说你女朋友醒过来，你是她男朋友，你走后她还是去死。两条人命啊，你忍心吗？

崔思康和秦慧楠走出引水工程指挥部，踏上湖畔小道。湖水荡漾，绿柳依依。"那几天，"崔思康继续说着，"范琳琳死活缠着我，我无法脱身。她对我说，如果我离开她，她会再去死。我以为她是在威胁我，趁她不注意，溜走了。当天晚上，她就服了大剂量安眠药，送到医院，差点没抢救过来。"

那天晚上，崔思康又去病房，看望了再一次从死神那里抢救过来的范琳琳，见到崔思康，她只是一个劲地抽泣，连说对不起。崔思康问她孩子是谁的？为什么要寻死？范琳琳说等孩子生下来，我会告诉你一切。在崔思康循循善诱之下，范琳琳说出了一个令人震惊和揪心的事。她肚里的孩子是她妈妈不同意做人工流产，因她爸爸患重病，没有医药费和手术费，指望这孩子生下来找个人家换个好价钱。后来，范琳琳的爸爸还没有手术就去世了，不用手术费了，她妈妈也不要她肚里的孩子了。可是肚里的孩子大了，不能做人工流产了，这是一条鲜活的小生命啊!

崔思康问:"你妈妈在哪? 我可以联系她吗?"

范琳琳说:"不要联系她,求你了。"

崔思康说:"我告诉你,我有未婚妻了,就要结婚了。"

"我不是要嫁给你,我不配。"范琳琳说,"我是等孩子生下来,你就可以离开我了。进了产房,不能没有个男人。"范琳琳突然下床,跪着说,"大哥,求你了。为了两条命,你只当做个善事吧……"

"你起来,"崔思康犹豫了片刻,下了决心,"我答应你……"

玉泉湖畔,崔思康沉浸在回忆中。他说:"几个月后,范琳琳生下了个儿子,就是今天的崔棒棒。她信守承诺,告诉我她是卫校毕业不久的学生。毕业后回学校聚会的时候,遭到他人强奸,并怀了身孕。"

秦慧楠问:"后来呢? 又是你学雷锋、助人为乐了?"

"对,"崔思康说,"范琳琳找我,求我给孩子找个好人家。我看着孩子,白白胖胖的,很是可爱,送人真是舍不得,我想自己收养。"

秦慧楠说:"于是,你抱着孩子来到了王秀芹家。"

崔思康奇怪地问:"你怎么知道?"

秦慧楠说:"是王秀芹告诉我的,那天雨下得很大吧?"

"对,"崔思康回忆说,"一场大雨,瓢泼似的。我穿着雨衣,抱着个婴儿来到王秀芹家门口,她开门,我正要进门,看到我怀里的孩子,她挡住不让进,问孩子哪来的? 我说雨这么大,孩子要淋坏的,你让我进去再解释。她说不行,我这个家,不让野种进来。我说他不是野种。她问我和哪个狐狸精生的? 雨那么大,我怕淋坏了孩子,恳求说让我先进门再说。可她骂了一声滚,愤怒地关上了院门。我抱着孩子,走进了雨天里。"

说到这里,崔思康发现秦慧楠的两眼湿润了。

崔思康后悔地说:"我抱着孩子去王秀芹家,这是一个大错。然而我对不起一个王秀芹,但是我救了两条命。那天晚上,当我把孩子抱回到范琳琳身边时,她拼命地抱住我和孩子,不肯放开。她哭着说,大哥，求求你，收下我们母子吧，我给你做牛做马。我说这不行，我比你大十二岁，你还年轻，完全可以找个比我条件好的男人。她说年龄不是问题，女人一生的追求，就是找一个能托付终身的男人。你善良、正直、乐意助人，你就是我能够托付终身的男人。我被感动了，答应了范琳琳。她说要为我生一个亲儿子。我说，不，这孩子很棒，就叫棒棒吧，棒棒就是我的亲儿子。"

秦慧楠掏出纸巾，擦了擦湿润的双眼。俩人走出办公室，开车到引水工程的抽水泵站。这里屹立着站房，一排排巨型输水钢管伸向远方。

崔思康说："这就是引水工程的龙头，它像棒棒一样，是我的宝贝，是我的骄傲。"

秦慧楠问："范琳琳没告诉你当年是谁强奸了她？"

崔思康说："她也不知道那个坏蛋是谁。那天她喝多了。这是她多年的伤疤，我也不会去触动她这根敏感的神经。她也渴望追查到那个强奸犯，将他绳之以法。十年过去了，看来她这个想法很难实现了。"

秦慧楠沉默着，似乎在思考着什么。她说："我在回想肖强强说的话：为什么好人常常被人误解？为什么好人常常被坏人算计？做个好人难道就这么难？他要我们为好人杀开一条血路。"

崔思康说："谢天谢地，在你的眼里，我终于转化成正面角色了。"

晚餐后，范琳琳来到"泉水叮咚"茶楼的包厢。今晚她主动约见了王秀芹。王秀芹提前到了，并点好咖啡和果盘。在此，事关崔思康命运的两个女人，开始了短兵相接。

范琳琳开门见山地说："我是来商量你父亲医疗费的解决办法。按道理，我和崔思康再支付一个王长根的医疗费也不冤。"说着她拿出一个长方形纸包，"这是十万块现金，再多也拿不出来了，我的心意，你一定要收下。"王秀芹婉言谢绝，态度相当坚决。

范琳琳动情地说："这么多天了，你父亲依然一动不动地在病床上躺着。天天喂药灌食，端屎端尿，再孝顺的儿女，也有厌烦的时候。再说了，医药费是个无底洞，你背不起这个沉重的经济负担。而且，你还要买房，起码留个首付吧。"

王秀芹问："这是崔思康的主意？"

范琳琳说："是我。思康已经将你们之间的事全都告诉我了。别说十万，我就是给你一百万也是应该的。"

王秀芹问："他为什么现在才告诉你？"

范琳琳说："不让我错将恩情当爱情。"

范琳琳说得平淡，对王芹秀却是极大的刺激，仿佛被人猛扎了一针，钻心地痛。她有点生气了："什么叫'错将恩情当爱情'？我文化水平低，听不明白。"

范琳琳说："你们父女对崔思康的怨恨，主要罪过是他的忘恩负义，不知恩图报。对他大学和研究生学业的学费、生活费的资助，少说也有三十万。就凭这一点，崔思康也站在了道德的被告席上。"

王秀芹说："什么'错将恩情当爱情'？ 农村人没那么浪漫，靠的是务实。有钱就能娶到老婆，招到上门女婿。没钱，男人再优秀也照样打光棍，姑娘再漂亮也是泼出去的水。那些将恩情和爱情分家的游戏，是文化人的虚伪，是吃饱了撑的！ 崔思康当年不'英雄救美'，你能嫁给他吗？ 如果你不比我年轻漂亮，崔思康能抛弃我娶了你吗？ 如今当干部做事，有的很臭，可偏要抹上花露水，何必呢？"

范琳琳对王秀芹的出言不逊已经不满："秀芹姐，杀人不过头点地，得饶人处且饶人。我知道你心里有怨、有气、有恨，忍了这么多年，终于找到了发泄的机会。是不是将崔思康整倒了，将我这个家搞得家破人亡，才解你心头之恨呢？"

王秀芹说："我的心眼没有那么坏。再说，我和思康已经和好了。"

范琳琳说："别误会，我是怕失去理智的人，会一时糊涂，干出失去理智的事来。"

王秀芹问："谁失去理智？ 你分明在指桑骂槐，说的是我。"

范琳琳说："秀芹姐，我正在下决心，做出一个决定，将思康还给你！"

顿时，王秀芹惊得目瞪口呆。

"该说的全说了，谢谢你的咖啡。"范琳琳丢下钱，起身离去。王秀芹拿起一包钱，追出去："范院长——"

范琳琳冒雨走出茶楼，王秀芹追出茶楼门外。范琳琳在自己的车上摇下车窗玻璃，冷冷地看着王秀芹。

王秀芹说："我刚才说的话收回，向你道歉，还不行吗？"

范琳琳说："不需要你道歉，这是我个人的事。"

"不，"王秀芹将钱扔进车里，"这是两个女人和一个男人的事。你们都十多年夫妻了，孩子也这么大了，你不能这样做！妹子，说一句你不爱听的话：别任性，别身在福中不知福！"

范琳琳说："秀芹，你知道吗，自打思康告诉我你们的过去，我每天都揪心，都不好意思见你。在你面前，我就是偷，就是抢，偷抢了别人心爱的男人。我下半辈子不想在不安中度过，不想再欠你的了。"

王秀芹说："既然你这么说，我也没话说了。你把思康还给我，他若不嫌弃我，我照单全收。"

三四　明知山有虎，偏向虎山行

　　上午八点，吴雪姣接到县委办公室主任赵恒儒的通知，秦慧楠要来玉泉集团考察、调研，时间就是上午十点。卢晓明看看手表，还有两个小时，第一个反应就是秦慧楠搞突然袭击，第二个反应是给戴国权打电话，探明究竟。戴国权也不知情，他对卢晓明说了八个字："隆重接待，谨言慎行"。

　　秦慧楠突然去玉泉集团考察、调研，这是一个临时和大胆的决定。这个决定的动力来自章法成的报告，卢晓明身边常有一些不寻常的人物在密切走动。经查实，林强盛的侄儿林全、余光的侄女余敏，都分别是玉泉集团两个子公司的幕后持股人。最近，卢晓明又以高价收购了汪柱子的项目公司，这可是欠了一屁股债的烂摊子，这又是为了什么？据群众反映，卢晓明经常和这些人聚会，吃喝，还表演木偶戏。这个新的动向，引起秦慧楠的高度重视。她想到郁浩民说的"我们的对手是高明的"那句话。当下，许多事情找不到答案，会不会与玉泉集团有关呢？联想到扫黑除恶崔思康抓了他们的总经理吕佳龙，再联想到玉泉湖一期引水工程玉泉集团被边缘化，这里有没有内在联系？特别是汪柱子，听说他把崔思康当作仇人……种种疑点，让秦慧楠去寻找解疑释惑的答案，她毅然地跨进玉泉集团的大门。

　　上午十点，杨娟开着红旗轿车准时来到玉泉大厦门前广场，只见大门楼上方的电子大屏幕亮着一排红字：热烈欢迎市领导秦慧楠部长视察工作！玉泉大厦门口，花篮成排，彩旗飘扬。一条大红地毯从广场一直铺到大厦的大厅门口。红地毯两旁，玉泉集团的青年男女员工，身着统一工作制服，手捧鲜花，齐声高喊："欢迎欢迎，热烈欢迎！"卢晓明西装革履，带领吴雪姣和几位董事快步来到车旁。

卢晓明亲自为秦慧楠打开车门，像一个标准的门童做了一个请下车的动作。秦慧楠没有下车，问卢晓明还有没有二十一响的礼炮？你彩旗飘飘，气球升天，大红地毯，手持鲜花的欢迎队伍，就差放礼炮、奏国歌了，我可没有资格享受你的总统待遇，这是将我拒之门外嘛。卢晓明说，你是市委领导，又是第一次光临，这是我们集团的接待规格。秦慧楠说那我打道回府。秦慧楠柔中有刚的批评，让卢晓明的脸上红一阵白一阵的。骑着自行车赶来的戴国权见状，马上让卢晓明撤掉了红地毯和欢迎队伍。

秦慧楠第一个考察点是集团公司的荣誉室。果然不错，墙上的画板上依然保留着林强盛、余光等人曾考察公司的大幅图片。吴雪姣和几个摄影人员举着镜头，被秦慧楠婉言阻拦。

卢晓明说："秦部长，你到我们集团公司考察、调研，这是大事，我们要留下你珍贵的镜头。"

秦慧楠弦外有音地问："挂在这面墙上，与林强盛、余光为伍吗？"

卢晓明尴尬地回道："这个……我没有想到这些。"

"秦部长，"戴国权帮助卢晓明解围了，"卢总本来的想法是尊重历史，还原历史，让您原汁原味地看到玉泉集团这些年成长、发展的轨迹。卢总，我没说错吧？"

"戴书记，你说得太对了。"卢晓明话中有话地说，"秦部长，我这样认为，在历史的长河中，谁对谁错，谁功谁过，必须有一个客观、公正的记录，这就是历史唯物主义的态度。"

秦慧楠针锋相对地说："我听说卢总是个讲义气、知恩图报的人。对待林强盛、余光二人，总有意犹未尽的感觉是吧？"

卢晓明说："哪里，我这个人，总是会记着别人的好。这是我最大的优点，也是最大的缺点吧。"

秦慧楠说："人类历史，谁对谁错，谁功谁过，时间会验证。但是共产党人对待腐败,绝不允许以一概全、以功补过。对腐败分子,不管你功劳多大,资历多深,一票否决,实行零容忍!"

戴国权听出了秦慧楠话中的言外之意,也闻到了火药味,连忙改口说:"卢总,秦部长站得高,看得远,高屋建瓴。林强盛和余光的图片就不要挂了,统统拿下!"

卢晓明连说:"好,既然领导发话,我们坚决执行。"

戴国权又问:"秦部长,下一个考察、调研的项目是什么?"

杨娟说:"秦部长要看看你们的职工文化,特别是木偶表演。"

秦慧楠说:"对。听说木偶表演是卢总的拿手好戏,不仅爱看还会演,唱念做打,比较专业。卢总,我说得不错吧?"

卢晓明谦虚地回道:"木偶表演是我们职工文化的一部分,我们用这种群众喜闻乐见的形式,表扬好人好事,抨击歪风邪气。至于我个人的木偶表演,纯属兴趣爱好,是雕虫小技,不值一提。"

戴国权说:"他那是自娱自乐,不登大雅之堂,免了吧。"

秦慧楠说:"不,让我长长见识,开开眼界。"

玉泉大厦的大会场内济济一堂,台下坐着玉泉集团的董事、高管和部分员工。秦慧楠、杨娟、戴国权、卢晓明坐在前排。会场前面,搭成了一个木偶戏台,灯光、音响俱全。

卢晓明走上台,对众人拱拱手说:"尊敬的秦部长,我来自木偶戏之乡,酷爱这个濒临灭绝的文艺品种。下面我献丑了,我表演的节目叫'秦部长上任'。"

众人哗然,卢晓明却十分得意。他以秦慧楠抢救王长根生命为由,大唱秦慧楠的赞歌,这是"当面捧杀不为过",这是拍马术的"撒手锏"。突然他话锋一转,再配上实况录音,将秦慧楠上任的第一天,遭到二百多访民围堵的场面表现得淋漓尽致。在"崔思康,还我血汗钱"的口号声中,吴雪姣表演的木偶"秦慧楠"接过卢晓明表演的木偶"王三毛"手中的状纸造型结束。顿时,场内掌声如雷。之后,卢晓明和吴雪姣怀抱着木偶走出谢幕。卢晓明说:"秦部长,你在我们一万多名玉泉集团员工的心中，就是清官，就是巾帼英雄……"

"好了好了，"秦慧楠阻止他，"清官和巾帼英雄我可担当不起。卢总，请收回你的赞扬和夸奖。来而不往非礼也！今天我们也准备了一个节目，请看杨娟同志的木偶表演'打虎上山'！"

卢晓明说："啊，杨科长还有这么一手？"

杨娟说："我也出生在木偶戏之乡。本来想考中戏的，谁知阴差阳错改行了。"

卢晓明话中有话地说："看来，秦部长是有备而来呀。"

秦慧楠一语双关地说："能和卢总同台表演，不精心准备怎么行呢？这就是'明知山有虎，偏向虎山行'。杨娟，开始！"

锣鼓、音乐声起，杨娟手举木偶"杨子荣"，扬鞭登场。一句"穿林海、跨雪原，气冲霄汉"，震撼全场。

杨娟的表演大获成功，令卢晓明和在场的董事们惊讶不已，全场起立鼓掌，掌声热烈持久，杨娟三次鞠躬才走下台。表演结束，秦慧楠又出一招，召开了玉泉集团部分共产党员的座谈会。在这个会上，秦慧楠通过她的语言和情感艺术，在党员们的发言中获得一个重要信息：卢晓明因没有在引水一期工程中中标而耿耿于怀，不满的情绪针对着一个人，那就是崔思康。

秦慧楠对玉泉集团的考察和调研，让卢晓明闻到了浓浓的火药味。他想，难道秦慧楠发现了什么蛛丝马迹？不，不可能，一切都精心策划，天衣无缝。他必须再次出招，必须拿下预算一百亿的引水二期工程。他首先想到了王长根和王秀芹，在是谁成为县委书记的这场角力中，王长根发挥了重要的作用。别看他现在成了植物人，还有可利用的剩余价值。在王长根事件上，肖强强扛了所有责任。可是只要王长根还在医院里不死不活地躺着，新闻媒体的关注就会继续，对家人对社会的伤痛就会继续。

卢晓明深信，这个世界上凡能用金钱解决的问题就不是问题。王秀芹眼下最缺的是钱，送去一笔慰问金那是必须的，这件事吴雪姣最胜任不过了。

吴雪姣很快出现在王长根的病房门口，手里提着一大袋慰问品，向在病房内忙碌着的王秀芹和刘燕儿自报家门后，便径直走到病床前，用亲切甜蜜而又嗲嗲的语调说道："王大伯，我们卢总对你的遭遇很同情，委托我来慰问一下。"吴雪姣从包里拿出钱袋，递给王秀芹说，"这是两万块钱，我们卢总的心意。"

王秀芹手足无措："不行，这钱我不能要。"

吴雪姣说："你一定要收下，还需签个字。要不我回去要挨骂的，弄不好还要砸饭碗。"

"秀芹姐，"刘燕儿朝王秀芹挤挤眼睛，"既然吴秘书这么说了，先收下吧。"

吴雪姣将钱递到王秀芹手里，说卢总是个心地善良的人，经常做慈善。他知道此时王秀芹很难，还想帮她解决工作问题。王秀芹激动得两眼闪出了泪花，当即表态，只要能进玉泉集团，打扫厕所也干。临别前，吴雪姣交代王秀芹先做些准备，比如烫烫发、化化妆，再买几件新衣裳。王秀芹满口答应。

按照市委的部署，市委驻玉泉县调查组的工作已接近尾声。这天上午在东山市委小会议室，召开了市委调查组工作总结会议，与会者有周源、任大年、杨娟等调查组成员，并请章法成列席会议。任大年说，今天是个好日子，邓亦先同志病愈出院。掌声中，邓亦先从内室走出，他学着相声演员冯巩的腔调说，亲爱的同志们，想死你们啦——众人哈哈大笑，邓亦先和大家一一握手。任大年报告的第二个好消息是痕迹专家田振鹏教授伤情好转。掌声中，秦慧楠扶着田振鹏一瘸一拐地走出来。

电视屏幕出现"调查报告的思路"，秦慧楠开始发言，她语气肯定地说，玉泉县县委新书记的选拔、任用的背后，有一股强大的势力和阻力，在干扰我们工作的开展。这个势力和阻力来自何方？此时大屏幕上出现了吕佳龙。秦慧楠说，这是我们对手出的第一招，将崔思康的扫黑除恶说成是排斥异己、打击报复。经过艰难曲折，这一招已被我们彻底粉碎，还了崔思康第一个清白。

接着，大屏幕上出现了两块石头。秦慧楠说这是我们对手出的第二招，上演了一出见死不救的闹剧。我们的对手成功地阻止了崔思康县委书记职务的任命，取消了崔思康新县委书记候选人资格，我本人也躺着中枪，落入了圈套，差点卷铺盖回家。这是个血的教训，主要责任在我。她要任大年起草调查报告时，一定要把这个教训和责任重点提出来。

这时，大屏幕上出现了一张银行卡和王三毛、李全英的头像。

田振鹏发言，他说经过了风风雨雨和发现的蛛丝马迹，他提议要对王长根、王秀芹、王三毛、李全英等人重新认识，重新定位，他们未必都是受害人。田振鹏语出惊人，四座皆惊，众人用惊讶的目光看着他。

周源马上附和说："这些年来，王长根痛恨崔思康，恨他忘恩负义，恨他耽误了女儿的青春。目前看来，很可能有人指使他在崔思康任命前告状、控诉，阻止他的提拔。王秀芹为父治病，举债、卖房子，博得了慧楠同志同情的泪水，不仅帮她交押金，还为她在县直机关举行了募捐。可是她爸爸藏着一张卡，卡里有十万元。这种行为不是家里藏金砖，端着破碗去要饭吗？"

秦慧楠不完全同意周源的看法，理由是对王秀芹、王长根不能轻易下结论。可周源反驳说："我们的对手是谁？难道唯一的解释就是贪腐分子、利益集团？多一种思维没坏处。从古到今，泼妇、刁民式的小人物，制造惊天动地的大案还少吗？"在周源咄咄逼人的口气下，秦慧楠做了一点妥协。她说对王长根、王秀芹可以怀疑，但是将他们看成是我们的对手，那就小看自己了。

对王长根那张卡上的十万元，章法成发言了。他说经查证这钱来自王三毛母亲李全英的账户。对这张卡王秀芹解释不清，李全英疯了根本不能解释。王三毛解释说可能是电信诈骗。虽有理，也不可信。别忘了，这个王三毛堵路堵车堵县委大门，到处告崔思康的状，还是引水工程中制造假冒伪劣的责任人。对王三毛和李全英的表现，秦慧楠说这证明了崔思康同志在马王镇拆迁的立场和对王三毛工程质量问题的处理是正确的。

最后，大屏幕上出现了亲子鉴定报告和吴梅芬的照片。

秦慧楠说，举报崔思康的第三大罪状，就是他和范琳琳的"权色交易"。事实证明，这是别有用心，是诬陷，是我们的对手亮出的又一记重拳。亲子鉴定报告，证明了崔思康和崔棒棒没有血缘关系，至今强奸范琳琳的罪犯还逍遥法外。为保住范琳琳和崔棒棒这两条生命，崔思康受到王秀芹的误解，是她主动解除了婚约，是王长根、王秀芹父女把崔思康推进了范琳琳的怀抱。为了范琳琳能抬头做人，为了崔棒棒的未来，崔思康保守了这一秘密，忍受了十多年的委屈。

任大年说，关于范琳琳如何就任县医院副院长我们做了调查。三年前，范琳琳连续五年评为全院先进，是卫生局申报，组织部考察，戴国权审批的。整个过程，没有发现违纪违规现象。一直沉默的邓亦先补充说，一个县医院的副院长，连股级干部都不是，算个什么官？这"权色交易"也太廉价了。

会议最后，秦慧楠总结说："同志们，事实胜于雄辩。围绕崔思康同志几个问题的调查，充分证明我的前任周源同志组织工作的基本功扎实，看人是准确的。什么叫差距？相比之下，我和周书记就是差距。"

经过深思熟虑，范琳琳做出了一个大胆的决定，她要面见秦慧楠，把她和崔思康的问题说清楚。

范琳琳在市委会议室门口，等到了刚走出来的秦慧楠，开门见山地说"想和你聊聊"。看范琳琳的脸色，秦慧楠知道来者不善，便准备应战，说"我也正想和你聊聊"。于是两个女人接上火了，战场就摆在市委大门对面的茶楼。这里古色古香，特点是服务员一律是男生，身穿长袍马褂，肩搭白毛巾，手提铜吊壶。进了茶楼，仿佛穿越到了明清时代。楼上包间，一张八仙桌，铜壶里浸泡的特级茉莉花，散发着浓郁的茶香。秦慧楠和范琳琳相对而坐，俩人都优雅地、细细地呷了一口茶水。

秦慧楠首先发问："想和我谈什么呢？"

范琳琳说："我们共同面对的一个男人——崔思康。"

秦慧楠说："既然我们能坐到一起，那是缘分。进行平等的交流、沟通是我的诚意。你信吗？"

范琳琳说："我信。请喝茶，这是江南上好的茉莉花茶。"

秦慧楠喝了一口，细细品味："嗯，确实名不虚传。淡而不寡，香而不浓，清新爽气，回味悠长。"

范琳琳："秦部长也精通茶道啊。"

秦慧楠说："精通谈不上。我说的是世界上万物皆有道，何况做人。"

范琳琳说："是的，人无道，路难行。"

秦慧楠为范琳琳续水，目光盯着范琳琳那张秀丽的面孔。谈话从何开始？这难不倒她，就从女人喜欢的话题开始。她说："你长得真美，让人羡慕。"

范琳琳心想，她在捧我，可我不吃这一套。她说："你别恭维我了。"

秦慧楠说："不是恭维，是事实。你看我，黄脸婆一个了。"

范琳琳说："哪里，你太夸张了，再说我比你小好几岁哪。"

秦慧楠话中有话地说："是啊，女人的年轻和漂亮，就是优势和资本，大多数男人看中的也是这个。"

范琳琳听出了秦慧楠的弦外之音，问道："你说的男人也包括崔思康吗？"

秦慧楠从范琳琳的话语中闻到了火药味，她不想回避，既然箭在弦上，哪有不发之理？她单刀直入地说："如果我说得不错，崔思康属虎，比你大十二岁，整整一轮。"

范琳琳回敬说："你不愧为组织部部长，'摸人头'的专家，什么情况都瞒不过你。"

秦慧楠说："你们两只虎，虎虎生威。"

"什么虎虎生威？是虎落平阳被犬欺！"范琳琳憋在肚里的火终于喷发了，她说，"你为什么对我和崔思康的年龄感兴趣？我想说的是，我不是'小三'，是明媒正娶的合法夫妻，我们一家三口是幸福之家。当然，不能和你相比。你先生是教授，精明能干，人又帅气。你女儿活泼可爱，天生丽质。要羡慕的是你这个幸福家庭。"

秦慧楠微微一笑："你真会说话。"

"哪里，"范琳琳语中带刺，"和你比，班门弄斧。"

"你提到了幸福，我想啰唆几句。"既然开始了交锋，秦慧楠也就不留情面了，"我认为，幸福不是你房子有多大，而是房里的笑声有多甜。幸福不是你开多豪华的车，而是你每天平安到家，半夜敲门心不惊。幸福不是建立在别人的痛苦之上，一家欢乐一家愁。"

锣鼓听声，听话听音，范琳琳不仅闻到了秦慧楠口气中的火药味，还听到了枪炮声。她没有畏惧，大胆地说："秦部长对幸福的理解生动、深刻。你不会说我的幸福是建立在别人的痛苦之上吧？"

秦慧楠反问："你说呢？"

范琳琳说："你说得很对，我的幸福正是建立在别人的痛苦之上！"

秦慧楠惊讶："你怎么能这样说自己？"

"你想说又不好意思说的话，我替你说了。"范琳琳认为，全面反击的时机到了，她拿出肖强强和王秀芹的证词说，"这是肖强强和王秀芹的证词，证明在王长根这件事上，崔思康是没有责任的。可是你在这件事上大做文章，叫停了崔思康县委书记的任命，引出了后面一连串不该发生的事情。你使崔思康的名誉遭到了重创，使我们夫妻俩的心灵受到极大的伤害。你为什么要这么做？不管你官多大，可也是个女人，下手为什么这么狠？请告诉我！"

面对范琳琳猛烈的进攻，秦慧楠针锋相对地说："请你告诉我，年轻的崔思康家境贫寒，是王长根父女资助他七年，完成了大学本科和研究生学业。在他们即将跨进婚礼殿堂的时候，你为什么不勇敢地站出来，诉说你的遭遇，洗清你和崔思康的关系，指出崔棒棒的亲生父亲？"

范琳琳说："我已受到一次伤害，还要再遭受一次伤害？难道该将我遭到的痛苦昭示天下？那我和孩子怎么面对社会和未来？"

秦慧楠说:"是你的沉默,拆散了一桩美好的婚姻,对王秀芹造成莫大的伤害,你下手不狠吗?"

范琳琳说:"我不是有意的,已向王秀芹道歉了。"

此时,包厢的门突然被推开,崔思康走进来大喝一声:"范琳琳,你给我出去!"

崔思康的出现真不是时候,秦慧楠说崔思康,你发什么火啊?这是两个女人在谈话,你这个大男人插一杠子干吗呢?她将崔思康推出包厢,关上了门。

范琳琳受到莫大的委屈,抽泣起来,说崔思康有时很霸道,让人受不了。秦慧楠却认为,男人总有霸道的时候,软不拉叽的不是真男人。范琳琳说,你不仅懂领导,还懂男人。秦慧楠说,在生活中,我的角色首先是个女人,是个女儿,是个妻子,是个母亲,然后才是其他。她让范琳琳说实话,对崔思康是真爱吗?范琳琳说开始她是感恩,错把恩情当爱情。这几年是真的爱上了,一天不见思康就心慌意乱,生怕他在外面发生了什么意外。可是当王秀芹出现在面前时,她尴尬,无地自容,好像是偷别人东西的贼。

秦慧楠说:"崔思康这些年忍受的误解和委屈,常人是难以想象的。他承担了一个不是亲生胜似亲生的父亲的责任,我们为之感动。我还想知道,十多年前,发生在你身上的悲剧的真相。"

"不,我不知道……"范琳琳抗拒地回道,"请不要在旧伤疤上再撒盐。"

秦慧楠说:"难道你忍心别人继续戳崔思康的脊梁骨,继续向崔思康泼脏水吗?"

"这……"范琳琳说,"泼了这么多年了,他都咬着牙忍了。"

秦慧楠说:"经调查,否定了对崔思康'权色交易'的不实之词。但是,崔棒棒的亲生父亲是谁?让你受害的真相是什么?不彻底揭开这个盖子,坏人还会兴风作浪。你不想说真相,还等到什么时候?人家的刀已架到崔思康的脖子上了!"

终于，范琳琳揭开了心里十一年前的尘封，叙说了当年不堪回首的一幕。那时她卫校刚毕业，有一天晚上，校长让四个校花为市检查组的领导陪酒，范琳琳也被叫去了，因为她是校花的花魁。她哪里知道，那是个圈套。晚餐后她醉了，被人扶进了客房，被人奸污了。谈话结束时，范琳琳说了一句令秦慧楠料不到的话，她要把崔思康还给王秀芹。

当秦慧楠把这句话转达给崔思康时，他不以为然，哈哈大笑，说："范琳琳在说气话，老夫老妻了，还怕飞了不成？"

秦慧楠说："老夫老妻就是婚姻的保险箱啊？结婚十年才是锡婚，它的熔点比钢和铁低多了。我看她是认真的。这些年她承受的压力不比你小，你不要不当回事。马上回家，找她好好谈谈。你前庭失火，我可以帮你救火。后院失火，我就帮不上忙了。"

崔思康说："放心，我后院的防线固若金汤，这个自信还是有的。"

三五　请原谅我的不辞而别

在一家美容店，染发、烫发后的王秀芹，又做起了美容。美容师拿来镜子，她左照照，右看看，发现自己漂亮多了，面貌焕然一新。不一会儿一辆出租车将王秀芹送到玉泉大厦的门口，陪同她的是刘燕儿。抬头仰望高耸入云的写字楼，俩人惊叹，哇，这么高的办公楼，名不虚传的大公司、上市公司啊。刘燕儿说能到这大楼里上班，真是祖上烧了八辈子高香了。王秀芹心里直打鼓，不知道人家能不能看中。

王秀芹走到总裁办秘书室门口，门开着，她不敢进，怯生生地敲了下门："吴秘书——"

"哟，王姐，快进来！"吴雪姣拿了瓶矿泉水递给王秀芹，夸奖说，"你真是旧貌变新颜哪，漂亮多了。"

这时卢晓明走了进来，问："这位就是王秀芹吧？"

王秀芹慌忙站起："卢总你好。"

卢晓明说："坐坐。哎呀，风韵犹存，光彩照人。"

王秀芹腼腆地说："卢总，感谢你给我这么好的机会，我做梦都没想到。"

卢晓明说："你我都有梦，我们都是追梦人嘛。人们都说无商不奸，我这个人呢，商海有德，从商应善。喜欢做点善事，积德为本嘛。对你父亲的遭遇我很同情，赞助几万块只能救急，给你一份工作才是长远之计。"

王秀芹说："谢谢卢总，如果能聘用我，我一定好好工作来报答您。"

卢晓明说："不谈报答，能在一起就是缘分，我决定聘用你了。"

王秀芹以为听错了，问道："真的？"

吴雪姣立即说："我们卢总一言九鼎。"

王秀芹突然想到了王长根，她来玉泉集团公司上班，谁人照料？吴雪姣看出了她的心理变化，说没关系，帮你找个护工，工钱公司补贴一半，这是卢总的安排。听到这里，王秀芹突然抽泣起来，说这是激动和高兴的泪水。

这时，王秀芹的手机响了，是杨娟打来的，说秦部长请你明天上午在县委会议室参加新闻发布会，这个消息引起了卢晓明极大的关注。他问王秀芹，你和秦部长可以直接联系？王秀芹说当然，人家那么大的官，没有一点架子。卢晓明问为什么让你参加新闻发布会？王秀芹很茫然，说她也不知道。

卢晓明心里开始打鼓了。秦慧楠让王秀芹参加什么新闻发布会？对了，调查组要撤了，开个会让媒体评功摆好，歌功颂德。这个女人真会折腾，真会造势。这肯定关系到崔思康。市委调查组总结会议又是什么结果？崔思康被洗白了？他派林全和余敏去打听，还没有一点消息。直觉告诉他，秦慧楠可能要有大的动作了。这个动作是什么？他不得而知，心里很不踏实。

同样，这几天心里不踏实的还有戴国权。前几天市委调查组开总结会，连章法成都列席了，可他这个县委副书记却没有通知参加。崔思康的问题被秦慧楠洗白了不少，玉泉县新县委书记的天平又开始向崔思康倾斜，这是他不愿看到的。

下午三点多的时候，戴国权打电话，请范琳琳晚上喝茶。戴国权这一举动，是罕见的，因为他发现了崔思康和范琳琳的关系出现了裂痕，如果在崔思康的后院搞点动作，点把火，也许能有意想不到的效果。细心的范琳琳最近也听到有关戴国权和崔思康之间关系的风言风语。俩人之间究竟发生什么？她想知道，于是一口答应了戴国权的邀请。

晚上七点，范琳琳走进茶楼的包间。戴国权提前到了，茶桌上点心、水果、茶水已摆满。

范琳琳问:"今天怎么有雅兴,约我来喝茶?"

"想和你说说话。"戴国权微微地一笑,"坐吧。这是西湖龙井,这是现榨橙汁,这是拿铁咖啡,还有芝士松饼等各种零食。"

范琳琳坐下一看,惊道:"这么多,撑死我呀?"

"吃一片西瓜。"戴国权拿了一片西瓜往范琳琳嘴边送。范琳琳手一挡,西瓜掉在地上了:"你太热情了,我自己来。"戴国权收回手,有点尴尬。

戴国权说:"你和思康的关系,我不放心。"

范琳琳反问:"最近你和思康的关系怎么样?我也不放心。"

戴国权心里咯噔一下,心里想,这个女人真精明,肯定是听到我和崔思康之间的什么风声了。他说:"我和思康的关系很正常,还是兄弟啊。我关心的是你们。"

"怎么说呢?"范琳琳叹了一口气,"思康这个人,有时让人捉摸不透。"

戴国权说:"你们同床共枕十多年,还捉摸不透?开什么玩笑。"

范琳琳说:"我说的是真心话。女人好比梨,外甜内酸,吃梨的人不知道梨的心是酸的,吃到最后就把心扔了,所以男人从来不懂女人的心。男人就好比洋葱,要看他们的心,就需要一层一层去剥,剥得你不断流泪,剥到最后才知道洋葱是没有心的。"

戴国权愣愣地看着范琳琳说:"不要搞错哦,你和思康是一对恩爱夫妻,怎么如此伤感?"

范琳琳说:"发表一点人生感慨不行啊?世界上没有一成不变的东西,宇宙星球的轨道都会改变,何况人呢。"

戴国权说:"是啊,爱情婚姻中最伤感的时刻是逐渐的冷淡。一个曾经爱过的人,慢慢远去,咫尺之隔,却是天涯。曾经轰轰烈烈,曾经千回百转,曾经沾沾自喜,曾经柔肠寸断的爱,最后淡化成一缕轻烟。"

范琳琳说:"想不到你很诗情画意。"

"有感而发罢了。"戴国权看看火候已到,便进入正式话题,"琳琳,想跟你说一件事。你向我保证，沉住气，别发火。"

范琳琳说："什么事你说吧。国权哥放心，我有承受能力，不会随便发火的。"

戴国权说："思康几次提出，要求免去你县医院副院长的职务。"

"免我的职？"范琳琳的头嗡的一声炸开了，"他真是这么说的？"

戴国权说："这么大的事我能说谎吗。这事他没跟你商量？"

范琳琳问："这种事他敢和我商量吗？他的理由是什么？"

戴国权说："理由是你这个职务是我批的。他说，你的好意我心领了，我却不喜欢欠别人的，也不喜欢别人欠我的，让我们两清，这样心里踏实。我说这何必呢，琳琳当副院长，也是走了程序的嘛。他说，如果我不是常务副县长，程序再合法，她也当不了这个副院长。他不想再背这个十字架了，他要去掉这个心病，让自己一身轻松。你说他为什么这么做？"

"完全是县委书记这个乌纱帽给闹的。"范琳琳强压怒火，"为了戴上这乌纱帽，他要发疯了！"

戴国权说："不要这么说，你是他老婆。"

范琳琳说："你转告他，我会让他卸掉这个十字架，让他轻松地向前走。"

戴国权问："为什么让我转告，你们开个枕头会不就行了？"

范琳琳说："你转告有分量。"

"县医院副院长算个什么官？"戴国权火上浇油地继续说，"思康有点过分了。保自己的乌纱帽，不能连自己的老婆也伤害吧？"

范琳琳说："国权哥，你不是外人，说出来你别笑话。这十多年我们家过的什么日子？这个家整个一个廉政公署。至今我没有买过一只金戒指，你看看我脖子上的这条项链，假的。别人都以为我这个县长夫人很风光，其实呢，当时儿子上重点小学五万元都拿不出，结果是东凑西借，还借了你两万元。"

"不用还了，用在棒棒身上我高兴，只当我收养了一个干儿子。"戴国权起身，拿出了一个礼品袋，"我给棒棒买的一双运动鞋、一套运动衣，美国 NBA 的，棒棒肯定喜欢。"

"这不行！"范琳琳说，"这些年，你给棒棒买了多少东西，别把他惯坏了。"

戴国权说："我不是说了嘛，只当棒棒是我养的干儿子。"

范琳琳不接，戴国权硬往她手里塞，两个人正你来我去、推推搡搡之际，赵恒儒竟鬼使神差地路过间门口，从虚掩的门缝里看到这亲热的一幕。他惊讶得两腿发软，迈不动步，说不出话来。

从茶楼里出来，范琳琳带着戴国权给棒棒的礼品驾车行驶在回家的路上。没有几分钟，手机响了，是个陌生号码，电话里一个女人在说："是范琳琳范院长吗？我是王秀芹的朋友。我现在才知道，你是一个多么卑鄙的女人。十年前，你强占别人未婚夫，还为自己的野种找了个当乡长的爸爸，你把自己的幸福建立在别人的痛苦之上。你别问我是谁，我是谁不重要，重要的这是不是事实？"范琳琳的"你听我解释"一句话还没说完，那女人随即甩出一连串脏话"听你解释什么？烂女人，贱女人，去死吧！"

范琳琳要疯了，前面是斑马线，突然有行人横穿马路，她一个急刹车，发出一声惨叫，车头差点碰到那行人。这时手机又响了，还是陌生号码，范琳琳任凭手机响着，不敢接听。回到家里，才想起棒棒已去姥姥家了。她只觉得头昏眼花，两腿发软，四肢无力，倒在床上就迷迷糊糊地睡着了。

也不知什么时候，崔思康回来了，惊醒了范琳琳。她注意到崔思康情绪高涨，没有倦意。

范琳琳问："怎么了？跟打了鸡血似的。"

"你买的那套新衣服呢？"崔思康兴奋地说，"我想看看玉泉县第一夫人的风采。"

"你还有心思开这种玩笑？"范琳琳说，"看来是个梦了。"

崔思康说："不，好梦要成真了，障碍全排除了。"

"真的？"范琳琳来了精神，"你喜欢，我就穿。"说着，她去衣帽间换服装。崔思康眼前一亮，哇，洁白的衬衫，藏青色的套裙，还有一条紫色的飘带，让范琳琳更加端庄秀丽。再配上一双白色的水晶高跟鞋，范琳琳亭亭玉立，洋溢着青春活力。

"亲爱的，"崔思康忍不住地将范琳琳拥抱入怀，"对不起，让你受了那么多委屈。明天你就穿这新衣服，让全城的人一睹你的风采！"

在距离市委调查组撤出玉泉县还有八天的上午，秦慧楠准时召开了新闻记者见面会。任大年主持会议。他说目前市委调查组的工作接近尾声，本着政务公开、信息公开，做好调查工作总结的目的，召开这次新闻界的朋友见面会。

秦慧楠显得很高兴，轻松之中不乏幽默。她说："白驹过隙、日月如梭，眼睛一眨，两个多月过去了，调查组的工作接近尾声。有人要问，你们兴师动众，到玉泉县干吗来了？ 我说，帮助一百多万玉泉县人民选个好书记。你们又问选到了没有？ 今天这个会议，会找到答案。"她强调，作为共产党人，不应隐瞒自己的观点，更不能掩盖真相。她坦诚地告诉大家，选什么样的人担任玉泉县县委书记，不是简单的一项人事考察、选拔和任用，而是一场斗争！ 实践证明，这场斗争是激烈的、惊心动魄的，甚至是流血的。在这方面，最有发言权的是玉泉县警方。说着，她把话筒交给了章法成。

章法成说，两个多月里，玉泉县接二连三发生了一些奇怪和恶性的案件，有几起是命案，包括我们县公安局刑警队长尤喜军同志的牺牲。可以说，这些案件都直接关系到玉泉县新县委书记的选拔和任用。接着章法成公布了"崔思康以扫黑为名行打击报复之实""人民县长见死不救""崔思康权色交易"等案件调查和侦破的结果。

"我是王秀芹，我说两句。"会场内，王秀芹站起来。今日，她从头到脚，新衣、新鞋、新发型，还化了浓妆，和以前判若两人，格外抢眼，吸引了全场的目光。她说："我父亲不是自己摔倒的，是有人用石头砸的。他后脑勺的肿块、田教授发现的石头就是证据。不停车救人，县委小车司机肖强强承认全是他的错，是他上了别人的当。肖强强出事的前一天下午来到病房，向我父亲磕头道歉，还给了八千元补偿费。所以说'人民县长，见死不救'，是个谣言！"

这时有个记者提问："尽管崔思康的'权色交易'是谣言，有关责任人得到了处理，但是还有疑问没有答案。比如崔棒棒是谁的孩子？崔思康县长和范琳琳副院长的婚姻正常吗？副院长一职有无问题？有没有伤害他人？有没有违法违规？"

这是个非常棘手的问题，如果公布了真相，将严重地影响范琳琳和崔棒棒今后的正常生活。怎么办？秦慧楠只能打起了官腔。她说："这个问题，涉及个人的隐私，所以不便透露。"

会场内一片嘘声，显然记者们对秦慧楠的回答不满意。这时，范琳琳突然出现在会场，大声说道："我是范琳琳，这个问题我来回答。"一时间，全场震惊，几百双目光聚焦着范琳琳。只见她沉着冷静，面无惧色。

秦慧楠没想到范琳琳会出现在会场，此时她唯一的办法就是阻止她的话。她说："范院长请坐，这个问题不需要你回答。"周源也站起来，向范琳琳招手："小范，到我这儿来，我有话对你说。"

杨娟立即走到范琳琳身边，小声地说："范院长，冷静点。听周书记、秦部长的安排，跟我来。"

"不！"范琳琳说，"我知道，你们是一片好心，要保护我的隐私。可是，我再不站出来，对不起自己的良心。这位记者说得不错，有人对我和崔思康的婚姻指指点点、说三道四。我和崔思康的结合非同寻常，但绝不是权色交易！有人把十年前的旧事翻出来，到底想干什么？他们说当年崔思康见色起心，强奸了我，让我怀了孕，逼我成婚，条件是让我当院长。这盆脏水早不泼晚不泼，在崔思康要提拔县委书记的关键时刻泼出来，目的不很明显吗？"

会场一片寂静，连掉根针的声音都能听见。众人屏住呼吸，目光聚焦在范琳琳的身上。特别紧张的是坐在主席台上的戴国权,他心里直打鼓,不知范琳琳下面还要说什么,会不会把他扯进来。他想,昨天晚上约她喝茶简直是个败笔!

"在遭到伤害的那些日子里,"范琳琳继续说着,"我唯一的选择就是死。我跳河自尽,服药自杀,还曾经想过去卧轨。是崔思康救了我们母子的两条性命。他没嫌弃我,娶了我做老婆,包容我生下的孩子,他比孩子的亲爸爸还要亲。为了我能抬头做人,为了孩子健康成长,他隐藏这个秘密,忍受了莫大的委屈……这样的好男人、孩子的好爸爸,为什么还有人拼命地泼脏水?这是为什么?天理不容啊……"

场内不少人在抽泣,对范琳琳由怀疑、厌恶转入了同情。范琳琳说完了话立即转身,快步走出会场。王秀芹追上了范琳琳。在会场的门外,两个本是冤家对头的女人紧紧地抱在了一起。王秀芹说你不该说那些秘密的话。范琳琳说豁出去了,什么也不顾了,应该让崔思康放下这十多年的思想包袱,轻装上阵。王秀芹担心如果棒棒知道思康不是他亲爸,今后的日子怎么办?范琳琳说今后我都想好了,孩子大了会懂事的。他会理解妈妈把他生下来,养育成人多么的不容易……范琳琳忍不住抽泣起来,再也说不下去了。

王秀芹也伤心落泪了,她说:"都怪我。那个下雨天,思康抱着棒棒来找我,我不该将他们拒之门外,还毁了婚约。要不,棒棒就是我的儿子了……"

范琳琳说:"秀芹姐,你到我家来打工吧,我同意了,每月三千五百元,包吃包住,怎么样?如果你同意,我现在就给你钥匙。对了,思康饮食不讲究,做菜很简单,每顿有辣椒就行。"

王秀芹告诉范琳琳,她有去处了,被玉泉集团招聘了。范琳琳一听很是意外,她还能说什么呢?她只是前言不搭后语地说了一句"请你今后多多照顾思康",就开着车驶离了县委大院。

崔思康认为,秦慧楠今天上午召开的记者见面会是不合适的,捅了他一家三口隐私的大娄子。会上,范琳琳等于脱光了自己,一丝不挂地暴露在光天化日之下，其后果不堪设想。他匆匆赶到会场时，记者见面会散了。他打范琳琳手机，总是无法接通。他又急忙赶到家里。走进家门，客厅内十分整洁。走进卧室，床头上悬挂的结婚照不见了。打开衣柜，空空荡荡，范琳琳的衣物也不见了。崔思康慌了，跟丢了魂似的给丈母娘祝翠娥打电话询问情况，祝翠娥说，琳琳和棒棒都不在她那儿。

这时，崔思康才发现床头柜上有一封信，范琳琳在信中写道："思康，亲爱的，请原谅我的不辞而别。十多年夫妻，你呵护我们母子，恩爱有加，这辈子我知足了。你是个好人，大好人，不能再让你忍受委屈，再不还你一个清白，我一辈子心里都得不到安宁。现在，强加在你身上的不实之词已经推翻，真相也水落石出，是我离开的时候了。新买的那套服装我留下了，代我送给秀芹，她穿着很合身。"

崔思康打开里面的柜子，那套西装套裙叠得整整齐齐。

信中，范琳琳还说："思康，没有我的日子，也许你会找到新的幸福。照顾好你自己，也照顾好秀芹，拜托了，离婚手续，我全权委托了律师。"

崔思康的双眼已被泪水模糊。这时门铃响了，崔思康开门，赵恒儒走进来说，问题严重了，今天一早范院长向县卫健局递交了辞职报告。我又去了学校，棒棒前天就办理了转学手续。

崔思康痛心疾首，拍案而起，喊道："全是记者见面会惹的祸！"

章法成来了，他报告的情况更糟糕，他将全县城几乎翻了个底朝天，也没有范院长和棒棒的踪影。

章法成感叹，范琳琳躲猫猫，玩失踪，没想到。崔思康说我就不信，两个大活人就这样人间蒸发了？所有的旅馆、出租屋，特别是城乡接合部，给我再查一遍，翻个底朝天。

见崔思康气冲冲地要出门，章法成问他去哪。崔思康说去市委调查组，找秦慧楠问问，为什么召开那个记者见面会？

三六　血染餐巾纸，又一个损招

崔思康不听赵恒儒和章法成的劝阻，来到县委大院，径直走向市委调查组的办公室，猛地推开门，将任大年和杨娟吓了一跳。这时，里间的门开了，秦慧楠站在门口。崔思康不由分说走进内室，重重地关上门，劈头说了一句："我现在是妻离子散，就差家破人亡了！"

范琳琳和崔棒棒失踪的消息，给了秦慧楠当头一棒，这个结果是她始料不及的。当她知道为了寻人，章法成都亲自出动了，县城就差翻了个底朝天，也不见范琳琳和崔棒棒的踪影时，她知道了问题的严重性。她一边安慰崔思康别急，给田振鹏打电话，让他赶过来，将寻找范琳琳和棒棒的事交给他，保证把人找回来。崔思康说："我早就说过，这段隐私相当敏感。棒棒长大了，懂事了，他知道我不是他亲爸爸，感情上受不了。范琳琳揭开了过去的伤疤，辞掉县医院副院长职务，全是为了我的清白。她牺牲了自己，成全了我，在玉泉县还待得下去吗？把他们弄丢了，你们就是让我当市长、省长，我也不干！"

崔思康在严厉地批评秦慧楠，语气和措辞很激烈。秦慧楠接受了批评。她说："思康，范琳琳出现在记者见面会的会场，大大出乎我的预料。当然，这是我考虑不周全，我有责任。知道你心里有股怨气，长时间闷在心里，一直没有发泄出来。现在你就把我当出气筒，不管你发多大的火，我不生气，会忍着。你发火吧，发出来心里会好受一点。"

崔思康说："我爱他们母子，胜过自己，我不能没有他们。如果真的弄丢了，我一辈子不能原谅你！"

崔思康甩下一句重话，拉开门，转身走出调查组，拖着沉重的脚步来到了县长室，疲惫地瘫坐在沙发上，范琳琳和棒棒的影子又浮现在眼前。他冷静地分析，范琳琳出现在记者见面会上，她带儿子棒棒不辞而别、离家出走，这一举动需要多么大的勇气和动力。这个动力从何而来？难道是因为王秀芹的出现？难道是因为他们夫妻争吵？不，问题不那么简单！是不是对手对他正面进攻受挫，又在他的后院点上一把火？这个对手是谁？他在背后连连出招，步步紧逼。

有人敲门，是赵恒儒。他闪身进来，小心地关上了门，问范院长有消息吗？崔思康说杳无音讯，人间蒸发。

赵恒儒咽下口水，终于吐出一句难以开口的话："要不你去问问戴书记？"

崔思康很敏感地问："为什么要问他？"

"这……"赵恒儒吞吞吐吐，"崔县长，有些话，不知该讲不该讲？"

崔思康说："如果你信任我就知无不言，言无不尽。如果信不过，就闭嘴。"

赵恒儒鼓起勇气，终于告诉崔思康，戴国权和范琳琳在茶楼包间约会，俩人推推搡搡，关系十分亲密。这是个爆炸性消息，崔思康难以置信。结婚十年，他从不怀疑范琳琳对婚姻的忠诚，也不怀疑戴国权的哥们儿义气，可这是赵恒儒亲眼所见。他为难了，不知应该怎么办。

此刻，戴国权正和卢晓明在劳斯莱斯车上紧急约见。戴国权告诉卢晓明，他和范琳琳约会是一步险棋，这是让范琳琳离家出走的一个狠招，其目的是让后院失火，分散崔思康在引水工程上的精力和注意力。卢晓明说你错了，马王镇抵制拆迁的防线要溃败，已经有一百四十五个拆迁户答应和崔思康签协议。崔思康简直疯了，他置老婆孩子失踪、后院起火于不顾，今天下午要赶到马王镇签协议，我们一定要阻止他，让签约会泡汤。

中午时分，崔思康约戴国权喝午茶，地点就在那家茶楼的包间。戴国权打了个寒战，心想那不是自己与范琳琳约会的地方吗？十二点没到，崔思康提前来到茶楼的包间。点好单，戴国权一脚跨进门来，故作姿态地说:"找来找去,这个包间真难找。"

崔思康问:"你没来过?"

戴国权说:"我这个人你还不知道,下了班懒得出门,晚上一般不出来。书本、电视、网络是我的三个伴侣。"

"是吗?"崔思康看着戴国权,目光犀利,面色冷漠,"国权,来,这是龙井,这是现榨橙汁,这是咖啡,爱喝什么,随便挑。"

戴国权又是一愣,前天晚上,这是他为范琳琳点的单。他一想坏了,一定是崔思康知道自己和范琳琳约会的事了。是谁告的密?是茶楼的老板还是服务员?

崔思康拿了一片西瓜往戴国权的嘴边送:"来,吃一片西瓜。"

戴国权装聋作哑地问:"思康,你今天怎么回事?热情过度,我受宠若惊。"

崔思康说:"来而不往,非礼也。"

戴国权又是一愣:"来而不往?"

崔思康的目光盯着戴国权,神秘地冷冷一笑,笑得戴国权如芒刺在背,脊梁骨瓦凉瓦凉的。

"范琳琳和我失联了。"崔思康说,"她辞了职,将棒棒转了学,决定和我分手。这一切都是瞒着我干的,我被蒙在鼓里。"崔思康将范琳琳的留言信往戴国权面前一放,"看看,这是她留下的。"

戴国权看信,惊讶地问:"怎么会搞成这样?"

崔思康说:"有些人希望她这样。"

戴国权心里一惊:"有些人,是谁?"

"国权,你还在演戏?"崔思康又冷笑了一下,"告诉我,你和我老婆前天晚上在这里说了些什么?"

"你在说什么?"戴国权身子一颤,还在装聋作哑,"我不明白。"

崔思康单刀直入地说:"就在这里,有龙井、现榨橙汁,还有咖啡、果盘。老弟,群众的眼睛是雪亮的!"

"思康……"戴国权极为尴尬,刚才的一切伪装崩溃了,"前天晚上……我在这里碰巧遇到琳琳。真是碰巧,我请她喝了杯茶,我们没谈什么,随便聊了一会儿家常话……"

戴国权明白,当自己的防线即将崩溃之际,迅速抓住对方的某个弱点,奋起反击,也许会找到一线生机。于是他恼羞成怒,倒打一耙:"你什么意思,不就是和自家嫂子喝杯茶吗? 你竟醋意大发。拉你老婆上床了? 难道天下女人死光了? 戴国权还没有这么下作!"

岂料,崔思康不吃戴国权这一套,一针见血地说:"有人要让我后院起火,乱了我的阵脚!"

"是谁这么居心叵测?"戴国权软硬兼施,绕来绕去,岔开话题地说,"思康,清醒才坦诚,聪明才智慧。能看到别人的错误,是清;能看到自己的错误,是醒。清醒坦诚是做人之必须。"

崔思康说:"别给我上课,尽说些不着边际的话。你说,琳琳和棒棒的失踪与你有没有关系?"

戴国权说:"思康,你有点过分了! 琳琳和棒棒的事我非常理解,但是你不能胡乱猜疑。你干脆指名道姓说我让你后院起火,乱你的阵脚好了! 有人泼你脏水,你就泼我的脏水是不是? 好吧,我愿做你的出气筒,有什么火气尽管朝我发,谁让我是你的好兄弟呢。"

崔思康说:"我的要求很简单,有什么话摆到桌面上来。在我的老婆面前嘀嘀咕咕,不是大男人的作风。"

戴国权说:"你是大男人? 为了自己的清白,连自己的老婆也要牺牲。为了保乌纱帽,你前怕狼后怕虎。范琳琳当个县医院副院长算个什么,你连这都不放过,逼她辞职。她是被你逼走的! 还有,你除了县委副书记、常务副县长,还兼了多少职? 玉泉湖引水工程指挥长这个官,你为什么抓住不放? 县发改委主任蒋德铭,是河海大学水利系高才生,为什么不让他这个内行当工程指挥长? 思康,玉泉县委不是哪一个人的私家店,谁也不能一手遮天!"

"你,不要再说了。"崔思康气得一阵剧烈咳嗽,戴国权递来纸巾。崔思康看手表,起身道,"该说的都说了,都好自为之吧。茶单买了,我先走，还要去马王镇，参加签约大会。"

崔思康走出包间，戴国权犹豫一下，一皱眉头，计上心来。他抽了一根牙签，戳破自己的手指头，将殷红的鲜血滴在崔思康刚才用过的纸巾上，然后快步走出，在茶楼大门口追上了崔思康。"送你去医院。"戴国权拿出纸巾，"这是你刚用过的纸巾，你看上面有血！"

"血？"崔思康接过纸巾，疑惑地问，"是我的？"

戴国权说："刚咳出来的血痰，你根本没在意。这不能开玩笑的，赶快去做个胸透检查，查明血从哪来的。健康是头等大事，做兄弟的不能放过你，一定要去检查。"这时一辆出租停下，戴国权强行将崔思康拉进车内。

在县医院X光室里，崔思康胸透完毕，医生告诉他，肺部情况正常。他问戴国权，奇怪了，痰里的血是从哪里来的？戴国权分析说，也许是因为范琳琳和棒棒的事急火上身。他要崔思康做全面检查，因为有些疾病不是靠一次透视能查出来的。他拉着崔思康，要去检查肝和肾。

崔思康坚决不去检查，心里想的是戴国权今天有点反常，抓住他痰里带血这事，关心的热度有点强人所难。他的身体还是不错的，痰里带血的情况从没发生过。想到这里，他急中生智，借上洗手间的时机，摆脱了戴国权的纠缠，快步来到化验窗口，将带血痰的纸巾交给化验员小徐，让他化验一下，明天告诉结果。小徐将带血的纸巾放进玻璃管里时，戴国权出现在面前。他是个聪明人，知道崔思康在干什么。血痰化验结果明天出来，真相大白，他戴国权破坏签约的罪名昭然若揭。

这时外面突然狂风大作，瓢泼大雨从天而降，戴国权高兴万分，真是天助我也！开会时间是三点，现在已是二点四十分，到马王镇少说四十公里，加上大雨，除非你崔思康坐火箭。

风大雨猛，崔思康冒着风雨走向停车场，戴国权后面追着。走到车旁，打开车门，崔思康坐进车里，司机点火发动，戴国权打开后车门，坐进车里。他说："这么大的风和雨，我不放心你的安全，陪你去，也尝尝拆迁难的滋味。"

车上，戴国权给卢晓明发了一个微信，让他马上派人以最快的速度，将化验报告单上面他的O型血，改成崔思康的A型血。

前面的路上有大面积积水，红旗轿车冲进去，激起一阵水花，突然熄火了。司机要再次发动，被戴国权阻止："汽车进水，不能再发动，否则发动机报废。思康，走不了了，座谈会改日吧。"

崔思康毫不犹豫，立即脱鞋脱袜子表示："还有七八里地，赤脚走过去。"

戴国权坚决阻止说："风大雨大，不行！"

崔思康下车，撑起伞，光着脚，顶着风雨，踏着深深的积水，走进雨天。

开会时间快到了，马王镇政府的会议室不见崔思康人影，已经乱成了一锅粥。拆迁户们等急了，坐立不安，贾乐福也急得团团转。有的人说，三点快过了，雨又下这么大，崔县长来不了了。还有的人说，崔县长亲自解答我们心中的疑惑，听取意见，修改协议，这是他承诺的。我把丑话说在前面，他今天如果不到会，我们签协议的承诺也要打问号了。众人表示，政府如果没诚信，别怪老百姓说话不算数。拆迁办胡主任趁机煽风点火，说再过十分钟，崔县长不到会，就散伙，我们不会再找你们签协议。

又是几个十分钟过去了，众拆迁户的忍耐度已越过了底线。这个座谈会不开了，他们走出会议室。贾乐福劝阻无效，会议室只剩下一位老大爷，在悠闲地看着报纸。贾乐福问他："老人家，你为什么不走？"

"我倒要看看，崔思康是不是失信于民！"老人头也不抬地回答着。这时，崔思康一脚跨进门内，赤着脚，落汤鸡似的。老大爷一看乐了："崔县长，你变成赤脚大仙了。"

崔思康说："老人家，我是不是很狼狈？"

老大爷说："不，我喜欢你现在这个样子。非常帅，帅呆了！"

俩人哈哈大笑，贾乐福哭丧着脸说："崔县长，人都跑了，只剩下这位大爷。"

崔思康说："剩下一个，也是胜利，这表明马王镇拆迁，有了零的突破。"

老大爷自告奋勇地说："没关系，我把他们叫回来。"

不到半小时，拆迁户代表几乎全被叫回来了，签约会召开了。崔思康说："在签约前，必须让大家明明白白，心情舒畅。刚才大家提的意见，集中在一点是为什么马王镇三百一十户非拆迁不可？为什么不修改方案，让引水渠绕道而行？为了解答这个问题，请大家跟我走一趟。院里停着两辆大巴，请大家上车。"

雨过天晴，两辆大巴车在马王镇郊外行驶。眼前，青山绵绵，田野葱绿，似一块块绿色的地毯。崔思康手执电喇叭，像个导游。他说如果引水渠从这里绕道经过，这一片片良田将消失，总共五千多亩，这关系到近两千人口的口粮和就业。去年，马王镇百分之三十的口粮不能自给，如果再减少农田五千亩，那不能自给的比例就会达到百分之四十多。手中无粮，心中就慌，那是很危险的。

大巴车行驶至一座山岗停下。山坡下，众人下车。眼前是一座山岗，树叶茂盛，郁郁葱葱。崔思康说，这座山坡也是引水工程修改方案必须经过的地方，如果引水渠从这里通过，要炸掉半个山坡。大家对这座山坡很熟悉，它有个很好的名字——吴王坡。民间传说，两千五百多年前，吴王夫差落难，在这座山坡的一个小客栈留过宿。传说毕竟是传说，要有历史价值，必须有证据来支撑。不久前有关地质人员勘探中无意在山坡里发现了几枚古钱币，初步考证是春秋吴越那个年代的古迹。如果这个发现得到国家认可，我们就可以名正言顺地向全国全世界打出"吴王坡"这个名胜景点。这给我们马王镇带来的经济、旅游和文化价值是不可估量的。这就充分证明总书记说的，绿水青山，就是金山银山。

众人热烈鼓掌，这是对崔思康解说的肯定，也是对他工作方法的表扬。众人同意，对拆迁协议条款再作修改后，举行隆重的签约大会。这个结果，让戴国权胆战心惊。

针对记者见面会和范琳琳母子的失踪，市委调查组召开了民主生活会，进行批评和自我批评。会开得很激烈，朱明远也赶来参加了。

　　任大年首先发言，他说这次记者见面会，没有必要召开，事先我提了不同意见，可慧楠同志就是听不进去。现在看来，损失是巨大的。

　　邓亦先说，慧楠同志有许多优点，我就不说了，咱就事论事。范琳琳和孩子离家出走、失联，这对崔思康同志是个沉重的打击。老婆孩子走了，一个幸福的三口之家就这样散伙了，这个损失是无法弥补的。

　　杨娟有不同看法，她认为召开记者见面会没错，这是对是是非非的传闻正本清源，以正视听。秦部长根本没料到范琳琳会冲到会场，只能说考虑不周。事情出了，把责任推向一个人这不公平。

　　周源说，慧楠同志虽然在组织部门工作多年，但是在组织领导的岗位上还是新兵，对一些问题看不准，处置不当，甚至犯错，都是可以理解的。但是今天这个错，作为一个市委常委、市委组织部部长，考虑是欠缺的，教训是深刻的，造成的伤害，也是难以挽回的。慧楠同志，问题既然出了，必须面对。当务之急是尽快找到范琳琳和孩子。如果崔思康这个家散了伙，我们的心这辈子能安宁吗？

　　朱明远面色严峻，一言不发，注意倾听每一个人的发言，他本来是想借这个会议，让秦慧楠检讨一下，然后借坡下驴，把市委调查组提前撤了。可是没想到秦慧楠一面检讨，一面态度强硬，不同意提前撤出。他闷闷不乐，离去时连招呼都没跟秦慧楠打一声就走了。

　　从马王镇回来，天色已晚。戴国权将崔思康送到家门口，一阵饭菜的香味从门里飘出，扑面而来。

　　戴国权嗅了几下问："什么味？是饭菜香，嫂子回来了！我说嘛，她是吓唬你的。"

　　崔思康摁门铃，开门的是王秀芹，她一头烫发，一身工装，一时间，崔思康还以为走错了门，他说："你的变化是天翻地覆慨而慷啊，我都认不出来了。"

崔思康和戴国权走进室内,客厅打扫得干干净净,桌上摆好了饭菜,还有一瓶小酒,十分温馨。

王秀芹说:"康哥,是范院长让我来的。她让我帮你做顿饭,洗洗衣服,再打扫打扫卫生。"

"琳琳在哪?"崔思康急切地问,"你们在哪见的面?你怎么进来的?"

"是快递,里面有信还有钥匙,寄到医院的。"王秀芹将信递给崔思康,崔思康立即打开信看。

王秀芹说:"康哥,看看我做的饭菜,合不合你的口味?"

戴国权悄悄地走了,是怀着一股喜悦的心情走的。王秀芹在崔思康家里出现,这是一步妙棋,他知道这是卢晓明的幕后操控。

三七　站在断桥头，别说断头话

崔思康和王秀芹赶到医院，走进病房，只见一位中年男陪护坐在王长根的病床边。见到王秀芹，他热情地站起来，称呼王秀芹为"王经理"，这时崔思康才知道王秀芹应聘到了玉泉集团。王秀芹还告诉崔思康，她的工作是卢晓明亲自安排的，他还为王长根捐了两万元。

听到这个情况，崔思康如芒刺在背，感觉这件事的背后大有问题。但是他怎么说才好呢？还是暂把这事放一下，眼前的主要问题是找到范琳琳和棒棒。王秀芹翻看病房垃圾桶，里面空空的。男陪护说垃圾连同那快递信封，倒在外面大垃圾箱里了。两人立即来到院内。

崔思康找来一根树枝，打开垃圾桶的盖子，在里面拨来拨去，将垃圾桶翻了个底朝天。终于，快递信封出现了。王秀芹叫了起来："找着了，是这信封。"

信封证明，今天中午十二点三十分，范琳琳还在玉泉县城投寄快递，崔思康拿着信封，要尽快和章法成见面。王秀芹把他送到医院门口，拦了一辆出租车。崔思康说："秀芹，天下没有免费的午餐，天上也不会掉下馅饼。玉泉集团的这工作你不能做，那两万块钱也不能要。明天你去把工作辞了，两万块也退了。如果没钱，我帮你想办法。这一切很可能是冲着我来的，因为你曾经是我的未婚妻。"

"你太搞笑了，"王秀芹说，"这算哪门子的事？挨得着吗！别说是未婚妻，就是你的前妻，又怎么样？你神经太过敏了，草木皆兵，好像人人都盯着你手中的权力，打你的主意，跟你过不去似的。"

"秀芹，"崔思康一脸严肃地说，"如果我还是你心中的康哥，就听我的话，把工作辞了，把钱退了，还有这陪护也不用了。"

"还让我去种菜、卖菜？我不！"王秀芹倔强起来，"你说的要让我过好日子的，现在别人给我的好日子来了，你却让我拒绝，这不可能。你是你，我是我，我们没有关系。我绝对不会影响你、连累你。"

崔思康说："问题不是你想象的那么简单，有些事你不懂，说了你也不明白。"

王秀芹说："我不懂你们的事，也不懂政治，我懂的是现实。卢总一个月给我开五千元工资，打着灯笼也找不着这样的好人。"说着，王秀芹掏出钥匙，"这钥匙给你。"

崔思康拒绝了："琳琳给你的，你就留着。"

"没有必要！"王秀芹生气了，"我也不想去你家做什么保姆了。你知道吗，到你家做保姆是假，其实想常看到你，为你做点什么是真……刚才你翻垃圾的那个劲头告诉我，你是那么爱着范琳琳，你和她是分不开的。"王秀芹流泪了，将钥匙硬是塞到崔思康的手里。

戴国权从马王镇回来，风吹雨打，偶遇风寒身体不适。他没有去办公室，直接回到家里，坐在躺椅上，目光呆滞。说者无意，听者有心，崔思康将带血的纸巾偷偷化验，足见他的精明，足见对他保持着高度的提防，这事搅得他心神不定。他感到太累了，累得身心疲惫，累得心灰意懒。

戴国权不是个办事不计后果的人，他在权衡自己的昨天、今天和明天。即使在与崔思康、秦慧楠的这场博弈中胜出，坐上了县委书记的位置，那又怎么样？他的命运还不是捏在卢晓明这帮人的手里？还不是要看人家的脸色行事？于是，他要和卢晓明推心置腹地谈谈，急流勇退还来得及。他打卢晓明的电话，才知道他去了杭州。戴国权说，游西湖哪？真有闲情逸致。卢晓明站在西湖堤岸上回着戴国权的电话。他说许仙白娘子的故事，感动了我大半辈子。这次来杭州办事，下决心来断桥看一看，不给人生留下遗憾。戴国权说，你站在断桥头，我可要说断头话喽。卢晓明敏感地问，怎么，又要打退堂鼓了？

果然，三个小时之后，卢晓明开着车回到了玉泉，和戴国权漫步在明城墙上。戴国权问，知道这个地方吗？卢晓明说，知道，经常路过。戴国权又问，知道这城楼的典故吗？卢晓明反问，我是个商人，关心这城楼的典故干吗？

土豪，一身铜臭的土豪！戴国权心里骂着，嘴上却说："宋代大文人苏轼，曾在此城楼上赋诗一首：火色上腾虽有数，急流勇退岂无人？"

卢晓明说："我是个粗人，不通古文，更不会咬文嚼字。我明白你的意思，又想抽身了是不是？"

"不，我是让你明白我们面临的形势。"戴国权很冷静地说，"这么说吧，我们都犯了一个错误，过高地估计了自己。别以为我们的对手是傻子，秦慧楠和崔思康对一些事已经开始明白，等他们真的明白过来，就是我们的灭顶之灾。"

"说句玩笑话你别生气。"卢晓明说，"如果日本鬼子再侵略中国，你肯定是个汉奸。"卢晓明笑了，"不过，我这个人喜欢激流勇进。"

"我明白了一个道理：心中有敌，天下皆为敌。心中无敌，无敌于天下。"戴国权忧心忡忡地说，"真的不想玩了，我累了，准备撤办。卢老弟，崔思康老谋深算，真真假假，声东击西，不是一盏省油的灯。"

卢晓明说："难道他是钢筋铁骨，无懈可击？世上没有完人，只有完蛋，所以他一定有可懈之击。还有秦慧楠，那个青花小瓷瓶？"

戴国权说："算了吧，这击不倒她。秦慧楠不会那么傻，别人设套子，她会往里面钻？你的证据呢？你的人把小花瓶子偷偷塞进田晓君的服装盒，就算你有监控录像为证，她不承认怎么办？说是赝品怎么办？拿出一个仿制品让你哭笑不得！怎么定她的罪？况且，她是市委常委、市委组织部部长，位高重权，你有口难辩，弄得不好就引火烧身。"

卢晓明说："是啊，这事欠考虑。就当是一颗定时炸弹，先放一放。引不引爆，什么时候引爆，再说。不过，东山不亮西山亮——"

戴国权问："你又发现了他们的软肋？"

卢晓明故弄玄虚，高深莫测地笑了笑。这种笑很阴冷，也很阴险。

晚上九点多钟，崔思康刚走进家门，门铃响，开门一看，来客是秦慧楠、田振鹏，夫妻双双是因范琳琳母子失踪登门道歉的。崔思康说没有这必要了，因为琳琳的这个伤疤，尽管埋藏得很深，但他知道早晚有一天要揭开的。本来他打算等棒棒成人之后，完全懂事了，心理有承受能力之后再告诉他真相。可是没想到这一天来得这么快。他问秦慧楠，是谁举报他？他要拿起法律武器，维护自己的权利。

秦慧楠告诉崔思康，结合当前反腐斗争的经验和教训，中央对干部的提拔，提出了更新更高的要求，一个新县委书记的产生要过六关：第一初审，第二纪委谈话，第三对本人、配偶、子女的财产情况专项核查，第四经过省纪委廉政考察，第五经过省委组织部和省纪委共同核查，第六对公示后举报反映的问题逐一核查。

崔思康问："我在过第几关？"

秦慧楠说："最后一关。"

田振鹏说："风雨过后见彩虹。胜利在望了，你要咬着牙挺过去。"

崔思康最揪心的是琳琳和棒棒，失去他们，下面的日子怎么过下去？他拿出快递信封，秦慧楠恍然大悟，因为范琳琳早就将"失踪"计划好了，不能不说她是个有心计的女人，这是她"把崔思康还给王秀芹"的实际行动。

田振鹏走进崔思康的卧室，想对范琳琳母子的去向发现点什么。不一会儿，他从卧室里走出，手里拿着两张发票，一张是买童鞋的，一张是买儿童套装的，都是名牌，总价值四千九百多元。崔思康震惊了，买双童鞋和童装要四千九百多元！给棒棒买的，怎么可能？琳琳花钱时手很紧，从来没有给棒棒买这么贵的衣服。这一大笔开支，范琳琳没告诉他，这是从没有过的，而且开票时间就在前天。

秦慧楠问："那是别人送的？送这么贵重的礼品，肯定不是一般的朋友。"

崔思康说："不可能！没有我的允许，收人家一个苹果，范琳琳都会向我报告。"

田振鹏说："这发票我拿着，我会弄清楚来龙去脉的。"

离开崔思康家，天色已晚，秦慧楠让田振鹏开车去县医院。田振鹏不知秦慧楠葫芦里卖的什么药。想不到秦慧楠拿出一张快递收据，那是十几天前范琳琳邮寄药品到广西的，被秦慧楠在崔思康家厨房里无意中发现，收据上写着：广西南宁江南春诊所苗玉玲所长收。

田振鹏问："你说范琳琳去了广西？"

秦慧楠说："我分析，范琳琳突然失踪，是下定了决心远走高飞。她怎么生存？只有靠自己的老本行护理技术。你看，收据上填写的邮寄地址是玉泉县医院，日期是十几天前，所邮寄的药品很紧俏，市场上难以买到，这也说明范琳琳和苗玉玲所长关系不一般。"

来到县医院，田振鹏下车，秦慧楠在车里等着。不到一支烟的工夫，田振鹏就回到了车上，他兴奋地说："老婆，我真服你了，你的想法得到验证。县医院药房的一个会计说，广西那个苗所长是范琳琳卫校时的同学，在广西南宁开了一家私人诊所，范琳琳几次帮她邮购紧缺药品，都是让这个会计办理的，她有苗玉玲的地址和联系电话。"

田振鹏还说，别高兴太早。县医院药房的会计说，之前也有人向她打听范琳琳这个同学的地址和电话号码，此人还出示了公安的证件。刚才，他和丁海联系，他们没有任何人来过县医院药房做过调查。

这个突发情况让秦慧楠很震惊，很紧张，这说明另外有人也在关注范琳琳的行踪，还假冒公安人员。想到这里，她不由为范琳琳和崔棒棒的安全捏了一把冷汗。她不敢懈怠，回到调查组，召开了紧急碰头会。

秦慧楠说，范琳琳和崔棒棒的突然失踪，绝对不是孤立的事件。促使她离开崔思康的，也绝对不仅仅是她的隐私被揭开。田振鹏拿出两张发票分析说，这两张发票，都来自玉泉金鹏国际精品店，那是富人光顾的奢侈品商店。其中一张发票标明是一双耐克运动鞋，尺码是十岁左右的男孩穿的，价值二千五百八十元。另一张发票是美国NBA一套球衣，价值是二千四百元，尺码也是十岁左右的男孩穿的，这两张发票开出时间是前天中午。正好是我们召开新闻发布会的前一天。这衣服和鞋，无疑是买给崔棒棒的。这事崔思康不知道，他否定了范琳琳自己购买的可能。

任大年问："那么这价值近五千元的厚礼，出自谁之手呢？"

秦慧楠说："章法成派人紧急调看了金鹏国际精品店收银台录像，这个出手大方的人你们根本想不到，是玉泉集团卢晓明的女秘书吴雪姣！"

任大年、邓亦先和杨娟惊呆了，他们发出了同一个声音："这怎么可能呢？"

秦慧楠说："不可能的事，恰恰发生了。这是一个谜，却必须解开。"

这时，田振鹏的手机响了，他接到了一个好消息，范琳琳和棒棒果然去了广西。正如秦慧楠的判断，在她老同学苗玉玲的诊所里。

任大年说，赶快把这消息告诉崔思康。随即拿起电话，刚要拨号，却被秦慧楠摁住了，她意味深长地说，有人会告诉他的。任大年吃惊地问是谁？秦慧楠很肯定地说，是让崔思康后院失火的人。杨娟很赞成这个判断，抓住这个人，顺藤摸瓜，也许发生在玉泉县的一连串怪事，就会真相大白。

现在，秦慧楠更加坚信，有一股力量在暗中与他们角力，其目的是干扰、破坏玉泉县委新书记的选拔和任用。这股力量无非是来自两个方面，一是政治利益，二是经济利益。如果是前者，怀疑对象首先是戴国权；如果是后者，那就是卢晓明。

任大年却不完全赞同秦慧楠的观点，他提醒秦慧楠，你的三把火，千万别再烧错了对象。

这注定是个不眠之夜。崔思康准备上床睡觉时，贾乐福来电说，马王镇一百四十五户拆迁户同意签订拆迁协议，明天下午三点正式举行签约大会。他正组织人员，挑灯夜战，布置会场和安排庆祝活动。他强调说，这成果完全是你崔县长冒着风雨，赤脚走进马王镇而感动了上帝。

这简直是个天大喜讯，崔思康兴奋得弹坐而起。顿时，失去妻子、儿子的心头阴霾一扫而光，他毫不犹豫地拿起手机，向秦慧楠报告了这一个振奋人心的消息。

秦慧楠说，可喜可贺！事实证明你对拆迁所采取的做法，正在产生积极的效果。秦慧楠还说，我也带给你一个喜讯，范琳琳和棒棒的下落找到了，他们去了广西。说到这里她故意留了一手，说详细情况今晚会有人告诉你。注意，这个不速之客，有可能就是在你后院点火的那个鬼！

听到这话，崔思康头皮发麻，神经顿时绷得嘎吱嘎吱响。他赶紧检查了门窗，确认安全后，半躺在床上开灯看书，静候那个不速之客的到来。

是秦慧楠失算了？不，是戴国权的智慧和机灵，阻止了"那个鬼"的行动，这个鬼就是卢晓明。原来，卢晓明也获悉了范琳琳和崔棒棒的行踪。他知道崔思康心急如焚，把这个消息第一时间亲自告诉他，一是拉近关系，以示关心和慰藉；二是"调虎离山"，让崔思康明天就去广西看望老婆儿子，那么马王镇的拆迁签约大会就会泡汤。这就是一箭双雕和一举两得。

可是卢晓明此举，却被戴国权及时阻止了。戴国权说什么调虎离山？分明是自投罗网。范琳琳的下落，你是通过县医院药房的小会计知道的，可是一前一后，田振鹏也去了药房。你的人装扮公安人员，他们正在排查。此时你自己跳出来，不是自投罗网吗！

卢晓明一听顿时目瞪口呆，倒抽了一口冷气咬着牙说："田振鹏，这个幽灵！"

三八　调虎离山，虎还在山上

对卢晓明和戴国权来说，这确实是个难熬的漫漫长夜。马王镇一百四十五户拆迁签约大会的召开，对他们来说是灾难性的，一百亿工程的中标、工程方案的修改增加十个亿的预算、将拆迁地变为商品房的开发……这一切都将化为泡影，这是他们不愿看到和不能接受的。因此，阻止拆迁签约大会召开刻不容缓。想来想去，调虎离山是唯一的选择，因此要采取一切手段，明天将崔思康这只虎"调"往南宁。

这一夜，崔思康同样难忍难熬，躺在床上，辗转反侧。到了凌晨四点他接到了王秀芹打来的电话，满是喜悦的她报告了范琳琳和棒棒找到了的好消息，说他们母子住在南宁一个叫苗玉玲的同学家里，还有电话号码。苗玉玲自己开了诊所，名字叫江南春。崔思康奇怪了，问你从哪里得的消息？王秀芹说是她爸的护工去药房拿药，有个会计告诉他的。王秀芹心急火燎地催促崔思康明天一早去南宁。

为证实王秀芹消息的真假，崔思康拨打了王秀芹提供的电话号码，电话居然通了。铃声响了一阵，传来了一个女人的声音："你好，这里是江南春医疗诊所，请问你要什么帮助？"

崔思康说："我请求帮助，寻找我的老婆和儿子！"

电话里，那女人哈哈大笑起来："是崔县长吧？我是范琳琳的同学苗玉玲啊！"

王秀芹提供的情况得到了证实，悬在崔思康心里的一块石头落了地。但是苗玉玲说棒棒发高烧，范琳琳刚刚带他去了市儿童医院。这个情况，让崔思康放下的心又悬了起来，恨不能插翅飞到范琳琳和崔棒棒的身边。

这一晚，彻夜难眠的还有秦慧楠和田振鹏，夫妇俩为等候去找崔思康的那个不速之客，等了大半夜，为防瞌睡，两人喝着浓浓的苦咖啡，可结果让他们大失所望，报告范琳琳去南宁详情的竟是王秀芹。怎么是她？真是活见鬼了。顿时，王秀芹的嫌疑在他们夫妇俩的脑海里直线上升。

第二天早上刚上班，戴国权在大门口碰到了崔思康，故作姿态地问琳琳和棒棒可有下落了？崔思康如实告诉他老婆和儿子去了广西南宁，在一个同学家里。顿时，戴国权手舞足蹈，十分兴奋地催促崔思康赶快把他们母子接回来，防止夜长梦多。崔思康说他不放心下午两点马王镇拆迁签约大会，正左右为难。

戴国权说："这会非你不可吗？思康，我们俩都有个毛病——事必躬亲。其实事必躬亲未必是好事，这个世界，离开了谁地球照转。你走了，不是还有我吗。怎么，信不过？"

话说到这份儿上了，崔思康一时无语，他让步了。两人商定，崔思康马上去南宁，戴国权参加马王镇首次拆迁户签约大会，帮崔思康压阵。戴国权立即通知赵恒儒帮崔思康订了上午十点半的飞机票。

崔思康走进办公室，门开着，秦慧楠坐在里面等着他。当她知道崔思康决定放弃下午拆迁签约大会，上午十点半乘飞机去南宁时，她沉默了，脸色也严峻起来。过了一会儿，她问："下午拆迁户的签约大会怎么办？"

崔思康说："已安排好，国权代替我。"

秦慧楠说："你是引水工程指挥长，参加签约大会，和首批拆迁户亲自签约，这是你的承诺，临阵换将行吗？"

崔思康说："国权是县委副书记，能代表我。"

秦慧楠说："和你商量一下，能否开过签约会再去南宁？"

崔思康很难受、很动情地说："范琳琳的同学告诉我，棒棒高烧不退，哭着闹着要爸爸，现在住进了市儿童医院。我实在放心不下，恨不能插上翅膀，飞到他们的身边。"

"我很理解。"说着，秦慧楠马上来了一个转折，"但是马王镇的拆迁，是引水二期工程的关键。同样，这首批一百四十五户签约大会的成功，关系整个三百多户的拆迁，这期间不能出现意外。否则，功亏一篑。"

崔思康的情绪激动起来："秦部长，请换位思考一下好不好？假如是你，丈夫和女儿失踪了，你该怎么办？你不要对我有那么高的期待，也不要提那么高的要求。对不起，我要赶飞机了。"

"等一下。"秦慧楠说，"你知道在你家里发现的那张近五千元发票是谁开的吗？是卢晓明的女秘书吴雪姣。"

"吴雪姣？不可能！"崔思康竭力辩白，"我不认识她，范琳琳也不认识她。"

秦慧楠打开手机，调出吴雪姣的头像："就是她，三年前毕业于一所民办大学，玉泉集团一次招聘会上被卢晓明看中，很快做了他的贴身秘书。这个女人凭借姿色和心计，深得卢晓明的喜爱和信任。别忘了，卢晓明培养的前任女秘书，后来到了贪官余光的床上，做了'小三'。"

崔思康说："请相信，我、范琳琳与吴雪姣没有任何关系。"

秦慧楠说："监控录像显示，高档衣服和鞋子钱是她付的，发票是她开的，可是为什么这发票在你们家发现了？这说明了一双看不见的黑手，伸向了你的后院。有人在你后院点火，乱你的阵脚，让你退却，让你放弃应该坚守的原则。签约大会来之不易，我怕再节外生枝，得而复失。"

崔思康犹豫了一下，说："好吧，听你的，我马上改签机票。"

秦慧楠说："我是这么安排的，田振鹏和章法成马上飞广西，相信他们会把琳琳和棒棒接回来的。我们调查组全体同志参加你下午的签约大会，为你助阵、加油、鼓劲！"

门开了，戴国权走进来说："秦部长也在啊。思康，你丈母娘哭哭啼啼的，找到我那去了。祝阿姨，进来吧。"

祝翠娥气冲冲地走进来，毫无顾忌，横加指责："思康，琳琳和棒棒离家出走，你为什么瞒着我？存的什么心？"

崔思康说："我不是担心您的高血压吗。"

祝翠娥说："你快去南宁，不把琳琳和棒棒接回来，我就死给你看！"

秦慧楠说："老人家，别急，琳琳和棒棒已有消息了，正派人去接他们回来。"

祝翠娥说："不行，崔思康要亲自去！"

这时电话铃骤响，崔思康接听电话："谁……琳琳，我是思康……什么棒棒不见了？"

电话里，范琳琳哽咽着："思康，我刚从派出所报案出来，本不想给你打电话，可是实在没办法，我快要崩溃了……"

祝翠娥疯了，冲上来，揪住崔思康的衣服大吵大闹："崔思康，还我外孙！是你把他们撵走的，我不想活了……"说罢，瘫在地上又哭又叫。

赵恒儒走进来，请祝翠娥到休息室，可她就是不走，哭着闹着要跟着崔思康去机场。情况紧急，秦慧楠改变了主意，她让崔思康立即飞南宁，戴国权参加下午签约会，戴国权马上兴奋地说："没问题。"

戴国权随即回办公室，以胜利者的口气给卢晓明打了个电话。他问崔棒棒失踪怎么回事？是不是你搞的鬼？卢晓明皮笑肉不笑地说，广西有他的人，这不是对"调虎"增加筹码吗。有人要让崔思康断子绝孙，其中有汪柱子，还有几个老领导。戴国权一听，当即发火拍桌子吼道："卢晓明，如果崔棒棒有任何意外，我把你剁成肉泥！"卢晓明毫不在乎地问，崔棒棒，一个野种，值得让你这么大动肝火？难道他是你的儿子？戴国权说就等于是我的儿子！卢晓明震惊了，说你这个玩笑开大了吧？戴国权说不开玩笑，真相告诉你，吓得你尿裤子！卢晓明不吱声了。

下午两点，马王镇镇政府会议室里，贾乐福准时召集拆迁户签约大会，戴国权参加，镇拆迁办胡主任给每个拆迁户分发打印好的协议文本。他说大家看好了，这就是今天下午签约大会上要签的协议文本，你们要逐条逐字地看，有什么意见提出来，合理的还可以修改。戴国权说，有件事给各位打个招呼。本来今天下午的签约大会，由崔县长亲自和你们签约。可是有个十分特殊的个人情况，崔县长不能来了，由贾乐福同志代替崔县长和你们签约。

本来说好，协议是由戴国权代签，崔思康回来补签，可戴国权私自改成了镇书记签字，他有意地把政府签约的规格降低了，顿时，室内炸开了锅，议论纷纷。

"县长变镇长，降格了一大截，你们说话不算数！"

"现在不算数，以后合同还能执行吗？"

"崔思康是引水工程指挥长，这个协议他不签，我们也不签！"

面对群情激昂，戴国权火上浇油："你们不能这么说，这是威胁，共产党不吃这一套！"

众拆迁户起身要走，贾乐福和几个镇干部极力阻拦，恳求大家不要走。贾乐福向拆迁户们苦苦哀求，大伙别走，我替崔县长先签字，过几天让崔县长补签。众拆迁户坚决不干，责问贾乐福，你们还有一点诚信没有？戴国权带着威胁的口气说，贾乐福同志是镇党委书记兼镇长，你们不相信他是什么行为？众人不买戴国权的账，喊道，难道我们不相信贾乐福就是不相信共产党吗？贾乐福对戴国权拱手作揖说，求你了戴书记，你别再说话了。戴国权转过身来，声音更大了，他问为什么我不能说话？不要以为是拆迁户，就为所欲为，要讲道理，要顾全大局！

众人向门外拥去，突然，崔思康、秦慧楠出现在门口。众拆迁户惊呆了，戴国权也傻了眼。崔思康说，对不起，我来迟了。秦慧楠说，我是来为你们加油、鼓劲的，欢不欢迎啊？众人齐声高喊，欢迎，欢迎，热烈欢迎！

马王镇的古戏台上，气球升天，彩旗飘扬。贾乐福宣布，马王镇引水二期工程首批拆迁户签约大会正式开始。一时间，只见锣鼓喧天，鞭炮齐鸣，舞狮队的两只狮子跳上台，蹦蹦跳跳。古戏台的台下坐着崔思康、秦慧楠、任大年、戴国权、总工潘凯和工程指挥部的干部们。

贾乐福走下台，来到崔思康身边说："秦部长、崔县长，怎么样，气氛还热闹吧？"

秦慧楠说："老贾，你还真有两下子，把一个枯燥的签约仪式搞得有声有色。"

贾乐福说："我是高兴的。这三百一十户拆迁户，不拆迁不签协议，抱成一团，和我们对峙了近三个月，今天终于有一百四十五户同意签约了。"

崔思康在一旁高兴地说："堡垒攻破，坚冰打碎，可喜可贺！老贾，给你记上一功。"

文艺表演结束，贾乐福宣布签约开始，一百四十五户签约的拆迁户分批列队走上台，工作人员在他们面前的条桌上摆上拆迁协议文本。锣鼓声中，十多名少先队员上台献花。掌声中崔思康走上台，与拆迁户签约、握手。摄像机在转动，照相机灯光闪烁，记录下这美好、难忘的瞬间。

贾乐福宣布下一个程序：秦慧楠同志发表重要讲话。秦慧楠开门见山地说，领导的讲话不一定都是重要的。但是，领导讲话必须是心里话。否则，就不配站在这个台子上。

一石激起千层浪，一语暖了万人心，台下响起暴风雨般的掌声。秦慧楠继续说道，现在我就说几句心里话。今天这个签约大会之所以成功，是一百四十五户拆迁户顾大局、识大体。思康同志，你今天签约，白纸黑字，可不要赖账。

崔思康回答："我要赖账，就打我的屁股。"

秦慧楠说："不是打屁股，是摘乌纱帽。"又是一阵暴风雨般的掌声。突然，秦慧楠话锋一转，"乡亲们，大家可能不知道，这签约大会后面有个秘密，思康同志十岁的儿子在广西生病了，而且失踪了，此刻生死不明。他强忍着痛苦，退掉原定上午十点的班机，坚持参加今天的签约大会，为的是兑现政府的承诺，维护政府的诚信。现在，我们欢送崔思康同志去机场，去找儿子，并祝他儿子平安归来！"

崔思康走下台，众人簇拥上去，他沿着人群中闪开的夹道中走着，向众人拱手，走向等候的轿车。

人群中，有人举手高喊："崔县长，放心，下一个签约的就是我！"

又有人跟着举手："还有我，我，我，我……"

人们纷纷举手，一眼望去，手臂林立。崔思康激动得热泪盈眶。面向众人高举着的手臂，他深鞠一躬。

晚上九点，崔思康到达了南宁，接机的是田振鹏和章法成。章法成报告一个好消息，棒棒找到了。田振鹏说了个坏消息，棒棒病更重了，又送进了医院。在儿童医院抢救室的门口，范琳琳情不自禁地抱住了崔思康，泪水夺眶而出，泣不成声。她告诉崔思康，棒棒是被人绑走的，受了惊吓，高烧不退。在野外二十多公里处往城里跑，严重脱水，倒在了路上。这时，崔思康在心里分析：绑架棒棒是不是个阴谋？是不是逼着他放弃签约大会去南宁？可是逻辑上说不通啊。玉泉与南宁相隔数千公里，谁有这么大的神通呼风唤雨？他百思不得其解。

棒棒醒过来了，他睁眼问的第一句话就是你是不是我的亲爸爸？你是不是不要我和妈妈了？崔思康鼻子一酸，眼泪差点掉下来。他使劲地搂着棒棒说，好孩子，你比我亲儿子还要亲，爸爸就是带你和妈妈回家的。

夜很深了，崔思康和范琳琳手挽手地站在南宁市的街头。

崔思康问："你怎能不辞而别，搞人间蒸发，还让不让我活了？"

范琳琳说："告诉了你，我还走得了吗？那天新闻发布会后，有多少匿名电话打过来，骂我是婊子。那天中午去学校，几个同学追着棒棒骂他是野种。你说，我们母子在玉泉县还待得下去吗？你有没有想到我和孩子的感受？"

崔思康说："我懂得，一个人的尊严遭到摧毁时的伤痛。"

范琳琳说："是永远的心痛。"

崔思康换了话题，说起那张近五千元的发票。范琳琳的心里咯噔了一下，一下子紧张起来。和戴国权见面，还接受了他给棒棒的贵重礼物，这事千万不能说出来，否则自己是跳进黄河也洗不清的。她后悔自己粗心大意，怎么能把发票落下呢！现在她唯一的选择就是"不知道"。还好，崔思康为照顾范琳琳的面子，没有捅破她和戴国权私自见面的事。当范琳琳知道这发票上的鞋子、服装是吴雪娇付款时，她才意识到问题的严重性。可是她没有勇气说出这件事的真相。

崔思康又换了个话题说，不管怎么说，明天一定要跟我回去。范琳琳态度坚决地说了个"不"字。崔思康拿出离婚协议书，撕成几片。范琳琳说，你再撕一百次，我也不会回到玉泉县城，那是我的伤心地。她还说，我干老本行，在老同学的诊所里当护士。如果你愿意，每个月可以来看我。崔思康又一次拥抱了范琳琳，他说，玉泉湖引水工程全面竣工，我就辞职，咱们也开一家诊所，你当老板，我做你的助手。

从南宁回来，崔思康没有接回范琳琳和棒棒，是他心里最大的伤痛。棒棒遭到绑架，险些丢了小命，这使他惊心动魄，胆战心惊。是谁对他这么大的仇恨，下这么狠的手？联想到肖强强、尤喜军和胡萌萌以及垃圾站方大爷的死，至今还没查到元凶，崔思康感到了严重的危机。

崔思康是个不愿放弃的人，为了在家里发现的那张发票，他又一次来到金鹏国际精品购物中心亲自调查，结果和秦慧楠调查的相符。他又一次拨通了范琳琳的手机，范琳琳不耐烦地回答了三个字"不知道"。她哪里想到，因为顾及自己的面子而撒谎，结果是掩护了崔思康的敌人，所带来的损失是巨大的。

周六这天，戴国权也没闲着，打了一辆专车，来到一家高尔夫球场。卢晓明在大门口等着，只见从车上走下来的戴国权身穿花裤子，戴着棒球帽、大墨镜，像个海归华侨，卢晓明差点认不出来了。

天高气爽，微风拂拂，绿草茵茵，正是打高尔夫的好天气。球场上戴国权已是轻车熟路。他挥起球棒，白色的球在空中划了一道漂亮的弧线，落地后稳稳当当地进了球洞。卢晓明拍手叫好，竖起大拇指，点了一个大大的赞。打完一局，两人走到太阳伞下，刚一落座，服务员便送来饮料和果盘。

戴国权说，我们输了秦慧楠一局，目前是零比一。我有个大胆的设想，可以扳回一局。这个设想是让崔思康的屁股坐到我们这一边。这个方案，不会伤筋动骨，更不会两败俱伤，结果是皆大欢喜。

兵不血刃，刀枪入库，马放南山，这结果当然要举双手赞成。卢晓明说，崔思康的屁股真的坐到我们这一边，别说让他当县委书记，就是当市委书记，我也会不惜一切代价捧他的场，站他的台。可是这个方案，不过是一厢情愿罢了。卢晓明取出一只档案袋说，这是我们要打出的下一张牌，你审阅一下，看看对崔思康能否一枪毙命？

戴国权接过档案袋，抽出材料，仔细审看，看着看着，脸色变了，两边的颧骨更加瘦削，像两把尖刃。这是一份不错的举报材料，证人、证据齐全，是一枚重磅炸弹，足以将崔思康炸得粉身碎骨。

戴国权说，我还是想给崔思康最后一次机会，让他坐到我们这边来，这样我们支付的成本就会大大降低。可卢晓明说这是幻想，是对牛弹琴。戴国权说，我就不信崔思康是钢筋铁骨，不食人间烟火。王秀芹这张牌呢，不能光养着不干正事啊。给她施加压力，该脱裤子就脱裤子，把崔思康拉上床。卢晓明说，好吧，听你的。恩威并重，软硬兼施，给崔思康最后一次机会。

三九　摄像头里面的丑陋

不按规矩出牌，是崔思康的一大特点。对这种做法，众人褒贬不一，莫衷一是。可崔思康的观点是：不按规矩出牌，只要不违法乱纪，就是创新，就是敢想、敢干，就会达到意想不到的效果。

中午趁休息的空当，不预约、不通知，崔思康突然出现在玉泉集团总裁办公室，吓得吴雪姣手足无措。但是，吴雪姣是个经过风雨、见过世面的人，她马上调整好情绪，回到了常态，仍不失风情万种。她说崔县长大驾光临，十分荣幸。但是十分抱歉，真不巧，卢总出去了。崔思康在卢晓明的老板椅上不请自坐，说了一句让吴雪姣胆战心惊的话："卢总不在没关系，找的就是你。"

吴雪姣一阵紧张后，很快平静下来，恢复了甜蜜的微笑。接着她两眼放光、传情，嫣然一笑。一边倒茶，一边说崔县长，请指示。崔思康拿出发票，往吴雪姣面前一推，问知道这张发票吗？

看发票，吴雪姣心里慌了神，但她很快又恢复了镇定，拿起发票，佯装细看，口中念念有词地说，这发票好熟悉啊，我想想。想了一会儿又问崔思康，这发票有什么问题吗？不会是假发票吧？

吴雪姣分明是在做戏，崔思康不想让她再表演了，开门见山地说，这发票是你开的，怎么跑到我家去了？吴雪姣故作惊讶地问道，这发票我开的，有证据吗？崔思康说，有商场监控录像为证。这发票你才开了几天，就健忘了？

底牌亮出了，枪口顶住脑门，吴雪姣无话可说。忽然她心生一计，掏出手机说，对不起，我出去接个电话。崔思康问，你手机没响，哪来的电话？吴雪姣谎称，设置的是振动。

吴雪姣走出办公室，她是在偷偷地请示卢晓明。卢晓明又紧急请示戴国权。戴国权毅然地回答：东西是我买的，款是我付的。正好碰上吴雪姣，她帮我排队开了发票。

吴雪姣回到办公室，按照戴国权的指示，回复崔思康。崔思康大为惊讶和意外，但这种表情没有流露出来，他平静地问你和国权认识？吴雪姣说，何止认识，最近我们玉泉集团搞的几次捐赠活动，还有"十大道德标兵"评选，都很熟悉了。

事情搞清楚了，戴国权和吴雪姣所说一致，崔思康说了声"打搅"之后，起身告辞。可吴雪姣说，知道你忙，留不住就不留了。不过，你不看看你的老乡王秀芹？

崔思康这才想起来，走进公关部，见王秀芹正在拖地，拖得很认真。

"康哥！"见面前站着崔思康，王秀芹惊喜了，"你怎么来了？"

"崔县长，你们谈。王姐，好好招待你的康哥哟。"吴雪姣走出门外，又回头将王秀芹叫出来小声说，"王姐，崔县长去广西，夫人和孩子没能带回来。现在对你来说是个好机会，进攻，进攻，再进攻。我和卢总为你加油，等着喝你的喜酒。"

王秀芹顺从地点头，回到室内，问起范琳琳和崔棒棒的事，崔思康说，找到了，他们要在外面待些日子。王秀芹说，都怪我，不该出现在你们的生活里。说着，她随手关上门。崔思康十分敏感地说门别关。王秀芹不高兴地问，怎么啦？连我也要防啊？我知道，人老珠黄、半老徐娘，你看不上我了。

崔思康说："秀芹，你想到哪去了？我还是要说，这里不是你待的地方。"

王秀芹说："这地方别人能待，我王秀芹就不能待？我知道，你打心底里看不起我。"

王秀芹开始抽泣，接着哭了，哭出声来。在崔思康的眼里，他还没见过王秀芹这么伤心落泪。

"秀芹，别这样。"崔思康安慰着，"你放心，我现在关心你、帮助你，以后还是这样。"

王秀芹突然扑到崔思康的怀里，喊了一声"康哥"。监控室里，吴雪姣将这精彩的一幕尽收眼底，情不自禁地拍手叫好："干得漂亮！"可是话音刚落，崔思康猛地推开王秀芹说："王秀芹，不可以这样的！"

王秀芹十分尴尬，恼羞成怒，她说："崔思康，我不是个随便的女人。这么多年，爱也罢，恨也好，我心中一直有你，赶不走，挥不去。你知不知道，我至今还为你守身如玉，你走吧，我不想再见到你了！我现在才知道，我心中的康哥已经死了！"

崔思康走了，脚步匆匆，踩得地板咚咚作响。吴雪姣推开公关部的门，王秀芹两眼红红的，还在擦眼泪。吴雪姣一肚子的气撒出来了，说你怎么能放他走呢？为什么不拽住他？我是怎么对你说的？王秀芹说，吴秘书，我真的做不出。对不起，在这方面，我不行，真的不行。吴雪姣说，多好的机会呀。两个女人搞不定一个男人，真是活见鬼了！

午饭后，崔思康走进戴国权的办公室，拿出一个信封，往戴国权面前一放说，欠你四千九百八十元，这是五千元，不用找零了。崔思康这么做，戴国权是有思想准备的，已有对付的预案。他看看发票，马上表态，这是我送给棒棒的礼物。崔思康问是你付的钱吗？戴国权立即回说我不付钱，打劫啊？崔思康问，这张发票为什么和玉泉集团总裁办秘书吴雪姣扯上了？

吴雪姣刚刚和戴国权通了气，心里有底气，淡定地呷了一口茶水，不紧不慢地解释了原因，和吴雪姣所说的一样。

崔思康无话可说，只好换了个话题调剂气氛。他问出门见美女，这样的好事怎么让你碰上？戴国权得意地一笑说这就是运气。崔思康说，好了，这事到此为止，下不为例，说完起身要走。戴国权说，把你的钱拿走。崔思康说，凭什么让你送礼？我担心你做人情，别人买单。五千块钱，说小不小，说大不大，但是防线一破，多米诺骨牌的效应就十分可怕。如果这钱真是你付的，我领这个情。如果是别人付的，你借花献佛，我不会放过你。

午饭后，秦慧楠和杨娟逛街，不知不觉来到了金鹏精品店的门口。杨娟说我不想进去，这不是我们去的地方，里面的东西贵得吓人。秦慧楠说咱买不起，进去逛逛，长长见识。

秦慧楠来到开票中心，杨娟才知道她是为了那张发票而来，她知道这里面隐藏着戴国权和玉泉集团的大秘密。秦慧楠说，这里有一前一后两个摄像头，一个在开票窗口上方，可拍摄开票人的特写；一个在开票窗口的后面，肯定是拍摄的全景。杨娟问你怎么研究这个？秦慧楠说我要弄明白，戴国权和吴雪姣谁在说谎？秦慧楠认为，崔思康调看的录像，是开票窗口上方的特写摄像头，所以他看到了吴雪姣。那么戴国权应该也在现场等待，商场全景摄像头记录的画面里，应有戴国权的存在啊。否则戴国权在开票中心偶遇吴雪姣，让她排队代开发票就是弥天之谎言。

走出精品店的大门，秦慧楠说，我有个大胆的分析。崔思康有两个对手，政治层面上是戴国权，他与崔思康同为县委书记候选人，因一票之差落了选。经济层面上是卢晓明，因失去了玉泉湖一期引水工程，他会耿耿于怀。杨娟说你大胆的分析只是推理，尽管有疑点，但是疑点不等于证据。没有证据支持的推理，是毫无意义的。秦慧楠说，证据就从这张发票开始。给章法成打电话，我要调看那一天金鹏精品店全部摄像头的录像。另外，今天下午三点，我们二次"打虎上山"。杨娟问，再去玉泉集团？秦慧楠果断地点点头。

发票的事，弄得卢晓明很紧张、很被动，他知道，这个真相的揭开，就将他与戴国权官商勾结的秘密暴露在阳光之下，后果不堪设想。戴国权和吴雪姣真是脑子进水了，为什么把发票也当礼品送给范琳琳，难道想显摆礼品的贵重？不，这是愚蠢，是大意失荆州。他想戴国权经过多少大风大浪，却犯了这么一个低级错误，实在不应该呀。现在卢晓明的当务之急是亡羊补牢，帮戴国权赶紧补这个窟窿。

秦慧楠和杨娟刚走出金鹏精品店的大门，汪柱子就来向卢晓明报告了。吴雪姣惊呼，这个女人太厉害了，她一定是怀疑我对那张发票做出的解释。既然是戴书记请我排队开发票，戴书记必定出现在开票大厅里。如果调看了大厅全景录像，见不到他就穿帮了，这可怎么办呀？

戴国权也获得了秦慧楠、杨娟去了金鹏精品店开票中心的信息，他要卢晓明尽快处理那天的商场录像，要不惜一切代价。

于是，卢晓明将这个重任交给了汪柱子，汪柱子又把任务交给了小胡子。小胡子接到汪柱子"十万火急"的指令，带着他的一个帮手，以一家视频监控公司维修人员的名义，来检修保养储存器。当他们刚要跨进监控中心的门时，丁海和一名刑警拎着储存器走了出来。原来，章法成接到秦慧楠的指令之后先下了手，小胡子迟来了一步。

监控录像显示，关于那张发票，秦慧楠的推理和分析完全正确。发票开出的那天，金鹏精品店从早上开门到晚上关门，始终不见戴国权的身影，这表明戴国权和吴雪姣都在说谎，他们都在隐藏着什么。下午三点，秦慧楠和杨娟准时来到玉泉集团，再次"打虎上山"。

秦慧楠走进八楼展览大厅，戴国权、赵恒儒、杨娟、邓亦先、卢晓明在十几个董事的陪同下，观看大屏幕上的宣传图片，吴雪姣在讲解。她说在卢晓明总裁的带领下，企业发展了，壮大了，上市了。成绩面前我们首先想到的是积德为善，回报社会。近几年来我们资助福利院、残疾人协会和全县中小学图书馆工程共捐资达一亿五千多万元。最近，因轰动社会的王长根事件，卢总不仅个人捐款两万，还安排王长根女儿的工作。秦慧楠问，为王秀芹安排了工作？卢晓明说，还没来得及向您汇报。

王秀芹在吴雪姣的招呼下走进展览厅。她一身黑色西装，挂着胸牌，减少了几分土气，增加了几分洋气，特有精神。秦慧楠说，秀芹，士别三日，当刮目相看哪。王秀芹说，哪里，是我交上好运，碰上你这样的贵人，又遇上了卢总这样的好人。现在，我每月工资五千多，有了个相对稳定的收入，帮助我解决了目前的经济拮据和居住的困难。

秦慧楠问卢晓明，怎么还安排了住房？卢晓明说不是什么住房，是公司的集体宿舍，给了她一间。王秀芹说，很不错了，我很知足了。卢晓明说，秀芹，别这么说，要谢得谢秦部长，我是跟她学的，是她领导得好。秦慧楠问戴国权，这件大好事，怎么不告诉我？戴国权心不在焉地回答，我也才听说。

这时，戴国权的手机振动起来。微信显示：公安抢先一步，拿走了金鹏精品店的监控存储器。顿时，他的脸色骤变，双腿也开始打颤。秦慧楠走到戴国权身旁，关切地问，怎么了？出了什么事？戴国权说，身体突然不舒服，头疼得厉害。

心有灵犀一点通，卢晓明明白了戴国权的心思，连忙说，我们公司有诊所，就在这楼下的一层，然后不由分说，拉起戴国权走向电梯间。

来到诊所，进了小药房，关上门。卢晓明说，公安下手这么快，没料到。两人急得似热锅上蚂蚁。情急之中，戴国权心生一计，他说："我马上去你的总裁办，让吴雪姣赶快过来陪我。"

卢晓明不知戴国权唱的什么戏，愣住了，心想："什么时候了，你还动我女人的心思？"

戴国权发火了："火烧眉毛了，你还吃什么醋？借你的女人用一下，放心吧，我是当代的柳下惠。"

卢晓明想通了，按照戴国权说的做吧。管他演的什么戏，死马当作活马医。

参观了图片展，秦慧楠又召开部分职工座谈会。秦慧楠说大家都很忙，为了不耽搁时间，不要求每个人都发言，填一张调查问卷，大家心里想什么，就说什么，别有什么顾忌。调查表上，有两道题很特别："你认为政府和企业关系怎么样？哪个县领导对企业帮助最大？"

卢晓明走进会议室，他说戴书记是重感冒，发高烧，血压也高。吃了几片药，在总裁办公室里躺一会儿。秦慧楠不放心了，让邓亦先和杨娟去看一下，要不要送医院？说话间，她对杨娟使了个眼色。杨娟明白，是让他们去看看虚实。

杨娟和邓亦先来到总裁办门口，门虚掩着，戴国权和吴雪姣在说话，还有抽泣声。戴国权说，姣姣，想来想去，我们是不可能的，到此为止吧。我们年龄差距太大了，有代沟。吴雪姣抽泣着喊国权哥，戴国权阻止说，请别这样叫我，我可以做你的叔叔。

这时，吴雪姣故意提高嗓门说："年龄不是问题，高矮不是距离。像杨振宁，比年轻夫人大了近六十岁，不是照样恩爱有加，幸福指数照样很高。"

戴国权也提高嗓门说："我不是杨振宁，是凡夫俗子戴国权！"

杨娟敲敲门，门没关严，虚掩着。杨娟、邓亦先走进，他们看看戴国权，又看看低着头抹眼泪的吴雪姣。杨娟有点尴尬，问道，我们没打扰你们吧？戴国权说没有没有，你们请坐。杨娟说不坐了，秦部长让我来看看，要不要送你去医院？戴国权说，不用不用，吃了药，好多了。我们俩谈点私事。

戴国权和吴雪姣在谈恋爱，这是一个爆炸性的新闻！邓亦先、杨娟像哥伦布发现新大陆似的，兴奋无比。这个重大发现，也让秦慧楠惊愕不已。她说，吴雪姣和戴国权谈恋爱，真看不出，戴国权艳福不浅哪。特别嫉妒的是邓亦先，他说我的颜值超过戴国权，可没有美女光顾过，这不公平。他告诉秦慧楠："准确地说，是吴雪姣恋上了戴国权。"

秦慧楠说："单相思？这么年轻、漂亮的大姑娘，看中戴国权什么？"

杨娟说："是权力。现在一些女人，不都这样吗？为了虚荣和享乐，不是傍大款就是傍大官。"

秦慧楠却陷入了沉思，今天二次"打虎上山"，收获不小，对调查问卷中，"你认为政府和企业关系怎么样？哪个县领导对企业帮助最大？"两个问题回答中，多数人认为"玉泉集团和县政府关系不太好，政府的大项目接不到。县领导戴国权对玉泉集团的帮助最大"。

民意调查是晴雨表，戴国权对玉泉集团究竟帮助了什么？这与那张发票有什么关系？还有突然爆出的冷门——戴国权与吴雪姣在谈恋爱？吴雪姣是卢晓明的至爱,他能让戴国权夺其所爱？或者是吴雪姣爱上戴国权,得到了卢晓明的许可？不,也许是指使,也许是交易。

杨娟问秦慧楠在想什么？秦慧楠说,摄像头是好东西,个个都是照妖镜!

四〇　你编造的谎言并不美丽

为了将假戏真做的爱情进行到底，不请不约，吴雪姣突然出现在县委办公室里。赵恒儒领着这位不速之客走进了戴国权的办公室，他再三解释戴副书记在外面办事，不要等他了。可吴雪姣就是不信，说戴国权在回避她，还很放肆地问赵恒儒，戴国权是不是有新人了？赵恒儒说，戴书记可是个正人君子。

在戴国权的办公室里，吴雪姣像是在自己的家里一样，扫地抹桌子，烧水泡茶，一副等不到戴国权坚决不走的架势。

其实，戴国权就躲在大院的自行车棚里，手里拎着一个包。不一会儿，赵恒儒来了，他问："吴雪姣还在我的办公室吗？"

赵恒儒说："可不是，死活不肯走，一定要等你回来。"

戴国权把手中的包递给赵恒儒，要他转给吴雪姣。里面装有一件高档衬衫和一件T恤及一双皮鞋，还有五千元现金，说这都是吴雪姣送给他的。赵恒儒直言不讳地问："吴雪姣这样缠着你，是不是你上了她的床？"

为了证明清白，戴国权最后决定，还是和赵恒儒去面见吴雪姣，说是要当面锣对面鼓地说明白。走到戴国权办公室门口，只见门关着。赵恒儒敲门，室内没有反应。戴国权打开门，里面没有吴雪姣的人影，一张纸条留在办公桌上，上面写着："国权哥（最后一次这样称呼你），长这么大，还没有哪个男人像你这样拒绝我。我真的不是想做你的'小三'，是真心实意想陪伴你过完下半辈子，可惜没有缘分。这些日子，不知怎么的，我一个劲儿地想给你做点什么，因为你在我的心中是个君

449

子。好了，一切都过去了，我们还是回到原点。"

戴国权往沙发上一仰，深深地舒了口气，说："终于解脱了。"

吴雪姣与戴国权的关系，引起秦慧楠高度的重视。她问崔思康，吴雪姣爱上了戴国权，你知道吗？崔思康语气肯定地说，怎么可能？这个小妖精爱上戴国权，开国际玩笑啊。秦慧楠批评说，什么小妖精？你是常务副县长，注意说话的方式和措辞的分寸。你和戴国权称兄道弟，这件事你连蛛丝马迹都没发觉？崔思康的回答也是肯定的。

秦慧楠立即召开县委常委民主生活会，解决发票的问题，会议她也参加。当晚八点，县委常委会按时召开。

崔思康首先拿出了发票，介绍了购物的内容和总价格，并说明这贵重的礼品是送给他儿子崔棒棒的，送礼的人今晚在座，开票人也已查明，是玉泉集团总裁秘书吴雪姣。他决定退全款，并对这事造成的不良影响表示检讨和道歉。

不等崔思康再次发声，戴国权挺身而出，决定以攻为守，掌握主动。他说："送礼的人是我戴国权，大家有什么火，尽管冲着我发，我虚心接受，有则改之，无则加勉。"

崔思康说："现已查证，送给我儿子的礼物是吴雪姣埋单，不存在国权付款、吴雪姣帮他排队开发票一说。我要提三个问题：第一，国权同志为什么要编一个美妙的故事？第二，给我儿子送这么贵重的礼品，不是吴雪姣而是企业买单？第三，为什么背着我，通过我老婆给我儿子送这么贵重的礼物？这信封里装着钱，请国权同志转给付款的人。"

崔思康的一连串发问，压得戴国权喘不过气来。好在他早就做了功课，显得沉着冷静，不慌不乱地说："我承认，确实编造了一个美丽的谎言，我向大家道歉。"

崔思康说："可惜，你编造的谎言并不美丽。"

"思康，你还让不让人说话？"戴国权十分善于控制会场情绪，不失时机地拿出提包，开始了反击，"大家不禁要问，这袋子里装的什么？装的是我个人的隐私。"他从包里拿出一双皮鞋和T恤、衬衫，"诸位，这是吴雪姣送给我的，几样礼品加礼金总价两万多。吴雪姣的头脑可能搭错了神经，居然看中了我这个小老头，这简直是天上掉下个林妹妹。可是我冷静地一想，尽管我离婚五年，介绍对象的人也不少，可是这个吴雪姣我受用不起。我几次婉言拒绝了她，她就是不听，对我穷追不舍。今天买一双皮鞋，明天买一件衬衫的，搞得我很不好意思。她听说我和思康处得像兄弟，我又特别喜欢棒棒，所以就买了鞋和衣服，说是为了加深我和思康的感情。可是为什么要把这一好意妖魔化、阴谋化？说轻了是神经过敏，说重了是心术不正。直到今天下午，我和吴雪姣的事才算了结。这个情况，赵主任清楚。恒儒同志你说说？"

正在做会议记录的赵恒儒放下手中的笔，起身说是的。接着，戴国权又向秦慧楠和全体常委公开了吴雪姣的留言信。顿时，会议室炸开了锅，同情的天平开始向戴国权倾斜了。

有个常委憋不住了，对崔思康说："思康同志，你将这张发票提交到县委常委会，是我没想到的。如果你能心平气和地与国权多做一些沟通，也不会浪费大家的时间。"

另一个常委的发言更情绪化了。他责问："思康同志，离婚五年，至今独身一人，如果有女人看上了我，必须向你报告吗？吴雪姣是一个未婚女子，她给喜欢的男人买礼品的权利没有吗？这和党纪政规扯得上吗？"

第三个常委的发言，给崔思康上纲上线了："中央的'八项规定'是正确、英明、及时的，但是'八项规定'绝对不是扼杀人情、亲情和友情。思康同志将个人的隐私拎到常委会上示众这是什么意思？难道是要展示你的廉洁清正吗？你草木皆兵，六亲不认，搞得人人自危，互相猜忌，互相防范，这么一个政治生态，让人还怎么工作？"

戴国权知道火候到了，该他上场再加上最后一根压倒崔思康的稻草了。他可怜巴巴地哽咽起来："思康，我喜欢棒棒，把他看成自己的孩子，好心好意给他买了衣服和鞋子，想不到你这样抹黑我。做人不能过分，不能欺人太甚……"

真是没有料到礼品发票事件突然逆转。一言不发的秦慧楠心里翻腾开了,应该说这次县委常委民主生活会失败了。其原因是什么? 她一时找不到正确的答案,但心里有一点疑虑,此时的戴国权是不是在表演?俗话说世上没有不透风的墙,吴雪姣恋上他的事为什么神不知鬼不觉?

恰在此时,发生了一件轰动全县城的大事——王秀芹敲吴雪姣办公室的门,无人应答,门虚掩着,她推开门,发现吴雪姣躺倒在沙发上。

王秀芹呼喊,吴雪姣毫无反应,她发现掉在地上的小药瓶和药片,还有一份遗书,吓得魂飞魄散大喊道:"来人啊,救命啊,吴秘书服安眠药了——"

众人纷纷拥进总裁办,打120,叫救护车,王秀芹将遗书递给公司钱副总。遗书上这样写道:"国权哥,因为我的隐私被公开,我好像被人剥光了暴露在光天化日之下,真挚的爱遭到如此侮辱,崔思康为什么这样冷血? 为什么剥夺我爱你的权利……"

吴雪姣醒过来时,发现自己躺在病床上,打着吊针,医生说为她灌了肠,已无大碍。

卢晓明对王秀芹说:"这事你都亲眼看到了。你和崔县长过去有过特殊关系,你去说说吧,让崔县长别再管这事了,否则,又是一条人命。"

王秀芹愤愤地说:"我去找崔思康!"可她哪里知道,这是卢晓明安排吴雪姣上演的苦肉戏,其目的是让秦慧楠坚信戴国权和吴雪姣相恋的真实性,从而掩护和隐藏他和戴国权不可告人的目的。

贾乐福陪着崔思康,向拆迁户安置小区走去。贾乐福向崔思康报告一个好消息,没有签约拆迁协议的只有十三户了,当然包括特殊的钉子户王三毛。这可是块硬骨头啊。崔思康坚决地说,就是钢骨头,也要啃。

一辆"大奔"开过来,车门打开,走出来的是王秀芹。崔思康说,秀芹,到底是大公司员工,出门坐大奔驰啊。王秀芹一脸严肃地说,崔县长,我找你谈点事。崔思康狐疑地看着王秀芹,心想她这是怎么了?一本正经,来者不善啊。

在马王镇那座老式茶楼的包厢里，王秀芹和崔思康相对而坐。王秀芹冷着脸，刚坐下，就将吴雪姣的"遗书"往崔思康面前一推："你看你，都做了些什么？不是我发现得早，又一条人命丢在你手里！"

崔思康沉默着，认真地看遗书。

"崔思康，"王秀芹直呼其名，"我和你说过多少次，卢晓明、吴雪姣、戴国权都是好人，你不要再疑神疑鬼、草木皆兵了好不好？如果你分不清谁是好人谁是坏人，自己先当一个好人行不行？吴雪姣凭什么不能爱戴国权？因为她比戴国权岁数小是吗？范琳琳不是也比你小十几岁吗！"

崔思康哭笑不得，他说："不是这个问题。你不了解情况，别掺和也别搅和好不好？"

王秀芹说："我再次奉劝你，吴雪姣和戴国权的事你别再从中作梗了，否则还会出人命。我不是吓唬你，你自己看着办。"

王秀芹起身要走，崔思康下意识地拉住了她的袖子。想不到王秀芹身子一扭，手一拍说，别碰我！崔思康又好气又好笑，抽回了手，尴尬地说，有些事你不懂。王秀芹说，不就是男女之事吗，我虽然没结过婚，但是还知道男女之爱。崔思康说，我劝你离开玉泉集团，那里是一个是非之地。王秀芹说，我可以离开，可是谁来安排我的工作？你敢吗？去你家做保姆？

秦慧楠从市里回来，刚到县委门口，一个老头冲上来拦住车。秦慧楠以为遇上了碰瓷的，仔细一看，是马王管道工程公司的门卫老单头。他声泪俱下，请求秦慧楠救救马王管道公司，救救王三毛。他说公司不发工资，他身无分文，四十多公里路是跑来的，跑坏了一只鞋。

老单头告诉秦慧楠，王三毛的公司虽说不大，也养活了二百多员工，这关系到二百多户家庭和近千人的吃穿住啊。今天早上，有一批员工，因为欠薪要砸公司牌子，分公司的财产。他跪下来求他们，说三毛不在，看在往日情分上，千万不能将公司毁了。他还说，给我半天时间，我去县城找秦部长。他夸下海口，秦部长一定会帮我们，一定有解决的办法。他还说，崔县长是个好人，王三毛也是个好人。他们没有矛盾，是有坏人挑拨，栽赃陷害。秦慧楠问，大爷，您说的话有证据吗？老单头说有，工程管道造假的事，不是王三毛干的，是员工黄龙作的孽。

恰在此时，章法成打来电话，说王三毛公司管道造假案，有人投案了，是王三毛公司的员工黄龙。经过突击审讯，承认是他作的案，具体案情，他说除非见到秦部长，否则他将保持沉默，谁也撬不开他的嘴巴。

秦慧楠以最快的速度来到县公安局，审讯人员汇报，王三毛一直不承认作案，公安也没有找到他直接作案的证据。现在黄龙自首了，交代了作案的过程和作案的证据，此案有了转机。

秦慧楠问，王三毛怎么处理？他那个公司快倒闭了，关系到近千人的生活问题。章法成说正在研究，秦慧楠提议取保候审怎么样？章法成说为了一千人的生计，可以这么做，法律上也说得通，问题是谁为他做担保？秦慧楠当即说，我来担保。

这可把章法成吓坏了。市领导为一个嫌疑人担保，传出去影响多不好。他说："秦部长，假如他真的有罪，你这'保'就押错了，会损害你的声誉。不行，风险太大了！"

秦慧楠反问："近千号人没饭吃，没衣穿，影响社会稳定，这个风险大不大？"

审讯室里，黄龙见到走进来的秦慧楠，眼睛一亮说："秦部长……你真的来了？"

秦慧楠说："你不是邀请我吗？"

黄龙说："那天你在马王管道公司生产工地视察，你的敬业，你的心细，让我惊奇。那天，我就坐在一个不起眼的地方，看着你在砸碎的管道水泥石子中发现了竹签和铁丝。秦部长，在我的心目中，你就是个传奇人物。一个市委组织部部长，竟然看出水泥管水泥的颜色和水泥标号的区别，了不起。"

秦慧楠说："你马屁拍得再响，也要依法办事。你犯了法，我帮不上你的忙。怎么，是不是哥们儿义气，又为王三毛两肋插刀了？"

黄龙说："不是两肋插刀，是良心受到煎熬，做了对不起朋友的事，是真男人就要敢做敢当。秦部长，冲着你大驾光临，冲着你看得起普通百姓，我一定坦白交代。"

秦慧楠问："你为什么要这样？"

黄龙说："很简单，龙门隧道的排水工程，是有人转手给王三毛的，名义是三千万，可到手就剩二千五百万了。这不是转包，是倒卖，是心太黑。"

秦慧楠问："是谁转包的？"

黄龙说："不清楚，要问三毛。当初我不同意三毛接手这工程，可他说公司有二百多号人，要养家糊口，打个平手也干。不出所料，工程亏大了，员工发不出工资，我就想到了减少成本，偷工减料……我是想帮助三毛，却帮了倒忙，我很后悔。"

在拘留的这些日子，王三毛面对这里的死气沉沉从焦躁变成了默默接受，几本书成了他打发时光的消遣品。对于目前的处境，他是一团乱麻，思考再三，想理出头绪。首先他想到的是他母亲和卢晓明的关系。一个农村老妪怎么搭上这个赫赫有名的上市公司老总的？当然是因为王氏杂货铺的二层小楼。他不知母亲给了卢晓明什么承诺、得了什么好处，但有一条是可以肯定的，那就是卢晓明在这场博弈中有利可图。他也搞不清母亲为什么给王长根打去十万元。母亲真是疯了，被电信诈骗？龙门隧道工程造假，想不到后果这么严重。

王三毛正胡乱地想着，狱警来了，说看守所所长要见他。跟随狱警走进所长室，才知道自己竟然被保外就医了。他猜想，这是卢晓明在暗中帮忙，让黄龙顶了"雷子"。可是当他知道担保人是秦慧楠时，如晴天响起了霹雳，让他浑身颤抖，心绪不宁。

回到马王管道公司，迎接王三毛的除了老单头就是吴雪姣。她的见面语是"祝贺你重获自由"。吴雪姣的出现，让王三毛有种不祥之感，更证实了他为什么能出来的判断。果不其然,她拿出卷宗,往王三毛面前一推说,这是你那张王牌,证人证言齐全,明天一早,你去东山市委,把材料送到市纪委书记郑介铭手里。王三毛却一动不动,盯着卷宗沉默不语。

王三毛的沉默,是一种反抗,这让吴雪姣很不开心。这家伙要干吗? 要过河拆桥? 尽管心里这么想,但是脸上还是带着微笑,她问道:"王总,有什么问题吗? 这是卢总设法捞你出来的一项重要任务啊。"

王三毛毫不客气地说:"我不知道谁捞了我,只知道秦慧楠部长担保了我!"

听到这话,吴雪姣的头顶上仿佛炸了一声响雷,秦慧楠把手伸向了王三毛,这让她始料不及。王三毛是卢总的干将,可不能让秦慧楠给统战了。她说:"三毛,人要讲良心,若不是卢总花大价钱让黄龙顶了雷,就是省长也保不了你。"

王三毛心想也是,随即换了话题问:"我是个商人,我的利益是什么?"

吴雪姣知道,王三毛的话再明白不过了,这是在讨要完成这项"重要任务"的好处费。

没等吴雪姣开口,王三毛又来了个"哀兵"表演。他说欠薪三百万,再不还,员工要造反。另外,龙门隧道排水工程,别人帮他返工了,如果不给返工费用二百万,他还得蹲班房。

吴雪姣一听拍案而起,指着王三毛的鼻子骂道:"你这是敲诈勒索!"

王三毛深深地呼出一口气,十分无奈的样子:"我退出这场游戏还不行? 我保证,绝对不坏你们的事。从今后,我三缄其口,离你们远远的,井水不犯河水。"

吴雪姣冷笑一声说:"开弓没有回头箭。"

王三毛脸上没有丝毫的畏惧,迎着吴雪姣冰冷的目光,没有回避,也不再言语。吴雪姣心想,要钱没有,要人可以,大不了本姑娘脱裤子陪你上床。如果你不配合，我们就启动 B 方案。王三毛心里也有如意算盘，这五百万，你不掏也得掏，因为这张王牌里的证词必须有我王三毛签字。可是他失算了，老谋深算的卢晓明，早已准备了 B 方案。

四一　搞平衡是权力的艺术

崔思康在县委常委民主生活会上遭遇了"滑铁卢"，使他一直没能从阴影中走出来。应该说这次戴国权赢了，赢得很智慧，很体面，让崔思康和秦慧楠无话可说。这让戴国权不胜感慨，什么叫绝处逢生？这就是。他还感慨，谎言可以变成真理，难怪这个世界上不少人对谎言深有研究。

眼看还有六天市委调查组要撤出，崔思康心急如焚，就戴国权和吴雪姣恋情的事，他要急于找秦慧楠谈一谈。来到市委调查组门口，他不由停下了脚步，心里矛盾到了极点，犹豫着要不要敲门？

调查组的会上，周源正在发言。他在传达市委朱明远书记的三个意见：第一，调查组在秦慧楠同志的领导和努力下，取得的成绩是突出的，市委给予充分的肯定；第二，玉泉县委的班子必须调整，对崔思康同志的职务市委另有安排；第三，调查组在最后六天里，主要是总结工作，写好调查报告，不再进行新的调查工作，有关刑事案件由公安部门继续侦查、结案。他问秦慧楠有什么意见？秦慧楠说先听听大家的。

任大年看了看周源，接过话来，说我同意市委对调查组的安排。但是取消崔思康的县委书记候选人资格，调出玉泉，就不近情理了。因为强加在他身上的一些不实之词基本澄清，一些绯闻和流言蜚语也真相大白。我们搞组织工作，一个基本原则是人尽其才，更不能让好人受气。

邓亦先频频点头说，我同意大年同志的意见。市委这样做，是在搞平衡，是在回避矛盾，是多一事不如少一事。说句不客气的话，是庸政和懒政的表现。

周源看着邓亦先说，年轻人，说话别偏激嘛。我在体制内工作几十年了，搞平衡又怎么了？体育运动走平衡木是门体育艺术。同样，官场上搞平衡那是门政治艺术。

话音刚落，办公室外有人敲门，杨娟起身开门，门外站着崔思康。他问："我进来说几句话行吗？"

征得秦慧楠的同意，崔思康走进来说："耽误几分钟，只说几句心里话。首先，吴雪姣和戴国权绝不是什么恋爱关系。其次，卢晓明、吴雪姣与戴国权之间到底有什么关系？我请求市委调查组展开专项调查。如果你们不查，县委将成立调查组全面调查。"说完，他转身走出，看他那架势是已横下决心，要将事情弄个一清二白。

散会后，任大年在办公室处理着手上的工作，戴国权走进来笑着说："任部长，你们不是要撤了吗？还坚守最后一班岗啊。"

任大年话中有话地说："是不是最后一班岗，你说了不算，我说了也不算。"

"明白，明白。"戴国权往里走了两步，随手关上门，走向任大年，"任部长，向你汇报一件事。"

任大年问："什么事？神神秘秘的。"

戴国权说："我刚收到了一封举报信，关于思康的。"

任大年问："举报什么？"

戴国权说："倒卖引水工程。"

"哦？"任大年奇怪地问，"又是举报倒卖工程。这个举报我早已调查了，没有真凭实据，是个乌龙。"

戴国权拿着信封，在他面前摇摇，低声说："这回有真家伙了，实名举报，内容很翔实，崔思康收受贿赂一百万！"

任大年问："怎么举报到你那里了？"

戴国权向市委调查组递送举报信，是他和卢晓明计划的一部分，其目的是抛出最后一张王牌，对崔思康进行沉重一击。面对任大年的问话，他一脸为难地说了一堆话。他知道任大年是秦慧楠的左膀右臂，说给他听，等于是说给秦慧楠听。他说我也很纠结，干吗不举报到纪委，向我举报管屁用啊？说着将举报材料递给了任大年。

任大年拿着举报材料进了里间，不一会又出来了，说秦部长让你进去。戴国权这才走进里间，秦慧楠听取了他的汇报。戴国权说，写这封举报信的是汪柱子手下的一个保安，叫唐万川。难怪汪柱子能接到三千万引水工程，原来是崔思康丈母娘打着崔思康的旗号搞掂的。汪柱子鬼得很，他退到幕后，让唐万川在工程合同上签的字。

秦慧楠眉头紧皱，问道："偷梁换柱？"

戴国权点点头说："是瞒天过海，遮人耳目。要不这问题直到现在才彻底暴露呢。这是王三毛的证词，他说崔思康伙同他的表舅子，倒卖部分引水工程项目，拿回扣五百万，导致龙门隧道排水工程严重亏本，质量低劣，是二百多农民工工资被拖欠的直接原因。"

秦慧楠问："汪柱子有证词吗？"

"有有，在里面。"戴国权从牛皮纸材料袋里抽出其中的一页纸，"就是这一张。汪柱子说，去年一月中旬，他和他姨妈也是崔思康的丈母娘祝翠娥找到玉泉湖引水一期工程总承包商，拿到了造价三千万的龙门隧道排水工程项目，随即转让给马王镇管道工程公司，从中收取转让费五百万元，给了表姐范琳琳一百万，这事崔思康是知道的。"说到这里，戴国权面露难色地又说，"秦部长，我向您汇报这件事，千万不能透出去，我和思康的关系如同兄弟，撕破脸皮，以后不好相处。"

这时门被推开，周源大步走进来。他脸色不悦，气喘吁吁，一屁股坐在沙发上说不出话来。过了一会儿，他愤愤地说："崔思康又掉链子了，这回掉的是条大链子！"说着，他从包里拿出举报材料袋，与摆在秦慧楠桌子上的举报材料袋一样。

秦慧楠举起牛皮袋说："我也收到了一份，国权你对比一下，是不是'克隆产品'？"

戴国权不知秦慧楠语中的含义，顺从而又尴尬地将两份材料比对了一下说："可能是'克隆产品'……"

信息时代，一切信息传递都很高效。第二天，东山市纪律检查委员会举报处便收到了举报崔思康的书面材料。对于这样有时间、有地点、有过程，也有证人与证言的实名举报，按规定紧急召开了市纪委常委会。

　　何处长介绍案件之后，郑介铭发话了。他说这举报材料里面关键问题是：龙门隧道三千万排水工程实际控制和收益人是崔思康的表舅子汪柱子，五百万回扣有真凭实据。但汪柱子说给了崔思康一百万，到底给没给？这是说不清的事。何处长不高兴地看了郑介铭一眼，心想问题这么严重，你还要帮崔思康讲话呀？他举起举报材料中的一张图片说，就是这张银行卡，里面有一百万，汪柱子亲手交给了崔思康的老婆范琳琳了。

　　一位市纪委常委问，这张卡现在哪里？查这张卡，查卡上资金流向，然后冻结这张卡。另一位委员说，这次调查，一定要彻底、坐实，办成铁案。前几次事件，雷声大雨点小，崔思康都翻盘了。这次会不会还是这样？何处长当即向众委员保证道，从现有的举报和证据来看，不会出现这样的情况了。

　　郑介铭看着大家，表情相当严峻，眉宇间的川字纹更深，如同刀刻一般。但是他有个良好的习惯，用他自己的话说就是"情急之中，不乱阵脚"，所以会上他的头脑一直处于清醒、冷静的状态。他对与会者强调说，一切还要看调查结果，让事实和证据说话。

　　说到这里，郑介铭长叹一声，大有"恨铁不成钢"的感慨。崔思康一波未平一波又起，没完没了，这让人大失所望。他说如果崔思康没能挺到最后，这也不奇怪，也很正常，不必大惊小怪。最后郑介铭决定，市纪委、监委组成调查组展开独立调查。他提醒，为防止意外，对被调查人崔思康进行必要的行动限制和控制，特别是他的护照必须交市纪委保管。何处长说，按照规定，崔思康的护照早已经上交保管了。

　　最后郑介铭严厉地嘱咐大家：这次调查行动，要绝对保密，谁泄密，就换位置、摘帽子。何处长又问，调查行动的保密，也包括对秦慧楠和周源两位领导吗？郑介铭很有领导艺术地反问道，你说呢？这是官场上的潜台词，何处长知道个中之味。

人们常说，智者千虑，必有一失，这话不假。卢晓明万万没有想到，在举报崔思康的最后一张王牌打出后，吴雪姣又出了一个很大的纰漏。

下午，吴雪姣带着装有举报材料的牛皮纸大信封路过公关部门口时，正赶上王秀芹开门出来。她本不想逗留，却被王秀芹拉到公关部办公室。关上门，王秀芹一脸无奈地说，这公关部副经理，真的干不了，整天闲得慌，光拿工资不干活，心里过意不去。

一听是这个事，吴雪姣松了口气，随口说，说你多少次了，怎么又有这个想法？这大楼里光拿工资不干活的又不是你一个，有什么过意不去的？王秀芹让吴雪姣跟卢晓明去商量一下，换个工作，哪怕看仓库、清洁工也行。

"这怎么行？"吴雪姣眼睛一眨，接说着，"未来的县长夫人怎么能看仓库、做清洁工呢？"

王秀芹莫名其妙地问："谁是未来的县长夫人？"

吴雪姣拍拍她的手说："你呀。范琳琳不可能再回到崔县长身边了，老天爷给你机会，你怎么不抓住呢？如果是我，早就上崔县长的床了。你知道吗，卢总看中你的就是这个。"

王秀芹吃惊地问："什么？卢总看中我的就是让我上崔思康的床？"

吴雪姣马上纠正道："不，是当县长夫人。"

王秀芹恍然大悟，她点点头，直截了当地说："明白了。我来搭桥，让他们官商勾结？"

吴雪姣说："什么官商勾结，多难听啊！这叫政府搭台，企业唱戏。"

这时，吴雪姣一阵内急，放下手里装有举报材料的牛皮纸信封，进了洗手间。王秀芹瞟了一眼，信封上写有"省纪委收"字样，见信封并没有封口，她忍不住打开其中一个信封，抽出里面的一张纸，一行字立即进入她的眼帘，"关于崔思康伙同表舅子汪柱子倒卖引水工程，收受巨额贿赂的举报"，王秀芹顿时大惊失色！

洗手间传来马桶的冲水声，王秀芹吓得赶紧将举报信放进信封内。

吴雪姣走出来,看到王秀芹神情紧张,问她怎么啦? 王秀芹是个老实人,不会演戏,结结巴巴地,边说边站起身说身体不舒服,要去一下医院,先走了。

王秀芹笨拙的表演,精明的吴雪姣一看就破,王秀芹一定是看举报材料了,这还了得! 当王秀芹脚步匆匆跨进电梯间时,吴雪姣一路小跑追到电梯口,电梯门已经关了。她当机立断,乘另一部电梯下到地库,发动保时捷冲到大门口,正好看到王秀芹上了一辆出租车,疾驶而去。吴雪姣加大油门追赶,决定追尾将出租车连同王秀芹撞个稀巴烂,岂料被一个红灯拦在了十字路口。她一咬牙,一脚油门,刚要闯过去,却看见一名交警突然出现在车前,她不得不恼怒地踩了一个急刹车,无奈地拍打着方向盘,把车喇叭拍得嘀嘀响。交警又来了,说这里禁鸣喇叭,给吴雪姣开了张一百元的罚单。

王秀芹下了出租车,直奔崔思康家。在小区楼下,她撞到了刚回来的崔思康,上气接不上下气地说,思康,你有大麻烦了,又有人实名举报你。接着,她把如何看到举报信以及举报信的内容叙述一遍,但是她没有说出吴雪姣,而把吴雪姣换成了一个不认识的客户。王秀芹这么说有她的理由,因为她在玉泉集团工作,不能搞坏关系。但是这么重要的事,又不能不告诉崔思康。

王秀芹的报信,崔思康没有任何思想准备。以前有人说崔思康倒卖工程,因为没有证人证据,最后的结论是"事出有因、查无实据",崔思康也没当回事。这次举报还有汪柱子参加,这让崔思康再也沉不住气了。他匆匆与王秀芹分手后,打电话问在广西的范琳琳,汪柱子有没有给过一百万的银行卡? 范琳琳说,我正要打电话问你呢,刚刚东山市纪委的人已到了南宁,要找我谈话,这是怎么回事?

崔思康知道问题严重,组织上迅速开始调查。他急于要做的是找丈母娘祝翠娥,查证三千万排水工程的事。在崔思康强大的攻势下,加上亲情、友情和利害关系,祝翠娥低下头。她承认曾打着崔思康的旗号帮汪柱子拉了三千万工程,然后转包给王三毛,汪柱子从中拿了五百万的回扣。

崔思康的精神一下子崩溃了，颓废地坐在沙发上，目光呆滞地看着祝翠娥。他问："妈，你们为什么要这样做？还一直瞒到今天？我是你女婿，女婿如半子，你为什么要害你的儿子？"

祝翠娥的心提到了嗓子眼，无言以对，只能玩起女人的雕虫小技，一把鼻涕一把眼泪地说："我妹妹死得早，柱子这孩子从小就没了爹娘，是我一把屎一把尿拉扯大的。快四十的人了还打光棍。女方要房子、要车子，少说也要六百万。他转包工程拿回扣，一人做事一人当，怎么扯上你了？"

崔思康说："不打我的旗号，你们能拿到工程？你怎么帮他做这种事？他把工程倒卖了，狠狠刮了一层皮。由于经费不足，这家工程队就偷工减料，克扣、拖欠工人工资，这些工人就到县委上访、告状，让我难堪，影响恶劣。"

这时，汪柱子回家了，刚要敲门，又收回手，崔思康的声音传到他耳朵里。

崔思康苦口婆心地说："妈，马王镇管道公司有二百多员工，他们上有老下有小，要养家糊口。辛辛苦苦干了大半年，拿不到工钱，将心比心，换位思考，就是你我，也咽不下这口气！"

祝翠娥问，那现在该怎么办？崔思康说让汪柱子把吃的回扣吐出来，补发工人被拖欠的工资。祝翠娥说五百万全吐出来不可能，汪柱子刚为新买的房交了首付，正在装修。

听到这里，汪柱子猛地推开门，怒气冲冲地来到崔思康面前，指着他的鼻子说："今天既然撕破脸皮，咱就把话说明白。崔思康，这事与姨妈无关，有什么火你就朝我发，有本事再把我抓进看守所！"

祝老太太拽住汪柱子的手说："怎么又提这件事情了？一家人，说什么抓不抓的？"

汪柱子声泪俱下，控诉着："崔思康，你整天提防我，让别人监视我，别以为我不知道！你把我当贼一样地防着，生怕我以你的名义捞好处，生怕我这个表舅子沾了你的光！三年前，我谈了个女朋友，人家的要求不高，一套房子，哪怕四十平方米也行。我找了县发改委主任蒋德铭，揽到了一个可以挣到一百多万的小工程。你一个电话就把我的路给掐断了，结果女朋友跑了，直到现在我还光棍一个……崔思康，你就是个冷血动物！"

祝翠娥听着，又开始伤心流泪。崔思康说："妈，五百万一定要吐出来，你愿意看你女婿撤职查办坐大牢吗？"

汪柱子一拍胸脯："不偷不抢，我不怕。工程拿回扣，全中国有成千上万的人都在干，有本事你去管啊。为了保自己的乌纱帽，为了自己升官发财，你不顾别人死活！崔思康，你太自私了，你六亲不认，还是个人吗！"

"你，你竟然这样说，你……"崔思康被气得哇的一声吐出一口血痰。

四二　车翻了再去驯马

见崔思康吐出的是血痰,祝翠娥吓得脸都变色了。崔思康甩出了悲情牌,恳求老太太劝说汪柱子就是借钱也要退回扣,这事已经火烧眉毛,如果闹出人命,没办法收拾局面。

汪柱子认定崔思康这是在演戏,让他少来这一套。祝翠娥终究担心崔思康的乌纱帽,要汪柱子把剩余的钱统统拿出来。汪柱子当然不乐意,跳脚嚷着不干。祝老太太放了狠话,威胁要脱离养母关系。汪柱子仍旧不以为然,祝老太气得浑身打战,猛地推开窗子,趴在窗台,喊道:"汪柱子,你不答应,我就从这二十楼窗口跳下去!"

高压之下,汪柱子不情愿地掏出钱夹,抽出一张银行卡,猛地砸到崔思康的脸上说,我吐二百万,你吐一百万!崔思康说你血口喷人,我和范琳琳没拿你一分钱。汪柱子却说,这年头谁跟钱过不去,你崔思康能独善其身?崔思康指责汪柱子栽赃陷害,汪柱子则骂崔思康是驴粪蛋,外面光鲜鲜,里面臭烘烘。

能对付汪柱子的只有祝翠娥,在她"一哭二闹三上吊"的要挟下,汪柱子跟着崔思康和祝翠娥来到了马王管道工程公司。车上,祝翠娥安慰汪柱子说,别不知好歹,思康是在帮你擦屁股。就算你表姐琳琳拿了一百万,你也要把这事扛过来。家丑不可外扬,肉要烂在自家的锅里。

崔思康纠正说,妈,您放心,范琳琳不会拿这不干净的一百万,我不怕家丑外扬,肉不能烂在自家的锅里。

马王管道公司讨薪的员工和王三毛的对峙开始升级。一群民工喊叫着，手执棍棒、铁管，撞破了公司铁栅栏大门，拥向三层办公区。

办公楼顶上，站着王三毛和他的几个亲信，他喊道："楼下的人给我听着，我王三毛不欠你们一分钱。欠你们钱的是汪柱子和他的表姐夫崔思康。他们拿走了回扣五百万，你们跟他们要钱去！"

民工们自然不肯听信，王三毛拿起半截砖头，大声喊道："谁敢再向前一步，让他脑袋开花！"

讨薪员工没有被吓退，反而群情激愤，他们高声呐喊着，推倒了前来拦阻的老单头。王三毛急了，手里拿着一根铁棍，像一匹急红了眼的恶狼，向众人逼近。大家都被他的气势镇住了。王三毛命令人群中最前面的人把老单头扶起来，那人却将脖子一梗，当作没有听见。王三毛扯着破了音的嗓子再三催促，见还不动弹，便以迅雷不及掩耳之势，甩出一颗石子，打得那人的耳朵鲜血直流。众人不由倒抽一口冷气。

原来，马王管道公司讨薪的这把火，是卢晓明让小胡子点起来的，配合他甩出的最后一张王牌，让市纪委看到崔思康和汪柱子倒卖工程拿回扣的严重恶果。

崔思康领着汪柱子与祝老太赶到了现场。汪柱子从车里走下来，拎着一个黑色塑料袋，后面跟着祝翠娥。

崔思康说，大家请安静，汪柱子以别人的名义，拿到龙门隧道排水工程，随即转手给了王三毛。工程总造价不过三千万，汪柱子就拿走了五百万，这工资不拖欠、工程不偷工减料造假才怪呢。这情况尽管我刚刚知道，但是我却无法推卸责任，因为汪柱子是我的表舅子。在此向大家道歉。说着，崔思康向众人鞠了一躬。

现场一片寂静，众人看着崔思康和汪柱子，感到惊讶和突然，不知这是唱的哪出戏。吞下肚子的肥肉又吐出来，这可能吗？王三毛冷冷地看着崔思康。他想崔思康终于害怕了、认怂了，这事坐实了，他赢了。

崔思康让汪柱子向众人道歉，他没听见似的，扭着头，直挺挺地站着。崔思康尴尬极了，只好替汪柱子又向众人深鞠一躬。见大家没什么反应，祝翠娥也开始赔不是，朝众人连连鞠躬，央求众人原谅汪柱子的过错。众人脸上的表情缓和了一些，但依然没有人说话，没有人回应。

崔思康指指汪柱子手里的黑袋子说，这袋子里是刚凑齐的二百万现金，先给大伙补发工资。剩余部分，尽快凑齐归还，我为汪柱子担保。

众人齐刷刷地将目光投向了黑色塑料袋，崔思康让汪柱子打开袋子，里面露出一沓沓百元大钞。真的看到了钱，众人又将目光转向王三毛。崔思康让王三毛接款，不料汪柱子突然上前，一拳将王三毛打倒在地，崔思康立即上前阻止，可是迟了一步，王三毛被打趴下了。

王三毛爬起来，他没有反击，只是重重地往地上吐着口水，冲着汪柱子悻悻离去的背影，狠狠地骂了句"王八蛋"。他没好气地冲着崔思康说，别来这一套，你的表演并不精彩。以为我感谢你吗？不，这钱本来就是我的，我不会说一个谢字。不让你付利息就不错了。说罢，他转身就走，边走边招呼众人去领工资，留下了崔思康尴尬地站在那里。

崔思康长呼一口气，转身要走，正好看见周源和秦慧楠朝他走来。周源毫不客气地问崔思康表演结束了？崔思康错愕地反问什么表演？周源又硬邦邦地甩出一句，车翻了去驯马，迟了！这时，一辆挂着市监察委牌子的商务车开过来。周源气冲冲地说，市纪委、监察委的人来了，有什么话跟他们说去！

车子停下了，几名纪委、监察干部走进来，什么话也没说，亮了一下证件，就把崔思康往车上押。周源眼见这一幕，气得剧烈地咳嗽起来，站立不稳，身子直打晃。

崔思康被市纪委和市监察委带走了，周源的老脸没地方搁了，毕竟这是他树的一个标杆啊。崔思康的县委书记当不当不要紧，可是立案审查，进了高墙，判个十年八年的，他就有失察的责任了，按照党的纪律条例是要追究责任的。

周源气得身子颤抖、呼吸不畅，真的生病了。任大年、邓亦先陪他去了医院。调查组里只剩下杨娟与秦慧楠。此刻的秦慧楠并没有慌了手脚，相反的是异常冷静。她问眉头紧锁的杨娟，你认为崔思康彻底完蛋了吗？

杨娟犹豫地说，让我怎么说呢？也许崔思康是一个伪装得很深的人；也许，他是一时糊涂。眼下，有多少经过多年考验的领导，经不住诱惑，纷纷被中纪委斩于马下。

秦慧楠点点头，梳理着思绪。对崔思康形成致命一击的有两点：第一是汪柱子给他的一百万。这张卡真是范琳琳收下的，崔思康肯定知道。问题是既然收下了这张卡，为何没动用一分？还留在汪柱子的卡上，是等着让纪委的人上门来搜查吗？杨娟说，对呀，可是市纪委郑书记应该也想到这个问题。肯定是他们从范琳琳身上掌握了充分证据。

秦慧楠说，汪柱子一口咬定，那张银行卡是范琳琳收下的，所以范琳琳是这条证据链上关键的证人。如果是她收下了这笔巨款，她和崔思康构成共同犯罪，可是郑介铭书记为何对她网开一面？杨娟也有同感，说这是个很大的问号。秦慧楠说，范琳琳带着棒棒离家出走的那天晚上，为了寻找线索，我和振鹏去了崔思康家。田振鹏是个细心的男人，如果崔思康卧室衣橱抽屉里放着一百万的银行卡，一定会引起他的注意。但是田振鹏告诉我，那天晚上在崔思康家里没有发现什么银行卡。

杨娟问秦慧楠，你怀疑一百万的银行卡，是有人做了手脚？为崔思康挖坑？你的想象力很丰富，但只是假设。这案子是三个人联合实名举报，市纪委也认为证据比较翔实，有一条完整的证据链。否则，他们能轻易对崔思康采取强制措施？

杨娟的话点醒了秦慧楠，她马上想到了证据方面的专家田大痕，随即驱车赶到了省公安大学，出现在田振鹏还在上课的教室门外。关于一百万银行卡的事，田振鹏这样认为，汪柱子这一招够损的，是对崔思康最致命的一击。尽管如此，也首先要搞清楚汪柱子是怎么拿到三千万工程的？崔思康是常务副县长，是引水工程指挥长，是汪柱子的表姐夫，他是否参与其中？再者，汪柱子转手倒卖工程，回扣五百万，王三毛早就告崔思康的状，不仅拦了秦慧楠的车，还围堵县委县政府大门口。可是崔思康不仅不妥善处理，还压制。他相信，市纪委一定调查了范琳琳，范琳琳没有提出有力的否定证据。

秦慧楠马不停蹄，将田振鹏从省公安大学"绑架"到玉泉县，来找章法成。秦慧楠说，情况很糟糕，但是还不到绝望的时候。现在的焦点是一百万银行卡从哪儿来的？章法成说："搜查崔思康办公室和住宅的调查人员中，有一个是我的战友，他向我透露，在崔思康的卧室衣柜里，发现汪柱子给的一百万银行卡。他劝我赶紧重新站队。从崔思康的阴影里走出来。"田振鹏沉默了一会儿问章法成，你战友有没有说银行卡是在崔思康家里哪里发现的？章法成说，在衣柜的小抽屉里。

田振鹏提高嗓门说道，不可能，范琳琳带儿子出走的那天晚上，我和慧楠去了崔思康家，崔思康希望我能找出范琳琳离家出走的一些蛛丝马迹，当时我打开过衣柜小抽屉，里面是空空的。

秦慧楠有个大胆的设想，一百万银行卡有可能是有人偷偷放到崔思康卧室里的，而且是在范琳琳离家出走之后。她问章法成，这个猜想正确还是错误，你能给我答案吗？章法成沉思片刻说，放心，我明白怎么做了。

于是，田振鹏和章法成以最快的速度来到崔思康住的小区，调看这几天的监控录像。他们在画面里发现了两个戴着大口罩的快递小哥，当他们走到崔思康所住那一楼层时，监控屏幕上一片雪花，几人一调查，才发现摄像头的线被剪断了。这一发现，证明秦慧楠的怀疑不是空穴来风。但是要查到那可疑的快递员，又谈何容易！

就在卢晓明等人设宴庆贺玉泉县将正式进入"没有崔思康的时代"之际，东山市纪委的谈话室里，郑介铭与崔思康的谈话正式开始。首先映入崔思康眼帘的是一行警示标语：放下包袱，交代问题，争取从宽处理。其实这里的氛围，名为谈话室，实际类似公安的审讯室，区别在于被谈话人没有戴手铐。

郑介铭正襟危坐，严威的气场让人畏惧。他说："崔思康同志——"

崔思康马上打断他的话说："郑书记，我还是同志？"

郑介铭说："问题没定性之前，依旧这样称呼。"

崔思康说："我理解。"

郑介铭正要继续往下说，何处长走进来，跟他耳语了几句，郑介铭立即停止谈话，来到另外一间会议室。室内七八位市纪委委员端坐着，他们一致要求郑介铭停止与崔思康的谈话程序，立即停止崔思康一切职务，直接留置审查。郑介铭却说："同志们，关于一百万元的银行卡，市委常委、市委组织部部长秦慧楠同志有话要说。"

这时秦慧楠推门走了进来，直截了当地说："各位委员，当我走进这里的时候，我就不是什么市委常委、市委组织部部长，更无权动用我的权力干预办案。现在我就是一个普通的证人，证明崔思康的妻子出走广西后的当天晚上，在崔思康卧室大衣柜的小抽屉里，没有发现存放举报人汪柱子的一百万元银行卡，这是我和我丈夫田振鹏的共同证词，供专案组参考。我和我丈夫田振鹏对提供的证词，完全负法律责任。"随后，她将证词郑重地交到郑介铭手里。

郑介铭说："请大家传阅秦慧楠、田振鹏两位同志的证词，然后再讨论对崔思康同志的处理意见。"

郑介铭说完，回到谈话室，继续与崔思康谈话。他说："组织决定，调查期间你的行动必须受到一定的限制，不能出差，不能远行，活动范围限制在玉泉县城内，随时服从调查的需要。从现在起，每四小时向何处长报告一次你的位置。最好两点一线，或在家里，或在办公室。"

崔思康马上问："引水工程工地呢，也不能去？要我每四小时向何处长报告一次位置，两点一线，我接受不了。"

郑介铭看着他："崔思康同志，你要正确执行组织的决定，不能讨价还价。你现在要做的，就是交代问题。"

崔思康急了，不耐烦地回道："请求组织上一步到位，一竿子到底，把我抓起来，关进去。这样半死不活地吊在空中，我难过，受不了。"

郑介铭拿出一张银行卡，推到崔思康面前。崔思康不解其意。何处长在一旁问崔思康是否知道这张银行卡，崔思康否认。

471

郑介铭说道:"崔思康同志,对你过去做出的一切,我们很了解,也曾为你同情,为你赞赏,为你喝彩。可是对腐败,我们党是零容忍,是一票否决。一百万不是个小数,如果认定了,会让你丢党籍、掉乌纱,到监狱里坐上八年十年。我们苦口婆心,就是给你一个机会。你有两个选择:要么说清楚自己,证明你的光明磊落;要么彻底交代问题,争取宽大处理。"

何处长补充道:"抓不抓你,郑书记说了不算,我说了更不算,我们按规定办。你现在是接受组织调查。你的问题,举报材料里写得很翔实,不要心存侥幸。"

崔思康低头不语,郑介铭接着说:"你的问题,我们也不搞暗箱操作,明明白白地摆在你面前,你必须如实做出交代。是你的推不了,不是你的也赖不上。我们希望你经得起调查,更希望你自证清白,解除警报。"

崔思康说:"我接受组织上的一切调查和审查,是我的问题,我绝不赖账。"

郑介铭一听这话,站起身来,脸上挂着笑容说:"这就对了嘛。"

何处长随后也站起身来,对他说:"崔思康同志,你可以走了。"

这下崔思康蒙了,怎么这么快就放他走了?看崔思康半天没动,郑书记走上前,拍拍他的肩膀说:"我说了,对你的行动是限制,不是强制。"

任大年坐在市委调查组的办公室里闲得慌,无事可做了,无问题可查,这调查组的牌子还挂着,不是名不符实吗,干脆摘掉算了。他的这个想法,周源也默认了。任大年刚刚摘下牌子,秦慧楠就回来了,她说还有六天呢,牌子仍然挂着,坚持到最后吧。任大年面无表情地将牌子又挂了起来。

不一会儿,朱明远忽然来到了调查组办公室,看着愁眉苦脸的秦慧楠与周源,调笑了两句,然后呷了口茶说,送你们两句诗:沉舟侧畔千帆过,病树前头万木春。秦慧楠说,我明白了,彻底放弃崔思康。朱明远说,不是我们彻底放弃,是他自抛自弃。问题还是相当严重的,崔思康问题的性质在升级。说着，朱明远转头看向周源说，老周，这是不是太意外了？

周源有气无力地说，让我怎么说呢？唉，人老了，老眼昏花，看不清人，不中用了。朱明远摇摇头说，不是你不中用，是腐败分子的智商越来越高了。

秦慧楠插话请示道："朱书记，下一步怎么办？"

朱明远说："崔思康的问题交给纪监委处理，你们调查组已完成任务。还有六天，我建议放大家几天假，调查总结让大年回去写。"

正说着，秦慧楠的手机响了，她看着手机来电显示说："是省委浩民书记。"

朱明远看着她，着急地说："犹豫什么，快接啊！"

秦慧楠马上按了免提，接通电话："郁书记您好，我是慧楠。"

郁浩民的声音立即回荡在房间里："慧楠同志，刚才东山市纪委向省纪委报告了情况，崔思康收贿一百万的事，似乎已经坐实。如果是这样，我说的是如果，我们必须面对。目前的反腐呈高压态势，'大老虎'一个一个甚至一串一串地被拎出来，崔思康不能独善其身，也不奇怪。"他又接着说，"最近，党中央主要领导专门谈到了'白手套'的问题，指出，每一个权力中心的周边，都聚集了一批仰其鼻息的既得利益集团。这些人因为接近权力中心，得以垄断资源，获得巨大的利益。他们可能是权贵阶层，也可能是'白手套'，他们游走在边缘，与权力完成合谋。中央主要领导特别指出，每一个贪腐案件中，官员的身边莫不聚集了一批接近权力的既得利益的商人。权钱交易，是贪腐永恒的话题。限制权力始终是中国社会的一个难题。不管崔思康最后是悲剧还是喜剧，我们都要坚信：真正的共产党人是经得起历史检验的。中国的八千多万共产党员绝大多数是好的，他们依然是中国的脊梁！"

通话完毕之后，周源首先说，郁书记的讲话很重要啊，慧楠你录音了吗？秦慧楠点点头说录了。朱明远接着说，下星期一市委常委会，认真传达学习。说话间，戴国权敲门走了进来。

朱明远看着他，面带笑容地说，国权，你来得正好。玉泉县的日常工作，你要打破分工的局限，多担当一点，千万不能再出乱子了。戴国权连连点头说，朱书记，您放心，我一定守土有责，尽职尽力。周源拍拍戴国权的肩头说，国权，重任在肩哪。秦慧楠说，国权，调查组的同志放几天假，有事电话联系。戴国权殷勤地说，怎么，今天就走啊？我还准备吃送行饭呢！秦慧楠摇摇头说，散伙饭就免了，六天后我再与县常委的同志们正式告别。

老天就像小孩的脸，晴一阵阴一阵，这会又下起了雨。众人就此别过，戴国权不顾自身被淋湿，两手举着两把伞，先后将朱明远、周源送进各自的车内，然后又忙着将秦慧楠、杨娟送上车。

秦慧楠的车刚驶出县委大门，邓亦先追过来，将一封信交给秦慧楠。她打开信，首先映入眼帘的是《我们必须站出来，为崔思康同志说几句公道话》。邓亦先说：这是刚刚有人从门缝塞进办公室的，是一封全力支持崔思康的人民来信，信上有玉泉县一百多名共产党员的签名、手印，有的还摁了血手印。信中列举种种事实，证明崔思康是好党员、好干部。

秦慧楠看着信，思绪万千。红旗轿车驶进了茫茫雨天，她的心里，也被一阵阵心雨打得七上八下。

四三　擦肩而过

　　戴国权的办公室墙上，新添了一幅巨大的玉泉县行政区划图，这是他胸怀全局的开始。他一手拿着红蓝铅笔，在区划图上勾勾画画，那架势像大决战之前的司令员。蒋德铭走进来，看到墙上的区划图，笑着说，戴书记胸怀全县，放眼全局呀。接着又报告说，崔县长被市纪委的人带走了，还戴上了手铐，押上了警车。戴国权看着他，假装生气地说，谣言，你也信？蒋德铭说，谣言，谣言，遥遥领先的预言啊。

　　戴国权走到区划图前说："来，引水二期工程路线图，从哪到哪，你给我画出来。"

　　蒋德铭接过红蓝铅笔，一边画着，一边介绍。由于两人过于专心致志，却没发现崔思康不知什么时候站到了身后，只听他说了一声："错啦！"

　　戴国权和蒋德铭吓了一跳，看着崔思康俩人像见了鬼一般，身子打了一个颤。蒋德铭更是吓得结巴起来，问："崔县长……你……出来啦？"

　　崔思康斜眼看着他："出来啦？我进去了吗？"蒋德铭连连摇手，说不出话来。崔思康指着区划图，讽刺道："哟，这么大的全县区划图啊，胸怀全县，掌控全局呀？"

　　戴国权尴尬地说："引水二期工程路线图，我记得不清楚，蒋主任是副指挥长，我在请教他呢。"

　　崔思康拿起红蓝铅笔，在区划图上画了一个大大的叉："蒋主任，这儿画错了，亏你还是副指挥长呢。"

正在这时，崔思康的手机突然响了，是贾乐福请示王三毛家拆迁的问题。原来王三毛被放回去之后，拒不签署拆迁协议，为了不拖二期引水工程的后腿，马王镇党委一致决定强拆。王三毛宣称要见崔思康，不然就以死相拼，那就是血拆！

崔思康越听越生气，大声说："血拆？这是犯罪！只要我还在台上一天，这种犯罪就不允许发生。我马上过去，等我！"

崔思康刚想走，戴国权却关上门，神秘地问："你没有什么事吧？"

崔思康神秘地笑笑说："我很好。感谢你这么关心引水工程，挂了这么大的地图，还请人画了工程路线图，你费心了。"

戴国权尴尬地笑了笑："哪里，闲得无聊，了解了解罢了，别无他意。"

崔思康意味深长地看着他说："国权，有些事欲速则不达，不能操之过急。"

戴国权说："你说得很对，要有耐心，等待也是一种毅力。机会总是奉献给有准备、善于等待之人。"

崔思康点点头，话里有话地说："你的等待有结果了吗？"

此时戴国权已经完全镇定下来，微笑地看着对方，一语双关地说："我坚信，明天会更好。"

"言不由衷。"崔思康说着转身就向外走，"好了不说了，我去马王镇了。"

戴国权阻止道："你不能去，你现在的活动范围限制在县城。"

崔思康没说话，用难以捉摸的眼神盯着戴国权。戴国权迎着他的目光，没有一丝畏惧，开诚布公地说："半小时前，市纪委就你的问题向我做了通报。"

"我明白了。"崔思康说，"这新挂的区划图，引水工程路线图……国权，急什么？该我移交的时候，我会认真地毫无保留地移交。但是，只要我还没有撤职，我就有工作的权利。哪怕是最后一班岗，我也不会提前一分钟下岗。"说完，他脚步匆匆离去了。

背后捅刀子，是小人惯用的伎俩。没料到的是，崔思康去往马王镇的半途中，戴国权背后捅了他一刀。他报告市纪委何处长，崔思康不执行行动限制的规定，离开县城了。接到戴国权的报告，何处长电话里要求崔思康立即回到办公室，工程上的事另派人去处理。崔思康拿着手机，忽远忽近地说信号不好，听不到了，然后挂断了电话。

王氏杂货铺小楼的院子里，放着几个液化气瓶，王三毛站在旁边，身上还缠着电线。他威胁说只要推土机、挖掘机马达一响，他就引爆。他放出话，只有崔思康出现，他才谈判，不然就拼命。

崔思康来了，走向王氏杂货铺的铁栅栏院门口。王三毛并没有开门，取出一张打印好的纸，说："崔县长，这座小楼的房产权属于我母亲李全英，要拆迁，必须她签字。我虽然是她儿子，但是无权处理她的房产。你们要强拆，我知道胳膊拧不过大腿。所以请你来签个字。"

崔思康接过纸条，王三毛拍着胸脯说："崔县长，你现在签字，我马上撤离，再也不说一个字！"

崔思康转身，面对拆迁人员，拿过贾乐福手里的电喇叭大声说道："同志们，我手里拿的是王三毛让我签字的一张纸条，上面写的什么？我给大家念念：'对王氏杂货铺的拆迁，属于非法强拆。常务副县长、引水工程指挥长崔思康'。王三毛说了，我一旦签了字，他马上搬迁。你们说，这个字我能签吗？"

工人们大声喊着："不能签！"

崔思康看着众人，大声说："对，就是枪口顶着我的脑袋，这个字我也不能签。依法治国，共产党的官要遵纪守法，不能违法。我决定，全体拆迁人员和拆迁设备，立即撤离工地！"

市纪委的公务车开过来，依然是上次的两位纪检干部走下车，神色严肃地朝崔思康走去。崔思康也不等对方发话，自觉地走向纪委的公务车，拉开车门，一头钻了进去。

贾乐福、潘凯等人一下子愣住了，他们还不知道崔思康已限制自由，正在接受调查。王三毛从院子里跑出来，望着纪委的商务车带着崔思康离去，心里有一股说不出来的滋味，他知道一定是那封实名举报信发挥了作用。

纪委的公务车来到东山市郊外，这里曾是纪检干部的培训基地，现在成了对有问题的官员约谈和训诫的地方。围墙上新装了电网，门口有武警二十四小时守卫。

崔思康坐在被约谈和被训诫人的座位上。不一会儿，门开了，郑介铭、何处长和几位纪检干部鱼贯而入。

郑介铭说："思康同志，在谈话前有两点要向你说明。第一点，这个案子事关重大，影响重大，我必须亲自过问。第二点，把你带到这里来，不表明案情升级了，是市纪委正式和你谈话，必须保密，全过程必须录音、录像，这里具备这个条件。打个比方，这里是个中转站，你从这里是回到单位，继续你的工作，还是把你送进检察院，接受立案起诉，那就看你自己了。"

崔思康说："我明白，时间会证明一切。"

郑介铭不完全同意"时间会证明一切"之说，认为有时候"时间也会永远尘封了秘密"，时间也不完全是事实和真相的催化剂。但他不理解的是，汪柱子是你崔思康的表舅子，他栽赃陷害你，把你往死里整，这是为什么？

崔思康惨淡地一笑说，这不奇怪，查看查看人类的历史，亲情之间表现出的仇恨，有时超过友情和陌路人。汪柱子丧心病狂地陷害我，很简单，有两个理由。第一他受人利用，寻租我手中的权力，遭到了拒绝。郑介铭追问，他是怎么获得了三千万的引水工程？

崔思康说，打着我的旗号，暗箱操作。别人站在台前，他站在幕后，我则蒙在鼓里。直到前天，才知道汪柱子实名举报了我。说到这里，崔思康将头向椅子后背靠了靠，停顿了一下，深呼一口气。看得出，郑介铭及其他人的目光是似信非信。即使这样，他还是硬着头皮说下去。他说第二，他的老婆范琳琳曾是汪柱子的恋人，他认为崔思康抢走了他的至爱。郑介铭放低声音却严厉地说你那花花草草的事，我不想听。明说了吧，一百万元的银行卡，就是横在你面前的一道坎，看你能不能过去。

崔思康坚持自己不知道这一百万元银行卡，更没收过汪柱子一分钱，请组织上明察。一时间谈话陷入了僵局。为了解除僵局，郑介铭借故离开，何处长招呼两位青年纪检干部上阵了。围绕一百万银行卡的问题，青年干部发问，你既然没有收钱，为什么逼着汪柱子去找王三毛退钱？崔思康的理由也很充分，他说讨薪的人和王三毛打起来了，我不去扑火要出人命的。一直到凌晨，围绕这个问题，来来回回、翻来覆去，没有个结果。

崔思康十分疲惫，眼皮打架，向何处长提出请求休息。可何处长拒绝了，他让崔思康抬起头来，将墙上的标语"坦白交代是出路，抵制顽抗是死路"念十遍。

其实郑介铭并没有走远，就在对面的一间办公室里看谈话的监控录像。本来他可以决定将崔思康留置审查，但这样做案件就升级了。不过一个问题却让他犹豫不决，那就是秦慧楠夫妇的证词，否定了一百万银行卡早就交给范琳琳的说法。如果证词成立，这表明银行卡是在举报信发出后放进崔思康家的。思来想去，最后他决定把崔思康放回去，等待玉泉县警方的调查。

章法成、丁海和田振鹏也在开夜车，正在音像分析室里反复回看崔思康所住小区的监控画面。看着两个用大口罩掩面的快递员，丁海突然想起来了什么。他拿出包里的一个U盘，说这是汪柱子行走的录像，他怀疑其中一个就是汪柱子。屏幕上出现了两个画面，汪柱子的行走和两名快递员进出电梯间的录像慢放对比。

画面一帧一帧地播放着，田振鹏认真对比后，指着其中一个快递员说："你们看这个人，与汪柱子的身高、抬腿起步，有相似之处。"

"像，比较像。"章法成说着，眨了眨酸涩的眼睛说，"这么说，范琳琳出走广西的第二天，汪柱子和另外一个男子偷偷进入崔思康家中，目的是将一百万元的银行卡送到他家。"

田振鹏点点头，他和章法成的想法一样，汪柱子经常来崔思康家，知道范琳琳贵重的物品放在哪里。此时丁海提出这只是疑点，不是证据。田振鹏拿起电话，将这个发现告知了秦慧楠。

秦慧楠正坐在杨娟驾驶的车上，接到田振鹏的电话，她心里沸腾开了。汪柱子的一百万银行卡，就是横在崔思康面前的一道鸿沟，能不能跨过去，她心里没底。这里面范琳琳是个关键人物，出事后市纪委一定向她调查。但出了这么大的事，如果她是清白的，为什么没有反应？为什么不来玉泉为崔思康做证、说清？难道范琳琳也是里应外合，在崔思康背后捅刀子？她不敢往下想了。

这时，章法成的电话又来了，他建议，先撬开汪柱子的嘴巴。秦慧楠说我的意见是，要动汪柱子，一定要有铁证。她要章法成将他们的发现立即向郑介铭书记报告。

秦慧楠思考了一会儿，果断地对杨娟说兵分两路，她去广西，找范琳琳。杨娟回玉泉县城，杀个回马枪，设法接触汪柱子探探底。杨娟提醒，范琳琳说她不会回来，因为玉泉县是她的伤心之地。她要崔思康一星期内辞职去广西，否则就离婚。可秦慧楠坚持认为，范琳琳必须回来和汪柱子交锋，刺刀见红，向市纪委调查组当面说明一切。

正是下班时间，周源在办公室里正拾掇着他的钓鱼竿，秘书小周提醒他别忘拿鱼饵。周源这才回过神来："对对对，光带鱼竿不带鱼饵——白钓。"说完，两人哈哈大笑起来。

这时朱明远走进来，看着两个笑容满面的人问："哈哈，这是什么情况？"

"明天休息，老夫准备'孤舟蓑笠翁，独钓寒江雪'了。"周源说着，开始显摆，"看看这鱼竿，刚买的。"

朱明远没看鱼竿，坐下来，周秘书为他端来茶水之后，退了出去。

"这你就不懂了，你没有感觉'放长线钓大鱼'的乐趣。"周源以长者的身份大发人生感慨，"人生本来就是个巨大的诱饵，让你喜怒哀乐，流汗流血，痛苦快乐，求的就是一个利益最大化。可到头来，不少人上了钩，身败名裂，自投罗网。"

"你这么比喻我不反对，对人生的理解，五彩缤纷，莫衷一是。"朱明远打开包，取出卷宗说，"上报你的全国组织工作先进个人材料退到我这里来了。"周源一愣，朱明远接着说，"在先进事迹一栏里，你培养、推荐崔思康的例子不宜再用了。"

周源想都没想马上接话："那就换成戴国权。"

朱明远担心地说："对戴国权，我心里还是有点吃不准。"

周源推心置腹地说："说实话，我很看重这个荣誉。马上退休了，咱不贪财、不贪色，但在政治上对自己要有个交代吧。这个荣誉，不仅是我个人的，重要的是市委的。"一番话说得朱明远频频点头。

朱明远说："我理解，那就换上戴国权，慧楠同志那里我去打个招呼。因为这材料上报她要签字，我担心她对戴国权有什么想法。"

周源十分愧疚地说："人无完人，金无足赤。对戴国权我犯了个错误——求全责备，否则他早就是我重点培养的对象了。"

朱明远说："亡羊补牢，为时未晚。他现在不也是你的重点培养吗。"

周源点点头，有点心不在焉。他心里想的是，他的全国先进个人推荐表上培养干部的典型事例，尽快把崔思康换成戴国权。正如他自己所说，他很看重这个荣誉。

大墙里面的林强盛，已经陷入疯狂报复的泥淖而不能自拔。尽管他举报崔思康失败，并增加了五年刑期。不过天有不测风云，人有旦夕祸福，这几天形势急转直下，崔思康被卢晓明甩出的一张王牌击倒了，快到这里向他报到了，他也该安心了。

又是放风时间，囚犯们拥向操场，林强盛和余光在操场上有了见面的机会。林强盛将一张纸条卷在香烟里，要余光设法送给他在任时一手提拔的原市委秘书处处长金同文，他要对秦慧楠进行报复，否则死不瞑目。余光劝他收手吧，上次碰得头破血流，还想再加五年刑期啊？可林强盛一副死猪不怕开水烫的样子，咬着牙说，你以为我还能从这大牢里活着出去？别做梦了。她不让我好死，我也不让她好活。

原东山市委秘书处处长金同文，前年辞职下海经商了。他带着政府的资源和人际关系，生意越做越红火，他知道这都是老领导的影子在起作用。接到林强盛从狱中发来的指令，他不敢怠慢，立即来找卢晓明。卢晓明兴奋地用力握了握金同文的手说，欢迎加盟。

金同文关上门，坐下来开门见山地说，卢兄，我一直在关注你们最后的一张王牌，看似强大有力，但是还有漏洞。汪柱子的一百万银行卡，一开始就应该一口咬定，是在崔思康家里，直接交到崔思康的手中，两人的事，谁是谁非，无从考证。而不是转弯抹角，先交给了崔思康的老婆。这么一个转交关系，减少了力度。卢晓明一拍大腿说，对啊，让汪柱子直接咬住崔思康，咬得天昏地暗，真假难辨，我怎么就没想到啊！金同文神秘地告诉他，秦慧楠今天晚上坐飞机去了广西。

卢晓明说，秦慧楠去找范琳琳，这一步棋我们没想到，但是范琳琳为崔思康洗白很难。汪柱子拿到工程是真的，吃了五百万回扣是真的，因为他是崔思康的表舅子，所以这本来就是一件说不清道不明的事。市纪委已经去广西找了范琳琳，她也写了没拿过汪柱子一百万的证词。可是纪委信吗？还不是照样对崔思康采取了措施。

金同文看卢晓明满脸的自信，提醒说，别忘了，这是一个很麻烦的女人，一个将林副省长在任命宣布前几分钟拉下马的女人。说着，他拿出一支香烟，从里面抽出一张小纸卷，这是林强盛给卢晓明的亲笔信。信中写着：官拜副省，人生转折；中箭落马，奇耻大辱；此耻不雪，死不瞑目。卢晓明心里明白，林强盛要雪耻，只有借助他的力量。卢晓明心里清楚，玉泉集团这些年一路走来，有人撑着一把保护伞，这撑伞人就是林强盛。冲着这把伞，他卢晓明就必须两肋插刀。他心里更明白，林强盛雪耻的目标，剑指秦慧楠。

秦慧楠来到机场候机大厅正要安检，她的手机响了，是一个隐藏着号码的陌生电话。她按了拒绝接听键，等待着安检。可是电话又来了，还强行发来了信息：你不接听，会后悔一辈子的！

无奈，秦慧楠只好按了接听键，随即一个中年男性的声音响起。他说："请不要问我是谁，我是一个好心人，是真心为你好的人。我知道，你对我这个不速之客的来电一定很敏感，但是这无关紧要，有些话不能不说。"

打电话的男人正是金同文，他的语音通过手机 App 软件进行了变调处理，听起来阴森恐怖。他开门见山，提出的要求很简单，秦慧楠的广西之行就免了，别再蹚崔思康这潭浑水了。秦慧楠冷冷一笑，当然是针锋相对。她说这不是她接到的第一个威胁电话，也不是最后一个。有种就站出来，你不管有多少能耐，还是躲在阴暗角落里的可怜虫。说着挂断了手机。

杨娟担心秦慧楠的安全，建议退票。秦慧楠不同意。杨娟又想陪着去广西，秦慧楠再次拒绝，一是为了节约成本，二是杨娟也有重要的工作要去做。

飞机准点在南宁机场落地后，秦慧楠风尘仆仆地走到出口处，刚上了一辆出租车，田振鹏的电话就打过来，说晓君放学一个小时了还没回来。秦慧楠说别着急，是不是去同学家玩了？田振鹏说你别分心，我马上去找。可他心里很奇怪，晓君总是按时回家，就是迟了也会打电话的，可现在她的手机却关机了。想到这里，田振鹏的心里很是不安。

秦慧楠乘坐的出租车很快来到江南春诊所，苗所长一听她刚下飞机，少不了关心一番，一定要带她去尝海鲜。秦慧楠再三说明，时间紧迫，不想多打扰，希望尽快了解更多范琳琳的消息。

苗所长抱歉地说，琳琳租了间房子，今天一早搬走了，也没告诉她地址，还说明天不在这里上班了，她又找到了一份工作。苗所长还说，昨天东山市来了几个人，说是纪委的，他们关起门来谈了几个小时，说还要再来，弄得琳琳双眼哭得像红桃子。

没想到来晚了一步，范琳琳为了防止有人找她，连手机号都换了。秦慧楠告辞，起身向门外走，苗所长递给她一把伞，她撑起伞，走进雨天里。她想的是但愿棒棒还在北海小学，见到棒棒定能见到范琳琳。

顶着小雨来到一家宾馆，开房入住后，秦慧楠与田振鹏通了电话，才知道晓君既没有在同学家，也没有回家，就是联系不上。她突然想到在上飞机前接到的那个神秘的电话，一种不祥之感顿时让她不安起来。她匆忙收拾好行李，晚上九点，有最后一班回东山的航班。她拦了一辆出租车直奔机场，坐在车上，越想越担心，越想越害怕。

正在这时，田振鹏又打来电话，很暖心地说："夜里别回来了，不要累垮了身子。既然到了广西，就把该办的事办了。你的事也是大事，不能耽搁。晓君不会有事的，有我在，还有我的一帮兄弟都来了……"

在田振鹏的安慰和劝说下，秦慧楠又回到了宾馆，此时已过夜里十二点。墙上嘀嗒的时钟提醒着她，距市委调查组撤离玉泉县还有五天！

杨娟送秦慧楠上了飞机，就开车回市里，准备了一番，又开车去了玉泉。按照秦慧楠的计划她一刻也不耽搁，开始了行动。回到玉泉宾馆，她精心打扮了一番，换了一条丝绸面料的白色长裙，再配上一件玫瑰色的小外套，既年轻又端庄，让她凹凸有致的身材完全显现出来。然后她又抹上大红唇膏和戴上超黑墨镜，让男人一看既有亲近的好感，又有不可随意攀谈的距离感。她来到玉泉经济开发区的一家豪华酒吧，因为汪柱子经常在这里出没。

杨娟在吧台落座，果然，不远处的一张台子上，汪柱子正独斟自酌。杨娟进来之后，回头率百分之百，汪柱子也不例外，时不时色眯眯地偷偷瞄着她。杨娟主动出击，让调酒师调了一杯血腥玛丽，送给5号台的那位男士。当调酒师将调好的鸡尾酒端到汪柱子面前时他愣住了。调酒师一指，说是吧台上那位美女送给你的。

汪柱子难以置信，顿时热血奔涌，受宠若惊地端起酒，走到杨娟面前，彬彬有礼地说："美女，这杯酒是你送给我的？"

杨娟摘下眼镜，莞尔一笑："是啊，汪总。"

"你认识我？"顿时汪柱子心里乐开了花，"你是——"

杨娟说:"相逢就是缘,何必问出处?"

汪柱子说:"对对对,我这个人就有女人缘。"

不到一小时,汪柱子就喝得半醒半醉,杨娟给他倒了一杯洋酒,汪柱子口齿不清地说:"小妹,别倒了……不能再喝了……"

杨娟往后一靠,面露不屑地说:"看你,还大男人呢,我可一杯也没少喝。来,干了!"汪柱子只得端起酒杯,一饮而尽。

"你说是我表姐范琳琳的好朋友?几年前还见过我?"汪柱子虽然喝了酒,但还是有些警惕,"我怎么一点印象都没有?"

杨娟撇着嘴说:"看来这酒真的不能喝了,再喝你就得健忘症了。好,就说我们没见过面,今天重新开始不行啊?"

汪柱子连声说好。杨娟从包里拿出工程文件、合同文本,还有银行工程款资信证明:"汪总,我手里有个一亿的工程,想找个施工队,你有人吗?"

汪柱子一看两眼发直:"太好了,算你找对人了,你要几个点尽管说!"

杨娟不等他细看,马上收回工程文件,又拉下脸说:"不能和你合作,你连自己的表姐夫都举报,真没有人情味!"

"外面全是瞎扯!我也有难言之隐,一肚子苦水没地方倒。"汪柱子又喝了一口酒。

杨娟一拍汪柱子的肩膀:"如果你的故事能说服了我,一个亿的工程就交给你。"

"小妹,你以为我的表姐夫崔思康是个好人吗?"汪柱子目光中充满委屈,"不,我恨他……他抢走了我青梅竹马的恋人,使她怀孕,逼她跳河,还假惺惺地上演了'英雄救美'的闹剧,我与他不共戴天!"

汪柱子沉浸在回忆中,遗恨未消。他咬牙切齿地说:"人世间,什么仇恨最大,杀父、夺妻。对崔思康恨从何来?夺妻之恨!我和范琳琳从小青梅竹马,两小无猜,情深意笃,一对美好的姻缘就这样被破坏了……"

杨娟告诉他已经查明崔思康是被误解、受了委屈的，当年正是他救了范琳琳和崔棒棒的两条命。但汪柱子怎么也不相信，即使杨娟说亲子鉴定结果，他依然不相信，而且振振有词地说什么不能作假？人民币造假，人也造假，何况鉴定了。唯有找出当年强奸范琳琳的凶犯，公布崔棒棒的亲生父亲，他才相信。

铺垫得差不多了，杨娟假意失望，站起身要走。汪柱子哪里肯放，缠着她说："别走啊，一个亿的工程怎么办？"

杨娟说："范琳琳和我是好姐妹，除非范琳琳和你共同接手这个项目，好处费你俩平分。"

一听这话，汪柱子露出为难的神色说："范琳琳能拿好处费？我表姐我还不知道，她敢拿工程款的回扣？"

杨娟拖着长音低声反问："我听说引水工程，范琳琳不是收了你一百万吗？"

汪柱子摇摇头，杨娟又追问："怎么，她没有收？"

"怎么说呢？有人要我说她收了……"汪柱子十分为难。

杨娟再追问细节，汪柱子却不再多说，只是努力争取那一个亿的工程。杨娟见再问不出什么，便告辞离开。

杨娟走出酒吧的时候，正好与小胡子擦肩而过。他想起来了，这人是秦慧楠身边的杨娟！按计划，本来杨娟还要进行下一步，再次约见汪柱子。可是汪柱子电话不接，信息不回，把她拉黑了。

事情就那么巧，如果杨娟不与小胡子擦肩而过，那汪柱子就会是另一个结局。

四四　畅所欲言

天刚蒙蒙亮，秦慧楠就起床了。晓君还没消息，这让人心急如焚。她提供的那个陌生手机号码东山警方已查证，机主名叫金同义，是用假身份证登记的。田振鹏安慰秦慧楠，公安部门已介入并展开侦查，晓君不会有事的。

细雨蒙蒙，秦慧楠来到北海小学，正是上学时间，她撑着伞，在千名学生中，寻到了崔棒棒的身影，赶紧走过去，搂着崔棒棒亲热地问："棒棒，还认识我吗？"

棒棒点点头说："认识，你去过我们家，你是秦部长。"

看着孩子脸上挂着不情愿的表情，秦慧楠蹲下身，摸着他的头说："棒棒，不要叫秦部长，叫秦阿姨好吗？"

崔棒棒摇摇头，哭着说："你不是我阿姨。如果是，为什么欺负我爸爸？秦阿姨，放过我爸爸吧，求你了……"

看着孩子很委屈的样子，又想到自己女儿现在下落不明，秦慧楠百感交集，眼里噙着泪花，将崔棒棒紧紧搂在怀里说："棒棒，咱们去找妈妈好吗？"

秦慧楠和崔棒棒没走几步，就看到范琳琳撑着伞急匆匆地走过来。两个女人简单而尴尬地打过招呼后，范琳琳婉拒了秦慧楠去她家里，提议去咖啡店。在咖啡店，两人刚坐下，秦慧楠就开门见山地说起银行卡的事。范琳琳说："我已经跟东山市纪委的同志说了，汪柱子接手转包工程的事，我和崔思康都不知道，一百万银行卡更是没影子的事！"

秦慧楠说："可那银行卡，是从你们家里搜出来的，在大衣柜的抽

487

屈里。"

范琳琳哽咽着说："这个汪柱子，他是个畜生！秦部长，我对不起崔思康，是我连累了他，他为我付出的太多了。"她越说越伤心，止不住地抽泣起来。

范琳琳内心满是委屈，她向秦慧楠诉了一阵苦，说我和崔思康结婚十年，存款二十万。为王长根会诊花了五万，付医疗费花了八万，还剩七万。我离开家，带走三万五。如果汪柱子给了一百万，我为什么没花那卡上一分钱。再说了，别说我拿汪柱子一百万，哪怕十万，崔思康还不和我拼命？

秦慧楠握着范琳琳的手说，跟我回去，找汪柱子，想法子让他说出那张卡的真相。范琳琳却摇摇头说，不行，汪柱子是个铁石心肠、做事不计后果的人，他和崔思康的怨积太深了。我没办法让他说出真相，只寄希望组织上查明真相。

范琳琳不回玉泉的态度很坚决，让秦慧楠很失望。可她是个不肯放弃的人，她说一个崔棒棒就让崔思康背负了十年天大的委屈。汪柱子的一张银行卡，足以摧毁崔思康的后半生。除非这一百万银行卡汪柱子没有说谎，你们认了，从此我再也不会管这件事。

范琳琳一脸痛苦地说，秦部长，我没脸回去，棒棒也不能再回到那个没有自尊，遭人白眼和谩骂的环境。你应该为我们母子考虑，孩子很小，以后的路还很长。

秦慧楠说，不错，十年前的那件事你和崔棒棒都是受害者，但受害者不是可耻的。人生绝对不是逃避，是勇敢地面对。面对秦慧楠坚毅的态度，范琳琳却畏缩了，她说我真的累了，我讨厌这种日子。秦慧楠接着说，就算崔思康坐牢，我也不能看到他妻离子散。我找了公安部门，他们同意你和崔棒棒用新的名字、新的身份证生活在东山市。你的工作也联系好，安排在市第一人民医院，任护理部主任。这是你的强项，相信你会干好的。

范琳琳的脸上露出惊喜，秦慧楠为了他们这个家，用心良苦。但是她还是害怕玉泉县的环境，害怕人言可畏。她说秦部长，我不值得你们这么煞费苦心。

秦慧楠脸上露出了不悦，她说范琳琳，刚才你还说崔思康是个清官，为你付出很多。可是你连回玉泉为崔思康的清白做证的勇气都没有，看来你很虚伪。话说到这份儿上，也没有什么可说了，我不应该来的。

面对秦慧楠的激将，范琳琳呼吸有些粗重，胸脯起伏着，她气愤地说，想不到你这么评价我。她也说了一句不客气的话，要秦慧楠学会理解别人。到广西之后我的日子好过吗？度日如年。我离开丈夫，差点失去儿子，还有人打电话威胁我，你说我怎么办？我在明处，他们在暗处，我们斗不过他们。我们都是做母亲的，如果有人威胁到你女儿晓君的安全，你怎么办……秦部长，对不起，你的要求我做不到，我不会回玉泉，除非他们把我抓去。

范琳琳把话说绝了，堵住了秦慧楠的前行之路。秦慧楠站起身，告别说，理解你了，也不为难你了。这时手机铃声响起，她惊喜地问，什么，晓君有消息了！范琳琳一把拽住秦慧楠问晓君怎么啦？秦慧楠轻轻地留下一句话："和棒棒一样的遭遇。"

田振鹏尽力平静地告诉秦慧楠，刚才民警在地铁二号线的一趟列车上，发现了一个昏睡不醒的女孩，传给我的视频，我一看是晓君。我赶到地铁站，民警和车站的工作人员已经把孩子送到了医院，现在我正往医院赶。

一声惊雷，从范琳琳头顶上掠过！她站起来，默默地看着神色淡定的秦慧楠，似一尊木雕泥塑。可是，范琳琳的内心却翻江倒海。原来，秦慧楠强忍女儿失踪的担忧，为了崔思康的清白不远千里来到南宁。此时，她突然抱住秦慧楠，哭喊着，告诉我，晓君怎么样了？

秦慧楠说，坏人给她灌了大剂量安眠药，正在医院抢救！不一会儿，田振鹏电话来了，说晓君醒了，已脱离危险，还传来了视频。对着手机，晓君虚弱地说："妈妈我爱你。"秦慧楠哽咽着说："妈妈也爱你……"她再也说不下去了，泪水模糊了双眼。一旁的范琳琳，早已泣不成声，哭成了泪人。

范琳琳坚持把秦慧楠送到机场，一路上两个女人都沉默着，但是两个人的心却心潮起伏。秦慧楠想，此次南宁没白来，相信她的"悲情牌"能起作用。范琳琳心里在激烈地斗争着，回不回玉泉？回了怎么让汪柱子说出真相？她左右为难。

秦慧楠刚要登机时，手机响了，还是那个低沉而又让人恐惧的男中音，他说，正如你说，我是躲在阴暗角落里的可怜虫。你的女儿回家了吧？应该谢谢我，我喜欢留有余地，不会把事做绝。秦慧楠说，你在玩火，在铤而走险，就不怕掉进万丈深渊？陌生男子的口气里带着嘲弄和不屑一顾。他哈哈一笑，说我们都在走钢丝。秦慧楠问，为什么不冲着我来？为什么与一个孩子过不去？

陌生男子激动起来，责问你为什么要和一个即将走马上任的副省长过不去？他和你前世无冤，今世无仇。现在他几乎家破人亡，妻离子散，众叛亲离，你下手也太狠了吧！

秦慧楠估计这个人与林强盛不是一般的关系，冷静地有意延长通话时间。她知道警方已把这号码监控了。她不动声色地说："我只是在履行我的职责。林强盛和你是什么关系？是领导还是同事？是亲戚还是朋友？"

陌生男子狡猾地说："林强盛有一群为他鸣不平的人，我不过是作为代表，敢于站出来罢了。告诉你，这次是警告，按照我们的要求去做。放弃崔思康，离开东山，否则后果严重！"

秦慧楠冷冷地说："你应该知道，我是个不喜欢放弃的人。现在我不知道你是谁，但是最终我会知道你是谁。你害怕阳光，我会让你到阳光下走一走。"不等对方回话，她挂断了电话。

崔思康开车驶进县委大门时，被人拦下。拦车的是一位身材凹凸有致，戴着墨镜的美女。她径直打开车门，坐进崔思康的车里，直到摘下墨镜，崔思康才目瞪口呆地发现这位美女就是杨娟。

杨娟告诉崔思康，自己按照秦慧楠的安排，在酒吧与汪柱子短兵相接的经过。然后，她放起了当晚两人对话的录音。杨娟说汪柱子一会儿说范琳琳拿了他一百万的好处费，一会儿说打死范琳琳都不敢拿回扣，说的话前后矛盾。

崔思康说，还真难为你了，这录音能算证据？杨娟说，起码是个重要的疑点。如果你说的是真的，没拿这一百万银行卡，那我就拿这U盘去报警，也许现代的公安刑侦技术能找出真相。

杨娟的话提醒了崔思康，两人打算将谈话录音交给章法成，而此时章法成正在参加省公安厅姜厅长主持的会议。秦慧楠、郑介铭以及田振鹏等人也在会场。

省公安厅姜厅长开头讲话非同凡响，直接指出，两个多月来，在玉泉县相继发生了一连串的案件，这不是孤立的，而是相互关联的，其核心是关系到玉泉县县委书记的人选。姜厅长的这个观点，让秦慧楠、章法成、郑介铭和田振鹏一阵惊喜，他们不由自主地相互交换了一下目光。那目光似乎在说，到底是省里的厅长，看到了问题的本质，头脑比朱明远清醒多了。

正说着，门开了，郁浩民在秘书李冬的陪同下走进会场。等郁浩民入座后，姜厅长接着说："我们有理由相信，所有这些案件和奇怪的现象，都是围绕玉泉县新的县委书记的人选而发生的。我们还有理由相信，某些利益集团为了维护他们的既得利益，正在干扰和破坏党的组织路线的贯彻和实施。大家要问，我这个观点的根据是什么？先请章法成同志说说理由。"

为证实姜厅长的观点，章法成说，本来系列调查已经证明崔思康是清白的，一百万银行卡的出现，又提出了新的问题。但是，这银行卡也存在疑点，至少有三条：首先是秦慧楠夫妇的证词，否定了汪柱子早已将银行卡交给范琳琳一说；其次是神秘的两个快递员出现在崔思康门口时，监控录像突然出现故障，在故障时间里，他们干了些什么？特别是田振鹏教授发现，两个快递员中，尽管他们化了装还戴着大口罩、大墨镜，其中有一个走路的姿势和汪柱子十分相似；第三是崔思康刚刚传来的杨娟和汪柱子的谈话录音，录音中汪柱子说"打死范琳琳她也不敢收回扣"，这与范琳琳收一百万回扣的行为是十分矛盾的。

章法成的三个疑点，犹如一石激起千层浪，与会者议论纷纷。郁浩民站起身来，发表了他的见解。他说，我同意公安厅负责同志的观点，有人在跟我们争夺玉泉县县委书记这个位置。这些人嚣张得很啊，竟然为腐败分子鸣冤叫屈，威胁我们的市委组织部部长秦慧楠同志，让她离开东山，离开自己的岗位。同志们，这说明我们与利益集团的斗争已经相当激烈，他们要在我们党内寻找、安插代理人，这是党的组织、党的干部路线绝对不允许的。我再次重申，党的组织、干部路线是神圣的，是条高压线，任何人都不能触碰。我们的法律，我们的公安、检察、法院，要为党的干部路线的贯彻执行保驾护航。为党的清官、好官保驾护航！

会后，郁浩民和秦慧楠在省委大院漫步，他关心着田晓君现在的情况，秦慧楠告诉他，现在孩子夜里经常做噩梦，还不能上学，正在接受心理辅导。郁浩民边走边说，我们面对的是穷凶极恶的犯罪分子，他们什么事都干得出来。我不是害怕他们，是考虑到孩子，千万不能让他们受到伤害。我关心的是你和孩子的安全，想把你从东山撤回来。我们暂时做一点妥协，退也是为了进嘛。

对郁浩民好心的保护，秦慧楠婉言谢绝。她的理由也很充分。她的撤出，就是撤退，放弃阵地，正是对手求之不得的。崔思康的问题还没完全搞清楚，玉泉县新一任县委书记还没选定，玉泉湖的引水工程招投标还没落实，这可是耗资百亿的百年大计的惠民工程。还有郁浩民交给她的"用清官、用好官、水清更有鱼"的课题研究还没完成。她告诉郁浩民，准备把晓君迁学到东山去。天天看到孩子，就有安全感了。

这两天，好消息不断传来，这让章法成颇有"春风得意马蹄疾"的感觉。

第一个好消息是"校园贷"在逃的主要嫌犯虞亚玫已经在广东落网，她交代了雇凶制造车祸，杀害胡萌萌灭口的罪行。吕佳龙也主动交代了自己投资"校园贷"的犯罪事实。这就证实崔思康"借扫黑行打击报复"完全是子虚乌有。

第二个好消息是田振鹏在公安大学教授的帮助下，采用激光潜指纹技术，终于让两块石头"开口说话"。经过指纹比对，发现击倒王长根、方大爷，在肖强强汽车刹车上做手脚致其死亡和杀害刑警大队长尤喜军的是同一个人。这样下面的事就好办了，比对指纹大数据库。再不行，就扩大指纹比对范围，罪犯现形，指日可待。

第三个好消息就是杨娟与汪柱子的谈话录音，他要亲自出马，和汪柱子正面接触以探虚实。丁海担心会"打草惊蛇"，章法成则说是"敲山震虎"。

杨娟乔装改扮引汪柱子上钩的事，气得戴国权的肺都要炸了。他说这个汪柱子，成事不足，败事有余，他要坏我们的事。卢晓明说已经狠狠教训了汪柱子一顿。戴国权说训了一顿有什么用？就是把他杀了，话已经说出去了，覆水难收。他要卢晓明亡羊补牢，应对不测。

卢晓明让吴雪姣在公司广告栏醒目的位置贴上一个通告，上面写着："项目开发部总经理汪柱子，近日来经常酗酒误事，尤其在公共场所醉酒后出言不逊，恶语伤人，影响恶劣，极大地损害了文明企业玉泉集团的形象。董事会研究决定：责令其停职检查，深刻反省，特此通告！"

通告才贴出不久，章法成和丁海就带着人开着警车过来了，看到通告，问其情况，卢晓明就吐了一大堆苦水。他说汪柱子是刚收购的一个小公司的头头。此人嗜酒如命，一喝就贪杯，一贪杯就倒，一倒就醉，一醉就胡说八道。

在卢晓明的带领下，章法成和丁海来到项目开发部。门一开，一股酒气迎面扑来，汪柱子瘫在沙发上，鼾声如雷。茶几上有酒有菜，还有几个空酒瓶。

"章局你看你看，他就这么个德行。"卢晓明弦外有音地问章法成，

"今天和他还能谈话吗？酒后说的话能算数？"

章法成明白卢晓明在下逐客令，碰了一鼻子灰，与汪柱子"正面接触，敲山震虎"的计划受挫，只得草草收兵，打道回府。

这些日子，朱明远一直郁郁寡欢，大有"食不欲、睡不香"的感觉。本来以为崔思康已"山重水复，柳暗花明"了，可是又冒出一百万银行卡的事，这让他的心情简直糟糕极了！对崔思康他烦了累了不想再过问了，他仔细地看了举报材料，正式审查崔思康，证据确凿，无懈可击。可是郑介铭这个老滑头，犹抱琵琶半遮面，对崔思康不温不火，不紧不慢，不知打的什么鬼主意。于是他提议再次召开市委常委会。他下决心，这是关于崔思康问题的最后一次常委会。

每次市委常委会，周源总是提前来到会议室。今天他远远看见有个人坐在门口的长椅上低头看报，走近一看是崔思康。周源惊讶地看着崔思康，那目光在问，这是市委常委会，你来干吗？

面对周源疑问的目光，崔思康恳求地说，今天可能是研究我问题的最后一次市委常委会了，请求给我一个申诉的机会，哪怕一分钟也行。周源马上发火了，说胡闹。你查一查，几十年来，我党有这样形式的会议吗？崔思康说，就不能尝试一下改革？周源坚决不同意。崔思康据理力争，说我即使是一个犯人，也有辩护的权利。

赤脚的不怕穿鞋的，眼前的崔思康，横了心要闯市委常委会，这让周源心里发怵了。

这时秦慧楠提议，允许站在门外的崔思康走进常委会议室讲几分钟。顿时，会议室里炸开了锅。有个常委说，这不行，没有先例。组织上处分一个人，只要形成决定，被处分者只能接受。罗西来说，常委会不是法庭，没有原告和被告，只有执行和被执行。所形成的决定没有让被处分者辩护的理由。如果被处分者可以在这里为自己辩解，岂不乱了套？这么多年来，我们都是这样做的，没有先例。

秦慧楠据理力争，她重复这个观点，没有先例，不等于不能开辟先河。让别人讲话，天塌不下来。最后，郑介铭表示赞同，接着又有三个常委表示同意，就连周源也放弃了反对态度，表示了中立。

终于，市委常委会的大门为崔思康敞开了，他走进会议室内，尴尬地站着。朱明远说，崔思康同志，坐吧。崔思康说，这里我没有坐的资格，只有跪的份。周源一听火了，这是什么话？崔思康说，心里话。会议室内的气氛十分尴尬，众常委有的看报，有的看手机，表示了对这尴尬一幕的不屑一顾。

朱明远发话了："思康同志，破例给你这个机会，当着东山市委全体常委的面，有什么话你就说，抓紧时间。"

崔思康说："我已向马王镇民众许下承诺，决不强拆王三毛的小楼。要拆，一定要产权人王三毛母亲李全英在拆迁协议上自觉自愿地签字，给我三天时间解决这个问题。我请求三天以后再抓我。"

众人听了，顿时愕然。

四五　巧证清白

市委常委会决定崔思康接受审查、停止一切职务，戴国权临时主持全县日常工作。但朱明远犯了一个错误，这个决定的宣布理应是秦慧楠，因为她是管组织工作的。然而他考虑秦慧楠对崔思康的态度，绕开了她，这让秦慧楠的心里很不舒服。周源也明白朱明远让他去宣布这个决定不太合适，所以从玉泉县一回来就跨进秦慧楠办公室的门，想做点解释。

没想到周源进门刚坐下，秦慧楠就拿出一份刚刚出版的《玉泉日报》，头版头条大标题是《崔思康停职检查，戴国权主持县委、县政府全面工作》。她问："周书记，公开报道这样的消息，是你同意的？"

周源从秦慧楠的口气中闻到了火药味，但他并没有反击，而是心平气和地说："我知道，这个决定应该你这个组织部长去宣布，可朱明远偏要让我去。我替你做了恶人，你心里反而不高兴。我的任务是召开县委常委会，宣布市委的决定。这篇新闻，我全然不知。"

秦慧楠一针见血地说："崔思康问题还没见底，这件事暂时不宜公开，更不能让媒体报道。这样做我们就没有退路了。"

周源知道，秦慧楠已开始站在崔思康这一边了。按理说他应该高兴，但是他一点也高兴不起来，他发现崔思康麻烦不断，而且个人还拒不认错，死扛硬撑，弄得众叛亲离。特别是市委常委中因朱明远对崔思康问题的头疼和不耐烦，支持和反对崔思康的力量对比，极有可能发生变化。他必须给朱明远面子，不能因崔思康个人问题影响了全局。

"崔思康的问题有没有见底，你我都说了不算。"周源说，"现在我们必须执行市委常委会的决定，支持戴国权的工作。尽管崔思康是我树起来的标杆。标杆倒了,我无法接受,但我服从市委的决定,这叫大局意识。而让崔思康闯进常委会为自己申辩,这样做会带来什么影响?这决不是什么改革,而是披着改革的外衣,行不可告人的目的。"

"对崔思康的问题,我绝不袒护。"秦慧楠的话语中闻到了火药味,"究竟是用人失察,还是用人得当,我都得面对。"

"别忘了,这把火是你点起来的!"周源愤然取出辞职报告,放在茶几上,"在这场斗争中,你赢了,我输了,所以我必须兑现自己的诺言——辞职。明远同志说,你是组织部长,辞职报告应该交给你。如不批准,就提前退休,回家抱孙子,我的政治生涯,到此结束。"说完,周源起身走出门去。

秦慧楠追到门外:"周书记——"

周源停下脚步,回转身来:"还有六个月,我就船到码头车到站了,只当我提前养老吧。"

秦慧楠心头一热,不知说什么好。后悔刚才自己的言语有些激烈了。

"慧楠,对你眼下的任务,作为老同志我泼点冷水。"周源语重心长地说,"崔思康的问题十分复杂,就算他是冤枉的,但你很难还他的清白。你目前所做的一切,已经对得起他了。我们都面对现实吧。"泪水在秦慧楠的眼眶里打转,周源没有回头,径直走进电梯间,那么坚决,义无反顾。

送走了周源,秦慧楠在一楼大厅电梯门口见到了前来找她的郑介铭,俩人走出大厅,步入大院。

"慧楠同志,"郑介铭开门见山地说,"你说的玉泉县有可能存在针对崔思康的阴谋团伙问题,我很震惊,也引起了我的重视。对这个案子,我们要慎之又慎,再回头看一看。"

秦慧楠拿出玉泉县党员联名信复印件说:"这是玉泉县一百多名共产党员支持崔思康的联名信。"秦慧楠指着联名信,"您看,有的还按了血手印。"

郑介铭看信之后,十分震惊:"这是一颗重磅炸弹,为什么不在常委会上拿出来？"

秦慧楠说："我们调查组的邓处长已拿着这封信的正本，去向省委郁书记汇报了。我若今天拿出来，大家会认为我是拉大旗做虎皮。"

郑介铭拿起联名信说："这份复印件给我吧。如果有什么新情况，及时通报，如果真的有阴谋集团，该出手时就出手，打掉这个团伙！"

秦慧楠一眼看到了楼下停着的范琳琳那辆红色小跑车，她和郑介铭走到车旁，只见崔思康躺在座椅上睡着了。郑介铭打开车门，崔思康惊醒了，连忙下车。秦慧楠问他，怎么还不走？崔思康回答说等纪委来抓我。郑介铭说你这个崔思康，以为我们纪委抓人抓红眼啦，没那么回事。对待人的问题，我们是极其慎重的。以事实为依据，以法律为准绳。不冤枉一个好人，也不放过一个坏人。崔思康问那我是好人还是坏人呢？郑介铭说，你呀，一只脚踩在好人的门内，另一只脚踏在坏人的跳板上。秦慧楠补充说："还是那句话，用自己的行动，证明自己的清白。"

崔思康开着车，刚出市委大门驶上大街，一辆出租车追上来。戴着太阳帽、大墨镜的秦慧楠下车招手，崔思康停车，秦慧楠上了崔思康的车。

崔思康又惊又喜地问秦慧楠，你还敢上我的车，不怕犯纪律？秦慧楠说肖强强临死之前，要我为好人杀开一条血路。现在，我还认定你是好人，再下一次赌注。赢了，我们皆大欢喜。输了，我自认倒霉，责任我担着。她问崔思康，好不容易给你争取到这么好的机会，你为什么不为自己申辩？

崔思康激动不已，泪水在眼窝里打转转，他说真想大哭一场。秦慧楠善解人意地说："都说男儿有泪不轻弹，那是对男人太苛刻了。此刻想哭就哭吧。郁书记说，有些事很多人不做，你做了不代表你错了。"

崔思康说，我的错，在于没有随波逐流。说着，他从后座拿过来一个提包，这原来是为市常委会上申诉而准备的。包里面是信、纸条和各种申请报告，是近几年来亲戚朋友、老上级老部下和一些商人老板给崔思康写的信、递的条和各种申请报告。这里面，有要求批地、建房、接工程的，也有为子女及亲友入党、晋级、提拔的，也有为贪官说情的，为子女进幼儿园、上重点学校的。对这些说情的信、纸条和各种申请报告，都开出了好处费的价码，但都被他打入冷宫。其间得罪了多少人，崔思康也不知道。今天，他想提着这个包到市委常会上说，但又考虑再三，感觉不妥。他说如果这样，就变成自我表功、自我吹嘘了。

秦慧楠一言不发，默默地看着崔思康。崔思康打开车门，提着包要下车。

秦慧楠问："你要干什么？"

崔思康说："这些留着干吗？我找个地方把它们处理掉。"

"不，留着吧，也许还有用处。"秦慧楠知道，这包里装着的不仅仅是说情、通关系、走后门、搞特殊的证据，还有误会、曲解和仇恨。被拒绝的亲戚朋友、老上级老部下和一些商人老板，他们每人一口吐沫，就可以将崔思康淹死。

距市委调查组撤出玉泉县还有四天。

上午，玉泉县商会举行了玉泉县经济发展战略研讨会。主席台上坐着戴国权，卢晓明主持会议。他说："我向大家报告一个特大喜讯，市委刚刚做出决定，从今天开始，戴书记主持玉泉县委、县政府的全面工作，让我们表示祝贺！"卢晓明起立鼓掌，众商会成员跟着起立鼓掌。

戴国权双手往下压了压，十分谦恭地说："纠正一下卢会长刚才的讲话，承蒙市委的信任，从今天开始，我临时主持玉泉县委、县政府的全面工作，只是看守内阁罢了。"

会场内发出一阵哈哈大笑，戴国权知道，台下有不少是卢晓明的铁粉哥们儿，他们是会心的笑，开怀的笑，此时，崔思康悄悄走进会场，在后面的角落里坐下，几乎没有人察觉。

台上，戴国权的结束语很有挑衅性，他说："有的人一提开发，就怕毁了良田；一提办厂，就怕污染；一提拆迁，就怕强拆；一提养殖，就怕毒食品端上餐桌。会场内上述想法的人，有没有啊？在哪里？"

"有，在这里，"崔思康忽然站起来，"我就是我这种人！"众人震惊，目光聚焦着崔思康，全场一片寂静，连喘息声都听得见。崔思康的目光扫视了一下众人，大声发问："良田毁了不能再生，子孙后代靠什么吃饭？一个国家粮食的危机，是最大的危机。环境污染了再去治理，其代价无法计算。强拆、毒食品，是老百姓最痛恨的事，我们有什么理由不去阻止，不去反对？有人说拆迁是经济发展的一个动力，阻碍拆迁的是泼妇刁民。我说没有泼妇刁民，只有庸官、昏官和贪官！"

听了崔思康一番话，众商人面面相觑。商会的研讨会被搅黄了，众人不欢而散。崔思康和戴国权各自板着脸上了车，板着脸回到县委，又板着脸走进戴国权的办公室。

戴国权重重地关上了门说："兄弟，我不想吵架。"

崔思康说："我想吵架！在商会上，你指桑骂槐，矛头对准的是谁？我问你，引水工程线路，为什么修改了？"

戴国权理直气壮地回道："王三毛这钉子户久攻不下，还有几十户跟着他跑，我们等到何时？这是你遗留的烂摊子，我在帮你擦屁股，知道吗？"

崔思康说："为了一个王三毛，就修改工程方案？这要增加十个亿，要毁掉五千亩良田和一个吴王坡古迹！"

戴国权反驳道："牺牲五千亩，引来的玉泉湖水，可以灌溉五万亩、五十万亩，要算大账！一个吴王坡算什么？三峡工程，那么多名胜古迹搬了家，这个经验我们也可以参照，再造一个吴王坡！"

崔思康说："再造十个，也是赝品，是假货。你真是个混账！"

戴国权说："你骂人！"

"是你逼的。"崔思康确实骂人了，理亏了，口气也软了。他说，"国权，什么都不说了，看在咱们兄弟一场，给我时间，我来啃下王三毛这块硬骨头。"

看着沉默的戴国权，崔思康再次亮剑："我再说一次，别逼我！"只见他挺直腰杆，充满着自信，来了个最后一击，"这几天，我会拿着王三毛母亲李全英的签字来见你。你那个修改方案,别想在我这里通过!"说完,他摔门而出。

戴国权追出门外,冲着崔思康的背影大声说道:"三天,就给你三天——"

戴国权心里明白得很,崔思康三天是啃不下王三毛这块硬骨头的,对引水工程线路修改方案的执行,他稳操胜券。可是人算不如天算,崔思康这边出现了一个转机。

这天下班时,崔思康开着车刚进小区门口,一个叫小林的青年女子从门卫那里走出来,拦住了车。她自我介绍说,她是县医院药房的药剂师小林姑娘,范琳琳曾经交给她两颗药片,说是让她检测一下这是什么药。崔思康这才想起,这两粒药是那天在县精神病院李全英病房的地上捡的,目的是通过药品化验,知道李全英是不是有精神病,病到什么程度。小林说,经检测,一粒是维生素B2,另一粒是老年人服用的钙片。这就是说,李全英有可能不是精神病人。可她为什么要装病?为谁装病?是抵制拆迁?如果这样,李全英、王三毛的背后肯定有人支持。那又是谁?戴国权?不可能。因为他找不到李全英、王三毛和戴国权之间有任何关系的连接。

王氏杂货铺二层小楼门口,竖着一块广告牌,广告语是:"为抵债,大甩卖!跳楼价,不还价!"长条桌上堆满了货物,有服装电器,有文具和日用品,奇怪的是还有旧家具。人群涌动,挤来挤去,争着挑选廉价的处理商品。

王三毛手里拿着一个电喇叭,来来回回地大声吆喝着。

这时,吴雪姣开着宝马车来到王氏杂货铺门口,身旁坐着小胡子。

吴雪姣说:"这小楼的东西都倒腾出来了,王三毛这是什么意思?胡子,下去看看。"

"好的。"小胡子戴上大墨镜,下了车。

吴雪姣拿出手机拨号:"老板,有点不对劲,王三毛将王氏杂货铺的商品在大甩卖,连楼里的家具也搬出来甩了,他是不是想撤退啊?"

小胡子回到车上报告说:"吴秘书,小楼里基本腾空了,连烧饭的锅、吃饭的碗也拿出来了。"

吴雪姣下车,走向王三毛,小胡子跟在后面。

吴雪姣甜甜地说着:"王总,怎么摆地摊啦?"

王三毛说:"腰中无铜,不能充雄,一钱逼倒英雄汉哪!"

吴雪姣故意大声地说:"这货我全买了!"

小胡子拿起电喇叭,喊着:"不卖了不卖了,我们全包了,都散了、散了。"

吴雪姣对王三毛说:"请几位老乡帮帮忙,出点力气,把这些东西全搬进楼里去,每人一百块工钱!"

王三毛说:"不行,这些货你要马上拉走。"

吴雪姣板起面孔:"怎么啦,这些货物在你这里存放几天不行啊?三天,场地费照给。"

王三毛大甩卖,是不是玩的"明修栈道,暗度陈仓"的把戏? 不是。他是在拆迁的重压之下,以甩卖为拆迁做准备。他没想到吴雪姣来这么一手。她付了钱,货权就是她的。说是存放三天,三天后她不把货运走咋办? 那不就被动了。

吴雪姣对着微信二维码扫了一下,给王三毛打了五万定金。她说:"剩下的银行卡支付。王三毛我告诉你,这货现在是我的了,存放在你的小楼里,任何人都不能动,谁动就是侵犯他人财产。"

王三毛愣愣地看着吴雪姣,无言以对。他敢于和崔思康当面对着干,敢拉一百多号人的队伍堵截秦慧楠的车,可是对吴雪姣这样的女人,就是拿她没辙。

当天晚上,在马王镇的一家小酒楼里,吴雪姣将一张二十五万的支票,推到王三毛面前,说这是那王氏杂货铺的全部货款。王三毛给出的回报是拖延拆迁,坚持三天。吴雪姣说:"三天后,玉泉湖引水二期工程将执行修改方案,你要做工程,尽管开口,卢总会照顾。你不做工程,可拿一大笔好处费,带着你母亲远走高飞。"

王三毛有点漫不经心，此时他想到的是他从看守所里出来，一名市委常委、市委组织部部长为他担保。王三毛又想起那天下大雨，崔思康来到王氏杂货铺，他拿着电喇叭，命令强拆的队伍撤离，并向全镇人承诺，一定拿着产权人李全英的签字，再来拆这座小楼。这两件事，足以震撼王三毛的心灵。此时望着二十五万元的支票，他在矛盾，在犹豫，最后是放弃。

　　王三毛将支票往吴雪姣面前一推说："请转告卢总，这卡里的钱我一分不要，先前给我妈的几百万，我就是砸锅卖铁也要还给他！"他霍地站起身，撂下一句狠话，"从此之后，我们各走各的路，互不相干，井水不犯河水。"王三毛走出包间，又回过头来，说了两句让吴雪姣心惊肉跳、无地自容的话，"我现在才明白，这个世界上，原来有金钱摆不平的事，有金钱买不到的东西。"

　　王三毛头也不回地走了，脚步踩得木质地板咚咚作响，震得吴雪姣目瞪口呆，心惊肉跳。

　　县医院药剂师小林告知那两粒药检测结果，让崔思康有了啃下王三毛这块硬骨头的希望。如果李全英为了抵抗拆迁假装精神病人属实，问题的解决就好办得多。于是，他戴着棒球帽、大墨镜，做了简单的化装，又一次来到县精神病医院。

　　医院的大院子里，晚间病人自由活动时间结束了，可李全英还在边蹦边跳边唱。崔思康身穿白大褂，戴着大口罩，扮成男监护医生，走到李全英身边。

　　崔思康说，李奶奶，自由活动时间结束了。来，我扶你去病房。李全英警惕地推开崔思康，大喝一声，别碰我！你是谁？大傻瓜！李全英边唱边跳，走向病房。崔思康追上去，刚要进门，铁门砰的一声关上了。崔思康掏出钥匙，打开了门，李全英推着，喊着。地上很脏，崔思康拿起扫帚清扫，李全英还在发疯，将吃剩的饭菜泼洒在地上，崔思康一句话不说，继续清扫。不一会儿，李全英安静下来，坐到椅子上，崔思康给李全英倒了杯水。

李全英猛地摘下崔思康的大口罩，震惊地大喊大叫："崔思康！你，滚出去！"

崔思康大喝一声："李全英同志！"

李全英一下子愣住了。

崔思康说："我看过你的档案，你几次被评为全县优秀共产党员。如果你还承认自己是一个老共产党员，请尽快结束这场游戏！"

李全英又开始撒泼："出去，我不认识你……滚出去！"

崔思康拿出药品化验单："看看这是什么？你吃的药片的化验单，根本不是治精神病的药，是维生素片、钙片！"

顿时，李全英傻了眼。

"你还要折磨自己吗？"崔思康苦口婆心地说，"这样折磨下去，何日是尽头？你的人格呢？你的尊严呢？一个共产党员的品德呢？还要不要了？"

李全英默默地看着崔思康，突然哇的一声痛哭起来。

崔思康说："李奶奶，我知道你大儿子王大毛如果还活着，和我一样大了，我完全可以喊你一声妈。面对儿子，你有什么委屈，尽管说；有什么苦水尽管倒出来。我知道，这些年你也活得不容易，特别是大毛、二毛走了以后，你的日子更加艰难，我这当县长的没有做好工作，没有尽到责任。"

"崔县长，对不起……"李全英泣不成声。

崔思康说："不要哭，我去打盆温水，给你擦擦脸。"

李全英说："不，我要回家，要见三毛。"

崔思康说："好，你在这等着，我去找陶院长。他同意的话，我开车送你去见三毛，好吗？"

李全英点点头。崔思康走出房间，来到陶院长的办公室。他说李全英的精神病要重新鉴定，至少她现在的精神状态是正常的。她认出了我，我们做了简单的沟通，现在她要回去见儿子，我想带她回家。

陶院长一副很为难的样子说："对精神病人，我们这里有严格的规定。她要离开医院，必须医生和监护人签字。"

崔思康说："陶院长，实话跟你说了吧，这李全英关系到十个亿资金、保护五千亩良田和一处名胜古迹。今天，我必须带着她去见她的儿子王三毛，动员她在拆迁协议上签字。"

陶院长知道了问题的严重性，但他要遵守医院的规定。他对崔思康说，精神病人出院，难在病人家属监护人，他们不想让病人回家，在医院待着省心。你看这个王三毛，好多天不来看他妈了。

崔思康说，你给王三毛打电话，如果这个老娘他不要，我要。我家里正好缺个老人。陶院长说你稍等，我去找李全英的医生。

下班了，卢晓明坐车回到别墅，十分疲惫地刚在意大利真皮沙发上躺下，吴雪姣来了，她将二十五万元的银行卡放在卢晓明面前说，二十五万，一分没动，完璧归赵。卢晓明问，王三毛嫌少？吴雪姣说，人家思想境界高了，唱高调了。他说这个世界上，有金钱摆不平的事，有金钱买不到的东西。他让我把这张卡退给你，分文不要。他还说，先前给他的几百万，他就是砸锅卖铁，也要还给你。从此之后，各走各的路，互不相干。

卢晓明拍案而起，骂了一句粗话，王八蛋，看我怎么治他！此时吴雪姣却显得很冷静，思维也很清晰。因为现在是关键时刻，千万不能闹僵，更不能翻脸。她说，我的面子不够，还是您卢总亲自找王三毛谈一谈，他有什么要求，就满足他。等引水二期工程修改方案正式实施，我们将二期工程总包拿到手，再找他算账。

这时，一个电话让吴雪姣的脸上变得恐惧起来。精神病医院报告，崔思康下午又去了精神病医院，怀疑李全英的精神病是装的。因为上一次，他在病房悄悄拿走了李全英扔在地上的药片，化验结果出来了。现在崔思康要把李全英带走。

这个消息对卢晓明来说，不亚于头顶上爆炸了一颗原子弹，简直是灾难性的。李全英知道得太多了，用装精神病对抗拆迁，拖延时间，是他卢晓明最厉害的一招。如果李全英伪装精神病暴露，他卢晓明将会失败得很惨，死得也很难看。

卢晓明启动了突发事件行动预案，那就是"三十六计走为上"。他让吴雪姣转移资金、准备护照、购买机票，打点行装，随时准备开溜。

县精神病医院的院长室里，气氛也相当紧张。崔思康坐等着把李全英接走，陶院长去医院治疗办的路上，一个医生和男陪护走进了李全英的病房。他们端着药盘，拿着针筒。医生说，李全英，按医院规定，从今天起不允许你再服用你儿子买的药了。

李全英十分恐惧，吓得直往后退，说你不是我的医生，我不打针，不吃药！医生下令手下的人灌药、打针。两个男陪护上前，李全英吓得蜷缩到墙角。突然，李全英从枕头下抽出一把剪刀，对着自己的胸口，吼叫着不要打针，否则就一剪刀扎进去。医生吓坏了，只好让步，说不打针可以，但要吃药，李全英点头同意了。

医生让男陪护将针筒扔出门外，李全英这才放下剪刀。医生让李全英张开口，喂药。李全英说我自己吃。医生说不行，我要看着你吞下去。李全英张开口，医生将药片塞到她嘴里。男陪护端来一杯水，李全英喝了几口水，药片下了肚。

接走李全英，崔思康以为稳操胜券了，让他万万没料到的是又一个大坑挖好了，正等着他往里面跳。挖这个大坑的就是他的表舅子汪柱子，其帮凶就是被他收买的陶院长和他手下的两个医生和护士。一场更大的危机摆在崔思康面前，可他还全然不知。

四六　烫手山芋

在玉泉集团总裁办，警报已经拉响，预案已经启动。吴雪姣手忙脚乱，既要帮卢晓明收拾行李，为他准备好护照和机票，还要激活香港汇丰和瑞士苏伊士银行的银行卡。

在这乱糟糟的时刻，汪柱子来了，只见他往沙发上一坐，跷起二郎腿，点着一支烟，悠悠地吐出一串烟圈，一派指挥若定、力挽狂澜的派头。他对卢晓明说："警报解除，把行李箱收起来，别让董事和员工们看了笑话，这么做不是卢总的风格！"

卢晓明和吴雪姣大喜过望，忙问这警报怎么解除的？汪柱子说已经秘密派人去精神病院给主治医师雷主任送去了进口特效药。这种药攻击中枢神经，症状是一小时后浑身抽搐，两小时后神志开始模糊，六小时后开始失忆。他看看手表说，估计这时候的李全英药性已发作了。

卢晓明欣喜若狂，一脚踢开拉杆箱说："吴秘书，退票。柱子，嘉奖你和你的弟兄们。"

汪柱子倒显得十分冷静，没有一丝高兴的样子。这件事他先斩后奏，故意让卢晓明虚惊一场。你卢晓明不是树大根深、一手遮天吗？你不是老谋深算、老奸巨猾吗？关键时刻我汪柱子也能露一手给你看看。

崔思康还在县精神病医院院长室等消息，只见陶院长慌慌张张地走进来，说李全英突然晕倒，浑身抽搐。崔思康一路小跑来到病房。病床上的李全英神志模糊，身体在抽搐。雷医生和女护士长在为李全英的身体做检查。

崔思康拉李全英的手,她竟毫无反应。他对众人说:"刚才还好好的,怎么一眨眼就成了这个样子? 陶院长,李全英如果有个闪失,这个责任你负不起。"

陶院长一改刚才唯唯诺诺的口气,突然间变得强硬起来。他说:"崔思康,我一口一个县长地尊重你,可是,你太没有自知之明了。凭什么你还对我指手画脚,发号施令? 你现在还是常务县长吗? 还主持玉泉县委、县政府的全面工作吗? 不,你什么都不是了!"

崔思康说:"你说得对,我什么都不是了。但是我恳求你们,尽快采取措施,将李全英转院抢救总可以吧?"

"你以什么名义这么要求? 你是病人的家属、监护人?"陶院长下了逐客令,"崔思康同志,病房重地,请你出去。"

雷医生和护士长将崔思康连拖带拉地推出门外,病房门重重地关上了。站在门外,崔思康痛苦地闭上双眼。陶院长的突然翻脸,掀起了他心潮狂澜。

恰恰在这节骨眼上,县委办公室赵恒儒接到了市纪委何处长打来的电话,他查问崔思康在哪? 再三交代,他的手机要二十四小时全天候地待机,怎么可以随便关机? 听得出何处长很生气了,不,是在发火! 这位市纪委的何处长是得罪不起的。于是,赵恒儒急中生智,编造了一个美丽的谎言。他向何处长报告,崔县长一早就到办公室里了,在写检查。刚才说是手机坏了,常常自动关机,去修手机了。何处长说,你转告他,马上向我报告他的位置、他的状态! 赵恒儒连连答应,好的好的,一定一定,马上转告。

赵恒儒正焦急之际,崔思康来电话了,他要赵恒儒立即让县急救中心派救护车,要不惜一切手段,哪怕是抢也要把李全英抢走!

病房里,李全英抽搐、颤抖、神志不清的症状有加重的趋势,这让陶院长慌了手脚,赶紧与雷医生、护士长紧急磋商。

陶院长问:"李全英怎么办? 快拿个主意啊。"

雷医生说:"是进口特效药,用药绝对没问题。难道是药性提前发作了？"

护士长说："从来没见到病人有这种情况。我担心就是保住性命，也成了痴呆人了。"

陶院长问雷医生："是这样吗？"

雷医生说："这种药攻击中枢神经。症状是一小时后开始抽搐，两小时后神志开始模糊，六小时后开始失忆。崔思康不是要将她转医院吗，同意，这是块烫手的山芋，扔掉算了。"

护士长顺水推舟地说："陶院长，李全英万一有个闪失，我们担当不起呀。崔思康把人接走，这不是天大的好事吗？求之不得啊。"

陶院长说："可是卢晓明总裁那里怎么交代？"

护士长说："这出戏演到现在，我们三人够配合了。"

雷医生："陶院长，你准备把这黑锅背到底呀？"

陶院长还在犹豫，县委办叫来的救护车到了，不由分说，崔思康和救护车上的医护人员将李全英抬上了救护车，迅速行驶在通往城区的公路上。

车内，李全英躺在担架车上，崔思康守在一旁。李全英突然睁开眼睛，轻轻喊了一声"崔县长"！崔思康又惊又喜，叫了一声"李奶奶"。李全英的声音很轻，崔思康将耳朵对着她的嘴才能听清楚。她说，年轻的时候他演过《红灯记》中的李奶奶。崔思康笑了，轻声地问她，这到底怎么回事？

李全英告诉崔思康，雷医生要打针，她死活不肯，就拿出剪刀和他们拼命。后来，她同意改吃药片，当着他们的面，将一把药片全吞下了肚。又背着他们，偷偷地全吐了。你崔县长不及时赶到，他们不会放过的。她感谢崔思康救了她一条命。崔思康说，你现在安全了，不用再提心吊胆了。

汪柱子开着丰田越野车，风驰电掣般地驶进医院大门。他蛮横无理地坐在陶院长面前，雷医生与护士长也在一旁，等待着汪柱子的怒火爆发出来。怎么办呢，吃人家的嘴软，拿人家的手软啊。

"愚蠢至极！"汪柱子兴师问罪了，"你们怎么可以让李全英转院呢？卢总发火了！"

陶院长可怜巴巴地说："他们拿着县委办的信，盖着红彤彤的印戳子，我是胳膊扭不过大腿呀！"

汪柱子说："疯老太婆抽风有什么可怕的？你们都束手无策，简直是酒囊饭袋。崔思康已停职审查，这是一条落水狗，不能让他再爬上岸来。"

汪柱子在陶院长、雷医生与护士长的陪同下走进了病房。环顾室内，汪柱子看到的是脏乱差，还有阵阵恶臭。他猛地掀开被子，里面有一堆呕吐物，还有几片没消化的药。几个人顿时呆若木鸡。

汪柱子甩手给了陶院长一巴掌："你，你坏了我们的事！"

陶院长被汪柱子的一巴掌打蒙了，但是他不敢反击，他知道汪柱子背后站着卢晓明。当初谈好这个交易时，汪柱子毫不犹豫地为他儿子刚买的婚房支付了首付款一百六十万元。无奈，他只好把一肚子气发到护士长身上："看你办的什么事？好处大家拿，黑锅我一人背。"

护士长满腹委屈地说："我明明看着疯婆子把药吃下去了，还喝了几口水，雷医生也在场。"

雷医生捂着鼻孔，用一根筷子翻了几下呕吐物，说："别紧张，我给李全英服用的是五粒药，这里只有三粒，说明还有两粒进入到她肚子里，现在正进入她的血液中。好戏在后面！"

崔思康是个有头脑的人，他知道李全英"假服药，真装病"的把戏一旦败露，后果不堪设想。胡萌萌、肖强强是怎么死的？王长根又是怎么变成植物人的？这些都让人不寒而栗。

李全英为什么装成神经病？抵制拆迁这是主要原因。但是她背后有没有人指使？崔思康将李全英接出来，是为了兑现市委给他三天的承诺，也是和戴国权给他三天期限赌一把。他虽掌握了李全英吃假药的证据，但并不等于她会低头，这个老太太的犟脾气他是领教过的。

　　李全英今天的表演十分成功，连县精神病院的陶院长、雷医生和护士长都被骗得信以为真。但是李全英最大的失误是呕吐物没有处理好，她也不应在救护车上过早露出自己的真面目。

　　过了一会儿，李全英上了崔思康开来的那辆车，崔思康接通了王三毛的手机。李全英对王三毛说，我离开那鬼地方了，正坐在崔县长的车上回家去。她对王三毛说，崔县长是个好人，不是你说的那种坏人。王三毛说，对崔思康你什么都别说，什么都不能说，防着点，我信不过他。

　　车子路过玉泉湖时，在湖边停了下来，崔思康将李全英扶下车，两人漫步在一条宽敞的湖滨大道上。眼前一片湖光山色，水天一体，近浓远淡，像一幅水彩画。李全英放眼望去，舟帆点点，水鸟飞翔，风景怡人，心情舒展开来。崔思康说："你在医院里待久了，带你到这儿来散散心。你看，风景多美！"

　　李全英深吸一口新鲜空气说："好久没到这来了，变了，道路变了，湖四周的住房、绿化都变了。"

　　"只有一样没变，那是湖水。"崔思康将李全英拉坐到湖边的长椅上，拿出两只玻璃瓶，又表演拿手好戏"湖水PK自来水"的小试验。李全英看得很入神，微微的笑容，像秋天绽放的一朵墨菊。

　　崔思康说："李奶奶，我第一次看到你在笑。"

　　李全英说："我的笑比哭还难看是吧？"

　　崔思康说："不，你的笑让人感到温暖、慈祥。"

　　李全英说："都说老百姓要拍当官的马屁。你这个当县长的，怎么拍起老百姓的马屁来了？"

　　"因为你的笑和当年一样甜蜜。"崔思康说，"我给你看样东西。"崔思康拿出一张老照片，照片上是年轻的李全英，扎着大辫子，扛着钢枪，胸前戴着一朵大红花，美丽的笑容像盛开的花朵。

　　李全英惊奇地问："哪来的？"

　　崔思康说："你的档案里的。"

那个时代，是李全英闪光的年华。她似乎听到了打靶场上阵阵的枪声，看到了流动的标靶一个一个地被击中倒下。李全英看着照片，沉浸在幸福的回忆里。

崔思康问："李奶奶，实话告诉我，你为什么装病呢？"

李全英说："我总以为自己没病，可医生说我有病。"

崔思康步步紧逼："是哪些人说你有病？他们为什么说你有病？"

"别问了！"李全英突然大叫一声，"我不知道，不知道……"

崔思康将车开到马王镇的安置小区。这是新开发的楼盘，为了安置拆迁户，镇政府租借了三百多套，因此这里成了安置小区。贾乐福在门口等着崔思康。停车后，贾乐福为李全英打开车门，搀扶她下车，告诉她，这是崔县长为你安排的新家。

这是一套两居室、一厨一卫的安置房，里面整齐干净，空调、家具应有尽有。

"妈——"王三毛从外面推门进来，"你怎么样了？"

"三毛，今天多亏了崔县长，"李全英说，"要不真的……"突然，李全英的身躯摇晃起来，晕倒在地，口吐白沫，浑身抽搐。

王三毛喊道："妈——"

崔思康也喊着："李奶奶——"

贾乐福奇怪了："刚才还好好的。"

"王三毛，"崔思康问，"你妈妈是不是又在演戏了？"

"演戏？"王三毛勃然大怒，"你在胡说什么？她突然晕倒，口吐白沫，浑身抽搐，这是装的？你说的还是人话吗？"王三毛一把揪住崔思康的衣领，"你到底搞的什么名堂？我恨不得揍扁了你！"

"放开！"贾乐福阻止道，"王三毛，你敢打县长？"

"什么县长？狗屁！"王三毛大爆粗口，"崔思康，你现在什么也不是了，是审查对象，是落水狗。你想爬上岸是不是？你想翻盘是不是？我不是你的救命稻草！"说着，王三毛挥起了拳头。

崔思康指指胸口，厉声道："来吧，往这儿打，保证不还手！"

贾乐福拼命拉住王三毛的胳膊吼道："三毛，放下，我打120，叫救护车！"崔思康不由分说，背起李全英，大步走出门去。

神经科的值班医生是医学院毕业才两三年的大学生，缺乏临床经验，对李全英的病症有点束手无策，经过血检，发现各项指标没有异常。于是开了镇静之类的针水，输液后，李全英的身体抽搐并没有减轻，特别是自主意识十分紊乱，看到王三毛，一会儿称之为儿子，一会儿又说不认识，称之为小帅哥。

王三毛看到母亲的现状十分气愤。他给陶院长打电话，责问李全英为什么变成这样？陶院长听到这个信息，喜出望外，坚持说你母亲我们特殊待遇，一直服用你送来的药。至于她现在的症状，你去问崔思康。

李全英的风云突变，让崔思康很沮丧，有一种走投无路的感觉。

贾乐福问："李全英和王三毛是不是还在做戏？"

崔思康说："我也糊涂了。请个专家，给李全英再检查一下。"

"查什么查！"贾乐福跳起来，"别再把钱扔进水里了。我们费尽心机，最后还是竹篮打水一场空。看来李全英不可能在拆迁协议上签字了。"

崔思康说："事情本来有了转机，可是风云突变。有人说拆迁是天下第一难，现在我真的体会到了。看来，我的承诺不能兑现了，难道只能让他们执行修改方案？"

贾乐福说："崔县长，说句话你别生气，既然停了你的职，你就不要再操这份心，剩下来的事我来做。想执行修改方案，没门儿！"

崔思康注意到，贾乐福说这话的时候，紧攥着拳头，一股怒火要迸发。可他除了强拆，还能有什么高招？强拆很简单，挖土机、推土机开过去，不用一小时，王氏杂货铺就会变成废墟。可是这一拆，人心就被拆掉了。他崔思康对三百多拆迁户的承诺，将会化成一缕青烟。

百般无奈之中，崔思康背着贾乐福，拨通了秦慧楠的电话，将李全英的情况和他面临的被动的局面，一五一十地做了汇报。他还说："我现在真的是山穷水尽,走投无路了,只能向你求助。"

秦慧楠不以为然地笑了,说:"当一个人被逼到极致,证明反弹的时候也快到了。"

李全英的状态,让戴国权为之一振。崔思康这下没戏了,别说三天,就是三十天,他也拿不到李全英签字的拆迁协议了。一切均在他的掌控之中,玉泉湖二期引水工程执行修改方案,已排除了最后的障碍。于是,他提前进行重要的人事调整:将县发改委主任蒋德铭提拔为玉泉湖引水工程执行指挥长,代表县委、县政府,全权处理工程事宜。

蒋德铭受宠若惊,谦虚地说自己不行。戴国权说怎么不行?你是河海大学高才生,是水利内行,放心大胆地干吧,我站在你身后支持你。接着,他向蒋德铭面授机宜:明天上午十点,引水二期工程招投标预备会一定要开好。如果明天上午十点前崔思康没有拿到李全英拆迁协议的签字,就正式宣布引水二期工程执行修改方案。

距市委调查组撤离玉泉县还有三天时间,马王镇党委书记贾乐福准备干傻事了。他要以行政执法的名义,对王氏杂货铺进行强拆,将它夷为平地!这个钉子户堡垒的最后攻破,非他贾乐福莫属!

早晨六时,镇政府大院内,上百名城管和保安身穿"行政执法"黑色制服,每人手执警棍,黑压压一片。贾乐福头戴安全帽在队伍前讲话,身边站着城管队长。贾乐福说,养兵千日,用兵一时,你们冲锋陷阵的时候到了!今天,我们的任务是拔钉子,坚决拔掉以王三毛为首,阻挡引水二期工程的这颗钉子。

贾乐福接着说,大家不要担心,今天的行动由我负责,出了问题我负全部责任,与你们无关。明白了没有?众人一声呼喊,明白!随即,贾乐福右手一挥,发出命令:"出发!"

城管和保安队伍跑步走出镇政府大门,脚步声惊天动地。队伍行至街上,两台推土机和一台挖掘机加入了行列。浩浩荡荡,这支队伍很快来到王氏杂货铺院子门前,此时门口已聚积了一批看家护院抵制强拆的群众,他们手里拿着木棍、钢管,一个个虎视眈眈,一副玩命抵抗的架势。

城管队长说:"贾书记,这些人都是盯着王三毛的三十七颗钉子户代表,他们以王三毛为挡箭牌,向政府叫板。"

贾乐福说:"喊话,让他们散开!"

镇城管队长一手举起电喇叭,一手举着盖着大红印章的执法文件,扯着大嗓门喊着:"大家注意了,我们是镇城管队,是奉政府领导的指示,前来行政执法的!请大家立即散开,配合执法!"可是让贾乐福气恼和遗憾的是王三毛不在家。

有一个群众站出来说,崔县长几次在拆迁动员大会上说过,只要他在常务副县长这个位置上,玉泉县不会出现强拆。前些天,崔县长还表态,一定拿着王氏杂货铺的产权主人李全英签字协议,再进行拆迁。你们政府的人说话,还有没有诚信?

"反对强拆,保卫家园!"众人高呼口号,一浪高过一浪。

城管队长有点慌了,问怎么办?贾乐福咬咬牙,命令动手。一声令下,城管和保安人员举起盾牌、警棍朝人群逼近。几十个钉子户也紧握木棍,准备迎战。一场冲突,正在逼近。

这时,一辆轿车和两辆警车开过来,车上走下戴国权、蒋德铭等人。戴国权下车就责问贾乐福,你想干什么?贾乐福说,王氏杂货铺刁难政府,阻碍引水二期工程的拆迁,已经到了忍无可忍的地步。今天必须采取强制措施,把这座小楼拆了!戴国权十分威严地说,玉泉县不准强拆,这是崔思康同志立下的规矩,难道你想破了这个规矩?岂料贾乐福却说,崔思康停职检查了,我不听他的!

戴国权和蒋德铭知道贾乐福是崔思康的铁杆和心腹,今天的强拆,是崔思康的无奈之举。拿不到李全英的签字,他只能躲在幕后,让贾乐福冲锋陷阵了。戴国权也不是吃素的,拿出撒手锏,他要贾乐福撤出队伍,否则就地免职。

如果说戴国权是犟铁头，那么贾乐福就是个铁头犟。他无所畏惧地说，就地免职，口说无凭，拿红头文件来。没有红头文件，我还是马王镇的党委书记兼镇长。

马达又轰鸣起来，城管和保安随着推土机、挖掘机，向王氏杂货铺发起进攻。拆迁户们手挽手护住王氏杂货铺大门口，一场冲突随即爆发。此时已经赶到现场的崔思康从人群中走出来，他喊话贾乐福，全都停下！崔思康的出现，贾乐福并不奇怪。他说你真不该来，这事你也管不着。你什么也不是了，我的决定我负责，今天豁出去了，天王老子也别想阻止我！他命令队伍继续前进。崔思康冲到推土机前，吼叫道，来吧，往我身上轧！贾乐福这才挥手，城管和保安及推土机停止了前进。马达熄火，现场一片寂静，众人将目光投向了崔思康。

戴国权说："思康同志，你来得正好，解铃还须系铃人嘛。"

"国权，我本不想来，也不该来，可是我不得不来。"崔思康走到被拆迁的群众面前，"乡亲们，我是来道歉的。前几天我曾经向大家许诺，一定拿着产权人的签字来拆王氏杂货铺，可是我现在做不到了。昨天，我把李全英奶奶从医院接回来，她的精神状态一直很正常。我带她去游了玉泉湖，她很高兴。当年她是出色的女民兵，是位曾经对社会做出贡献、受人尊敬的老人。在两个多小时之前，她突然发病了，我敢肯定，她绝不是以装病来拒绝在拆迁协议上签字。现在的我，面临着失信，这对我来说是非常痛心的。政府官员没有信誉，寸步难行！这条街上，现在还剩你们三十多户没有签协议，我恳求大家，顾全大局，早日签字。为了国家节省十亿开支，为了马王镇的五千亩良田和吴王坡古迹，我跪求父老乡亲们了。"

说罢，崔思康要跪下，被贾乐福一把拉住。他说，真的要跪呀，成何体统？这些泼妇刁民不配你下跪！崔思康说，我没有法子了，只有这一招。

马王镇的对峙，并没有因崔思康挡在挖土机前而缓解。双方的人马还在继续守着各自的阵地。

这次，贾乐福这个犟铁头是犟到底了，他已横下一条心，他说天塌下来，一切让我来承担。今天这王氏杂货铺，非夷为平地不可。只要我还是马王镇的党委书记、镇长，就绝不在修改方案上签字。这时站在一旁的戴国权插话说，贾乐福同志，你还有组织性、纪律性没有？你要有大局意识，看齐意识。我已通知公安、武警清场。限令你五分钟内退场，否则一切后果你负责。

这时，郑介铭一身休闲装突然出现在人群中，只听他说："戴国权同志，公安、武警清场，谁给你的这个权力？"

戴国权惊讶地："郑书记！您怎么来了？"

郑介铭说："我早就来了。我倒要看看，在引水工程这块大肥肉面前，各路人马是怎么登台表演的？"

突然，马达轰鸣，打破了现场的寂静。一辆重型挖掘机隆隆地开过来，直冲王氏杂货铺小楼，众人惊奇地发现，驾驶挖掘机的竟是王三毛！

四七　阳谋

俗话说"浪子回头金不换",王三毛就是浪子。这个马王镇"钉子户的爷",自己开着挖掘机,是来拆自家王氏杂货铺二层小楼的。这个一百八十度的大逆转,现场的几百号人,包括崔思康、贾乐福、戴国权等人在内,都万般惊讶,难以置信。

王三毛从驾驶室里走出,站在挖掘机的铁臂下,面对拿着木棍、铁棒支持他的群众,声情并茂地说:"乡亲们,你们的好意我心领了,请大家千万别冲动。十年前大旱,我哥哥王大毛为了抢邻村的水,发生了械斗,送了性命,这血的教训不能重演了!乡亲们,人心都是肉做的,我王三毛绝不是冷血动物、铁石心肠。秦慧楠部长,这么大的领导,几次看我母亲,端水喂药,极力照顾。今天一大早,她又带来专家医生,为我母亲会诊。特别是我在龙门隧道排水工程出了问题,我被关进了看守所,秦部长为我取保候审签字,担保!还有崔县长……他们为的什么?为的是让玉泉县的人们和子孙后代喝上干净的水啊……"

王三毛抹了一把泪水,走到拆迁钉子户的面前继续说:"乡亲们,我不是你们的挡箭牌,我也不做别人的挡箭牌,更不能代表你们。今天,我自己把这小楼拆了,你们看着办吧!"

王三毛要登上驾驶室时,秦慧楠和杨娟推着轮椅走过来,轮椅上坐着李全英,只见她手里捏着房本、土地证,霎时全场震惊,沸腾起来。

"乡亲们,同志们——"秦慧楠从城管队长手里拿过电喇叭说,"在专家医生的努力下,李奶奶的意识有了恢复,可她的语言障碍还没有排除。我们费了好大的劲,才弄懂了她的心思。她把王氏杂货铺的房本、土地证一直带在身边，因为这是她的命根子啊。现在她要把这两个本本交给儿子，她要回家看一看，最后看一眼自己的家。我们知道，这座小楼是李奶奶大半生的心血。刚才，李奶奶的邻居告诉我，三毛还没结婚成家，这王氏杂货铺原本是留给未来儿媳妇的。李奶奶，我说得对吧？"

李全英点头："啊，啊……"

秦慧楠说："这小楼怎么办？我是这么想的，还是耐心等待李奶奶的意见，我相信她的头脑和意识，一定会清醒过来的。"

顿时，全场掌声雷动，叫好声响成一片。

"秦部长，不要再等了。"王三毛态度坚决地说，"我母亲将两证交给我，就是对我的授权。"他对围在小楼门口的钉子户们说，"你们给我让开！"钉子户们撤离了门口。

"三毛，等一下。"秦慧楠走到小楼门口，对众人说，"旧的王氏杂货铺没了，我相信，新的王氏杂货铺一定会建起来的！以后我个人也想在新的杂货铺投点股。"众人大笑，掌声经久不息。

郑介铭说："我建议，大家陪李奶奶在王氏杂货铺前合个影怎么样？"

众人齐声喊好。秦慧楠和杨娟将李全英的轮椅推到小楼前，郑介铭、崔思康、戴国权、贾乐福、王三毛等人分站两旁，不少人举起手机，记录下了这一激动人心的瞬间。

拍完照，王三毛跳上挖掘机驾驶室，马达轰鸣。挖掘机伸开臂膀，向王氏杂货铺大门挺进。轰的一声大门被撞翻，接着几声轰响，小楼的屋顶被掀开，院墙被推倒，全场的人欢呼雀跃。

王三毛这边的举动，戴国权以最快的速度传给了卢晓明。气得卢晓明当着吴雪姣、汪柱子、小胡子等人的面，摔碎了一只价格不菲的紫砂茶杯。众人站立一旁，大气都不敢出。

吴雪姣说："卢总，别气坏了身子。王三毛拆掉王氏杂货铺，一定是遭到了秦慧楠的巨大压力，是无奈之举。"

"别为他开脱!"卢晓明对吴雪姣瞪着眼睛说,"他在背叛我,知道吗?"卢晓明冷却了一下发热的头脑,"今天,你们几个都在,我把话挑明了,现在我们是利益共同体,同在一条船上。如果这条船沉了,我们、你们,还有没见过的一直帮助我们的人,都要完蛋……"

卢晓明拿出钥匙,要吴雪姣把保险柜打开。吴雪姣打开保险柜,拿出一只档案袋。卢晓明从里面抽出一张他和李全英的合影照片,还有一张三百万元的收据。为了破坏崔思康的拆迁计划,实现他的商业利益,他向李全英支付了三百万。王氏杂货铺这座堡垒被攻破,卢晓明清楚地知道当前的形势发生了对他不利的逆转。玉泉湖二期引水工程执行修改方案已经不可能。他现在只能变攻为守,守住玉泉集团不出事,保住自己的阴谋不被揭露,争取在引水二期工程中切一块大蛋糕。

王三毛拆了自家的小楼,为引水二期工程的拆迁扫除了最后的障碍。他知道此举彻底得罪了卢晓明。转而一想,得罪了又怎么样?从情理上讲他王三毛不能与政府再对抗下去了,因为这是以卵击石。从道义上讲,他顾全了大局。尤其是有秦慧楠、郑介铭等市领导做靠山,卢晓明再树大根深,再一手通天,谅他也不敢拿自己怎么样,大不了对我马王管道公司停止收购。可是,王三毛不知道他妈妈李全英和卢晓明有个抗拒拆迁的秘密交易,更不知道危险正在向他们母子逼近。

秦慧楠对王三毛拆了自家的小楼,感到意外,也感到欣慰。从拆迁工地将李全英送回安置房,秦慧楠、杨娟和贾乐福一直帮王三毛推着轮椅,直到上了电梯,回到王三毛家中的客厅里。

李全英依然说不出话来,还是"啊,啊"地哼着,叫着。察言观色,秦慧楠判断这次她好像不是装的,小楼拆了,矛盾化解了,她不需要演戏了。可是秦慧楠的判断恰恰错了,李全英还是继续她神经病的表演,因为她和卢晓明的三百万的秘密交易绝对不能说出来。

安顿好李全英,秦慧楠把王三毛叫到阳台上,询问他的"石头功"。那是在看守所,一次放风时,他孤独地站在一个角落里抽香烟,几个囚犯向他要烟抽他不给，之后便大打出手。王三毛被逼，顺手甩出两颗石子，将两个囚犯击倒在地。没想到这事让秦慧楠知道了。

王三毛问："秦部长，这个小事你也知道？"

秦慧楠说："王长根是有人用石头击倒的，目的是制造一起'见死不救'的闹剧，陷害崔思康；垃圾站方大爷，被人用石头击倒在熊熊的大火里，其目的是灭口。经公安部门鉴定，这两颗石子出于同一个凶手。"

王三毛立即说："绝对不是我干的，相信我。"

"公安部门经过秘密调查，这确实与你无关。"秦慧楠目光犀利地看着王三毛，像两道电波，直刺他的心窝，"告诉我，在玉泉县谁还会石头功？"

王三毛避开了秦慧楠的目光，扭着头说："我真的不知道。"

秦慧楠的判断完全正确，王三毛说了谎。跟他学过石头功的还有另外一个人，这人就是小胡子胡子明，是他收过的唯一的徒弟。王三毛之所以没有向秦慧楠说真话，是怕事态扩大，引火烧身。他知道小胡子的厉害，那是个杀人不见血的魔鬼。

王氏杂货铺已成废墟，王三毛坐在残壁断垣上，掏出烟盒，里面是空的，他将烟盒揉成一团。这时崔思康走了过来，坐到他身边，拿出一包中华烟。这是他刚到对面小超市买的。王三毛抽出一支香烟，崔思康掏出打火机，打着了火。

王三毛抽了一大口，悠悠吐出烟雾："崔县长，我们的事扯平了。"

"没有。"崔思康说，"假如你举报我的问题不是事实，知道后果是什么？"

王三毛问："如果我举报不实，你会反告我诬陷罪，再将我送进大牢？"

"不，向我道个歉就行了。"崔思康说，"还有个条件，找个能和你同甘共苦的女人，早日成个家，照顾好你的母亲。能做到吗？"

王三毛说："找个女人容易，找个同甘共苦的女人就没把握了。"

崔思康说:"找女人,不就是靠一个'找'字嘛。看中了哪个女人告诉我,我替你牵牵线,搭搭桥。"

崔思康的一席话,说得王三毛心头沉甸甸、暖烘烘的。

汪柱子、小胡子没闲着,他们对王三毛来了个突然袭击,带着省神经科专家于博士来到王三毛的新家,强行检查李全英的病情。如果李全英果真患了精神病,那就放她一马,否则就采取断然措施。李全英是个明白人,想活命就得继续装疯卖傻,这是她的拿手好戏,连于博士也真假难辨。最后,别看于博士是个白衣天使,却是个狠角色,使出了狠招。他用牙签粗细的钢针猛扎李全英的手心,想不到李全英没叫一声痛,反而哈哈大笑,连说再来一下。吓得于博士连呼:"疯了,这个老太婆真的疯了!"

距市委调查组撤出玉泉县还有最后一天。这天下午二点,任大年望着调查组的牌子,在门口徘徊、犹豫了一下,想把"东山市委调查组"的牌子摘下来,刚伸出手,想想又缩了回来。

优柔寡断,是任大年不可克服的毛病,也是他的护身符。在市委组织部,任大年是个远近闻名的"不倒翁"。七年前他从科长提拔为副部长,直到今天原地踏步,毫无长进。包括周源、秦慧楠在内,他这个副部长已陪伴过三任部长。他不被提拔也不调动挪窝,主要原因有两条:一是他开拓性、担当性较弱,总是借领导的头脑来思考问题;二是他是个"老组织",经验足,人头熟,很听话,是一把手爱不释手的"拐杖"。

秦慧楠到任后,一连串发生的事,让任大年措手不及,应接不暇。他借领导的头脑来思考问题的办法不管用了,于是重新启动了自己的头脑,这才发现自己的头脑根本不管用。他现在思考的问题是两个多月来"市委调查组有必要成立吗"? 走了一大圈,发现又回到了原点,市委调查组撤走,等于宣布过去所做的一切不了了之,反而制造了更大的矛盾。如此崔思康面临的对手将会更加嚣张,玉泉县将会不得安宁。

正当任大年和杨娟争论市委调查组的牌子摘不摘时,秦慧楠和邓亦先走过来，邓亦先夹着一块红绸布包着的牌子。

秦慧楠问："二位在门口谈论什么呢？"

杨娟说："秦部长，我和任部长在争论，这块牌子是现在还是明天摘下来。"

秦慧楠说："现在就摘吧，执行市委决定，我们不折不扣。"

任大年说："秦部长，我担心这牌子摘下来的后果……"

秦慧楠说："大年同志，说摘就摘，咱们说话算数。"

"好，我来摘。"任大年说着，摘下了调查组的牌子。

接着，邓亦先在原来的位置挂上一块红绸裹着的牌子说："现在，请东山市市委常委、组织部部长秦慧楠同志揭牌。"秦慧楠扯下红绸布，牌子上写着"东山市委组织部考察组"。杨娟拍手、惊叫，啊，考察组！任大年说又回到了原点，果然不假。秦慧楠意味深长地说着，这叫"雄关漫道真如铁，而今迈步从头越"。

一辆大众越野车刚开进东山市委大门时，罗西来从门卫室里走出来拦住了车。当车玻璃摇下时，出现了朱明远的面孔。

罗西来上车，关上车门就气呼呼地说，谁同意市委驻玉泉县调查组改头换面成了考察组？明天市委调查组应该撤出玉泉县，可秦慧楠变着法子把调查组改成考察组，这是明摆着不撤出玉泉县。朱明远说，秦慧楠是市委组织部部长，她执行的是市委的决定，考察干部她不管谁管？

罗西来很不高兴，对朱明远说，向你提个意见，我反对你的中间路线、中庸之道。实践证明，秦慧楠做市委组织部部长不称职，你应该向省委反映。再说了，戴国权同志作为县委书记候选人之一，已经考察过了。崔思康不行，他自然而然地顶替上去，还再考察什么？这不是多此一举吗？

面对罗西来的激烈的批评，朱明远还是保持着相当的耐心、克制和宽容。他说前面的推倒重来，又是新一轮的考察，还要增加候选人，慧楠同志请示了省委组织部。罗西来说，什么请示？这个女人会来事，拿着鸡毛当令箭！

朱明远拿出一份文件，诡秘地一笑说，我向省委要了一个去中央党校培训的名额，参加人员要求是市委常委。

罗西来恍然大悟，七个常委六个去过中央党校培训，只有秦慧楠没去。这个朱明远，总是深藏不露，偶尔露峥嵘。他的脸色瞬间多云转晴，方才充满怨气和不满的目光，换成了钦佩和感激。处事不惊，左右逢源，寻找对策，出其不意，这是朱明远工作作风的特色。相比之下，他才感觉到自己和朱明远之间的差距，于是奉承着说，这是一步妙棋啊！她什么时候走？

朱明远说，明天和她谈话，后天移交工作，大后天去报到。罗西来奉承地说，高人就是高人，和你相比，这就是差距，你让我望其项背啊！朱明远正色道，我提醒你，安排秦慧楠同志去中央党校学习，这是正常的工作安排。不要联想，更不要过度解读。

市委调查组变成考察组的事，是赵恒儒首先发现的。他走到门口，看着牌子，摇头晃脑地对任大年说："哟，任部长，又换牌子啦？"

任大年说："什么叫又换牌子啦，把我们当成产品了，卖不出去换换牌子？"

赵恒儒连忙解释："任部长，我可不是这意思啊！"

任大年说："这叫作从头越，回到原点再出发。懂吗？"

两人走进室内。任大年说："你来得正好，县直机关的推荐表，你们赶快发下去。"

赵恒儒说，他就是接受任务来拿推荐表的。杨娟提出一个纸箱子，给了赵恒儒五千份推荐表，还有发放的清单和填写的要求。任大年说，这次县委书记候选人推荐表，推荐的面比上次扩大了一倍。要注意对被推荐人的要求和提高推荐表的回收率。他要赵恒儒召开一次会，他去讲一讲具体要求。

赵恒儒提着装有推荐表的箱子刚走出去，秦慧楠、周源从内间办公室走出来。秦慧楠说，欢迎周书记光临我们考察组。周源说，不是光临，是归队。明远书记说了，我那提前退休报告要想批准必须有个条件，协助慧楠同志把玉泉县委新书记、好书记早点选出来。同志们，雄关漫道真如铁，而今迈步从头越啊。

秦慧楠说，有周书记在，我心里就有了底。我们这个组，从"调研"变成"调查"，再从"调查"变成今天的"考察"，充分表明我党对一个县的当家人的选择是极其慎重、认真、负责的。

周源看了一眼推荐表说，原来的两个候选人，崔思康恐怕不行了，可戴国权没什么问题，是否在推荐表里提示一下？任大年说，推荐表里没有提示推荐谁，考虑是上面不带观点、不带倾向，扩大党内的民主。秦慧楠补充说，是让这次推荐的新候选人都站在同一个起跑线上进行竞选。

玉泉集团有职工一万五千多人，其中党员九百多名。秦慧楠决定，给玉泉集团的每个党员发一份推荐表，她亲自送去，组织党员推荐。对这个决定，周源没发表意见，但是心里却开了锅。以前的县级领导干部的推荐考察，只是在机关内部进行，几乎没有征求过企业党员的意见。秦慧楠的这一做法，是不是对他过去做法的纠正？是不是对他过去做法的变相批评？他想一定是的。于是，他对秦慧楠的认识，又深入了一步。

这天下午，郁浩民从轿车里走出来，后面跟着秘书李冬和朱明远。省委书记郁浩民的突然到来，让秦慧楠等全体考察组人员兴奋不已。他们总结出经验，凡是关键时刻，这位大领导就出场了。自从郁浩民到中央党校学习，他要调离江东省的传闻纷纷扬扬。无论从个人情感还是从工作关系来说，秦慧楠都不希望他调离江东。

郁浩民说："昨天中央党校学习结束，我回来了，就往你这儿跑。"

秦慧楠说："这是个利好消息，放在股市上，肯定是涨停板。朱书记，你说呢？"

朱明远有点言不由衷地回应着："是，是啊。"

郁浩民说，有人传言说我要走了，说得有鼻子有眼睛的，可那是没影子的事。江东还有很多我没办完的事，我不能拍拍屁股一走了之。我一回来，省委常委们都让我赶快下来搞调研，我调研的课题就是要和慧楠同志共同完成的课题——《用清官、用好官，水清鱼更多》。

正说着，任大年捧着一大摞回收推荐表走进来。秦慧楠告诉郁浩民，说玉泉县新县委书记候选人的推荐、选拔推倒重来了。这是在县直机关投放的五千份推荐表。任大年报告，五千张推荐表回收率百分之九十八。

朱明远说："我关心的是结果。"

任大年说："五千份推荐表里尽管没有崔思康的名字，竟然还有三千八百一十二名党员投了崔思康的赞成票，占投票总数的百分之七十六。结果一出来，我都不相信自己的眼睛了。"

已成"落水狗"的崔思康，在县直机关五千名党员的民意测验中，居然获得百分之七十六的赞成票，这是奇迹！秦慧楠问："戴国权呢？"

任大年说："一千张赞成票还不到。"

众人一下子沉默了，都低下头，生怕撞上郁浩民犀利的目光。

郁浩民问："你们怎么不讲话了，都在想什么呢？"

朱明远说："这个结果太让人意外了。"

郁浩民问："周源同志，我听说崔思康是你一手培养的标杆？"

周源颇为尴尬地回道："是啊……可是他一会儿风一会儿雨的，我都看不清他是什么样的人了。"

郁浩民说："你这个组织工作的老前辈都看不清一个人了，我们这些门外汉不都成了睁眼瞎？我说过这么一句话，当你无法判断别人是好人还是坏人时，保证自己做一个好人就行了。这让我想起了一首民谣：天地之间有杆秤，那秤砣是老百姓。老百姓是天，我们就是地。我们在做，天在看。今天你们几位都在，趁这次调研，我有时间深入探讨一些问题。崔思康的情况我已听得不少了，这次我想听听你们对戴国权的看法。大家畅所欲言，不要说违心的话。"

朱明远说："我不隐瞒自己的观点，对戴国权同志的印象一直不错。

他有政治眼光,老练、稳重、冷静、低调,也能掌控全局。"

周源补充说:"特别是方方面面的关系,戴国权协调得十分周全,也很到位。他在玉泉县的企业、宣传界口碑也不错。"

郁浩民又问:"慧楠同志,你的意见呢?"

秦慧楠说:"我在思考这么一个问题:为什么有心栽花花不开,无心插柳柳成荫,这到底说明了什么?"

郁浩民说:"崔思康是花,戴国权是柳? 我看不能这么比喻。对一个人的评价,口碑自在民间,公道自在人心。我这次来,要见一下崔思康。"

众人又是一阵惊讶。朱明远劝说,郁书记,崔思康正在停职检查期间,这不太妥当吧? 郁浩民说,有什么不妥,五千份推荐表,一个正在接受腐败调查的崔思康,却有三千八百一十二名党员推荐了他,冲着这一点,就有调研的价值。慧楠同志,你安排一下。秦慧楠马上应道:"我马上就安排。"

一个不好的消息刚刚传到戴国权耳朵里,省委、市委书记来了,直奔市委考察组,没有通知他这个玉泉县"看守内阁"的头头,更没有召见他汇报工作。他在室内徘徊着,忧心忡忡。

这时,赵恒儒推门走进来问,省委、市委书记都来了,你还坐在这里? 戴国权强颜一笑说,我知道,不是在乖乖地坐等通知吗。他问推荐表的情况,赵恒儒说县直机关推荐结束,推荐表回收率接近百分百。戴国权表示,他不关心回收率,是统计结果。可是赵恒儒却回答,统计结果全是任部长掌握,属于机密。搞组织工作的人你是知道的,口风很紧,滴水不漏。

戴国权说:"县委书记的提拔任用,要过五关斩六将,所以民意就十分重要。我相信你能撬开任大年的嘴巴。"

赵恒儒嘴上答应"我去试试",可心里却嘀咕开了:你面子比我大,你自己怎么不找任大年? 他现在更加清楚地知道,戴国权想坐上县委书记这把交椅的心情比崔思康更加迫切。

下午四点多钟，雨过天晴。一条横穿青山绿水之间的高速公路上，秦慧楠和崔思康乘的两辆轿车一前一后到达玉泉湖引水工程的抽水泵站的大门口。崔思康风趣地问秦慧楠，紧急召见我的是何方神圣？秦慧楠用手一指说，你往那边看。

大堤上，郁浩民站在四条巨型输水管旁，正在弯着腰仔细查看着。是郁书记！崔思康又惊又喜。他大步走过去，激动地喊道："郁书记——"

"崔思康同志。"郁浩民说，"来，就在这管子上坐一坐，聊几句。"两人在输水管上坐下，郁浩民风趣地问，"听说你有两个儿子？"

"两个儿子？"崔思康马上恍然大悟，"对。一个儿子叫棒棒，一个儿子叫泵站，就是这里。"

郁浩民说："我听说你一个星期至少来这里检查一次，每次都戴上白手套擦机器，一尘不染。今天准备白手套了吗？"

崔思康说车上备着呢。他赶紧奔跑过去，从车里取出白手套，陪着郁浩民和秦慧楠走进高大的机房。郁浩民戴上白手套，在电机外壳上擦了几下，手套依然是白的，他高兴地微微一笑。

正值盛夏，蝉儿鸣叫，微风轻拂。玉泉湖的湖面上金光闪烁，碧波荡漾。湖四周的岸边，绿柳依依，百花盛开。水面上，有一群水鸭、白鹭在戏水，还有管理人员开着白色的小艇，打捞湖面上的漂浮物。郁浩民和崔思康漫步在湖边的大堤上。

郁浩民问："听说你是玉泉湖的湖长？"

崔思康说："本来湖长是老书记窦复兴，他走了，我接过了这担子。这是玉泉县一百万人民的母亲湖。"

郁浩民走到码头的台阶下，蹲下身子，用手拨了拨湖水说："听说这湖水可以直接饮用？"

"可以。"崔思康双手捧水，喝了几口。

郁浩民也喝了几口。他问："听说你动员拆迁、宣传引水工程意义的方法很特别。"

崔思康微微一笑，说："那是雕虫小技，不值一提。"

郁浩民说："耳听为虚，眼见为实，我想见识见识。"

崔思康跑到车旁，打开后备厢，拿出两只玻璃管，又开始了一次"湖水PK自来水"的表演。

这会儿，待在泵站外面的秦慧楠的手机响了，电话是朱明远打来的，他不放心的就是郁浩民和崔思康的见面，想了解详细情况。秦慧楠告诉他，浩民书记正在和崔思康谈话，她不在谈话现场。这时，朱明远正式通知秦慧楠到中央党校学习的决定，并强调后天一定要去报到。

听到这个决定，秦慧楠有一种突遭袭击的感觉。到党校学习是好事，可为什么偏偏在这节骨眼上？她知道明里是让她去学习，实质上是让她退出这场斗争，这说明朱明远开始疏远她了。

要不要把去中央党校学习的事告诉浩民书记呢？秦慧楠拿不定主意。

朱明远刚才和秦慧楠通电话，周源就站在他身旁。朱明远刚放下电话，周源就迫不及待地问秦慧楠是怎么回答的？朱明远告诉周源，浩民书记还在和崔思康单独谈话，没让秦慧楠参加。周源心想，谈话地点在引水泵站，秦慧楠被晾在一旁，浩民书记究竟打的是什么主意？

郁浩民没调走，从中央党校一回来就到玉泉，这让周源始料不及。他知道，一个好的政治工作者基本要素是坚守立场，坚守初心，坚守自己的追求和目标。可是他现在怎么了？崔思康真的一蹶不振了？戴国权真能替代崔思康吗？刚才朱明远告诉他玉泉县直机关推荐表中崔思康的支持率那么高，这又说明了什么？一直头脑清晰、政治敏感的周源此时像指南针掉到大海里，辨别不清方向了。

玉泉湖边，崔思康讲述已完毕，这种拆迁动员郁浩民还是第一次听到。他说："群众工作，大道理说了上千遍，不如求真务实地做一遍。我们说的做的是不是对群众有益，他们心里自然有杆秤！"

崔思康说："拆迁是天下第一难事，这也是逼出来的。"

郁浩民说："崔思康同志，你的情况东山市委和秦慧楠同志几次向我做了汇报。慧楠同志经过艰难努力，帮你推倒了一些不实之词，这是值得庆幸的。但是现在你面临的最大一道坎，就是一百万元银行卡的问题。这道坎迈过去，你就赢了，否则你就输了。反腐败一票否决，到时候任何人都救不了你。"

崔思康诚恳地提出："郁书记，我什么都不说了，只有一个请求，请求市委调查组在玉泉县再待几天。"

郁浩民一听，将秦慧楠招呼过来，奇怪地问道："怎么，调查组要撤？"

秦慧楠说："朱明远同志下了死命令，明天调查组必须撤出玉泉县。另外，通知我后天去中央党校学习半年。"

秦慧楠的话，引起崔思康十分强烈的反应。抽走秦慧楠，等于釜底抽薪，让他加快走向失败。郁浩民沉默着，脸色变得十分严峻。此时他不好表态，更不能表态。两辆轿车开过来，郁浩民和秦慧楠分别上了车。

崔思康伫立着，目送着两辆轿车离去，不禁流下了两行热泪。

四八　格雷欣法则

县直机关发放的五千份推荐表统计的结果如何，这让戴国权坐立不安。这时秦慧楠的电话来了，要找戴国权和她去玉泉集团，这让戴国权慌了手脚。为什么又去玉泉集团？她是不是发现了什么？

玉泉集团大厦的北面是一个广场，这里原来是个足球场，现在成了推土机、挖掘机、工程车的停车场。上百辆大中型工程车整齐停放，场面十分壮观。

广场上，几十名党员职工席地而坐，秦慧楠、杨娟在散发党员填写的推荐表。当秦慧楠问卢晓明有没有拿到推荐表时，卢晓明尴尬得脸都红了。他说："我正在要求进步，积极向党组织靠拢。"

杨娟发放推荐表时，戴国权满头大汗地骑着自行车来了。

一个中年员工迅速填好推荐表，交到秦慧楠手里，表格上推荐的是崔思康。秦慧楠叫住了那个员工，要问他几个问题："你为什么推荐崔思康？"

那个员工看看卢晓明说："卢总，让我讲假话还是讲真话？"

卢晓明说："开什么玩笑？讲假话也不挑个时间、地点。"

那个员工又问："讲真话不丢饭碗？"

戴国权插话了："有秦部长在，谁敢砸你饭碗？"

"好，咬紧牙关讲真话！"那个中年员工说，"我觉得崔思康这个人比较实在。我一共见到他三次，每次都在我们施工的工地上。有一次正逢吃午饭，他和我们同在一个汤锅里捞饭吃，临走还丢下十元饭钱。"

这时又有一个青年女员工将填好的表折叠后，交到秦慧楠手里。

秦慧楠问："你推荐的是谁，可以告诉大家吗？"

青年女员工说："共产党人从来不隐瞒自己的观点，我推荐的也是崔思康。理由是崔思康的婚姻充满着曲折和传奇，他挽救了遭到伤害的母子。为了这母子的两条性命，也为了他们的未来，他忍辱负重，敢于担当，是个好男人。"

秦慧楠大声说，此处应该有掌声。于是，广场上欢声笑语一片，爆发出热烈的掌声。

离开玉泉集团，秦慧楠步行在街上，戴国权推着自行车跟随其后。他问现在去哪？秦慧楠说去农贸市场，看看王秀芹。这时戴国权才知道王秀芹已经辞了玉泉集团的工作，又去卖菜了。

不知不觉，秦慧楠和戴国权来到玉泉县城的农贸市场。在一个摊点上，只见刘燕儿，不见王秀芹。刘燕儿说，她是帮王秀芹守摊位，这会儿她去了医院。

告别了刘燕儿，秦慧楠和戴国权走出农贸市场。秦慧楠问戴国权，从刘燕儿的钱箱里你发现了什么？戴国权说都是毛票，做小生意赚钱不容易。当问他还发现了什么时，戴国权说不上来了。秦慧楠提示说，你没有发现钱箱里没有一枚硬币吗？戴国权恍然大悟。但他不解的是秦慧楠为什么问这个怪问题？

秦慧楠问："知道'格雷欣法则'吗？"

戴国权摇摇头。秦慧楠告诉戴国权，十六世纪英国有个政治家叫汤姆斯·格雷欣，他在给女王的奏折中提出这样一个问题：如果向市场上同时投放两种成色不同的银币，那么成色高的银币就自然被人们储藏起来，逐步退出市场，而成色低的银币反而被人反复抛向市场，结果市场上只剩下劣币在流通。这一现象称为"劣币驱逐良币"，又叫作"格雷欣法则"。这种现象与自然界优胜劣汰正好相反，是一种"逆向淘汰"。

戴国权恍然大悟，原来是这么回事。纸币容易损坏、霉烂，大家都一个劲地流通出去。而硬币呢，不损坏、不霉烂，反而被收藏了。

秦慧楠说："'格雷欣法则'告诉我们，走俏的不一定是好货，不走俏的往往货真价实。"

戴国权尴尬地笑笑:"你让我长见识了!"

秦慧楠出其不意,来了个最后点题:"国权同志,这就是县直机关民主推荐的结果。"

戴国权频频点头,却似懂非懂。秦慧楠上了一辆出租车走了,望着远去的出租车,戴国权细细地品味着秦慧楠刚才说的话。"走俏的不一定是好货,不走俏的往往货真价实,这就是县直机关民主推荐的结果。"他越品越觉得不对劲,他问自己难道民意测验将我驱逐了?

一架从广西南宁飞来的波音客机,带着巨大的轰鸣,降落在东山机场,范琳琳出现在飞机的舷梯上。她戴着太阳帽、太阳镜,打着太阳伞,拖着行李箱,走出机场出口处。这个美人坯子,天生丽质,如果稍做化妆,那就更加光彩照人。她坐上出租车时,那位出租司机竟然称她为小姐姐。

出租车驶上了机场高速,嘴巴闲不住的司机开始搭讪了。说着说着,说到崔思康被市纪委带走,罪名是和他的表舅子合伙倒卖引水工程,吃了巨额回扣。

出租司机说这番话时,眉飞色舞,多少有点幸灾乐祸的味道。说到最后,他还不忘损了一下范琳琳。他说夫妻本是同林鸟,大难临头各自飞。崔思康这老婆也不地道,出了事拍拍屁股远走高飞。谣言本来是谎言,可是越传越真,最后有鼻子有眼,让社会信以为真了。但是范琳琳不露声色,继续套司机的话,问:"为什么把责任推到崔思康老婆身上呢?"

出租司机说:"小姐姐,我说了这么多,你咋整不明白呢?出了这么大的事,女人却失踪了,为什么不公开站出来为丈夫说个明白?如果是我一定和她那个表弟拼了。听说当年崔思康救了他老婆的命,为了这个女人,崔思康家乡的未婚妻可惨了,至今还是个老处女,没嫁人。如果我是那女人,早就高姿态离婚了,让崔思康和老处女完婚!"

街上，王秀芹驾着电动三轮车，车上装满了新鲜蔬菜。没注意路口是红灯，王秀芹闯了，警察拦下了她。这一拦太凑巧，王秀芹发现前面有一辆出租停下，车里走出一个酷似范琳琳的女人，拖着行李箱走向玉泉假日公寓的大门。王秀芹追上去，可那个像范琳琳的女人已经进了公寓的大门，不见人影。

不一会儿，刘燕儿来了，王秀芹像个哨兵似的站在大门口，注视着进出的人群。两人商量，要不要把这个情况告诉崔思康？王秀芹想来想去，认为是不是范琳琳还没最后证实，没有把握的事，还不能说。她让刘燕儿将三轮车开走，她自己就在大门口守株待兔，不信她不出来。

范琳琳虽说是玉泉人，却一次没到五星级的假日公寓住过。一跨进公寓大门，就被里面的楼台亭阁、小桥流水吸引住了。这哪里是公寓，分明是一个大花园。七绕八拐，费了好大工夫，范琳琳才找到了她要入住的房间。她拖着行李箱，按响门铃。

开门的是汪柱子，他热情地接过行李箱，范琳琳却冷着脸，走进室内。这是一套很上档次的公寓套房，是范琳琳让汪柱子预订的。这次回来，她谁也没告诉，就是冲着汪柱子来的。

汪柱子说，这里你尽管住，想住几天住几天。可是范琳琳将手包往茶几上一扔，厉声疾色地问道，你以为我是来旅游度假的？汪柱子说我知道，你是兴师问罪的。范琳琳火气更大了，问道，你什么时候给我一百万的银行卡了？证据呢？相比之下，汪柱子说话的底气明显不足，结结巴巴地反问，有什么证据说我没给你？

范琳琳气得胸口发堵，她知道光发火不行，对待汪柱子这种无赖必须用脑子。她强压怒火，语气也温和起来，说："我们不吵架，心平气和地谈一谈。"

汪柱子嬉皮笑脸地说："这是个好主意。"

范琳琳给汪柱子倒了杯水说："我知道，当一个人的失望大于希望时，他会在失望之中产生可怕的爆发力。你有一个当常务副县长的表姐夫，一开始寄予了过多的希望和期待。可是，这些年，思康对你缺少关照，更没有让你捞到什么好处，这让你大失所望。"

汪柱子说："姐，这话我爱听，你早该这么说了。"

"你想过没有？"范琳琳再一次压下升腾的怒火，"崔思康手里的权力是他自己的吗？这好比一个管家，帮助主人管理一大批资产，他能将这些资产占为己有、送给亲朋好友吗？这些年，你有一肚子火窝着，总想找个机会发泄出来。你可以骂他，甚至可以打他几拳，但是，你不能将他往死里整。"

汪柱子振振有词地说："大义灭亲，这叫以其人之道，还治其人之身！"

范琳琳问："你知道什么叫大义灭亲？就不怕你的嘴脏了这四个字！"

汪柱子眉头一皱，嘴角一歪，将叼着的一支烟从左嘴角移到右嘴角，一脸流氓无赖样。他说："我知道，在你眼里我什么都不是。光脚的还怕穿鞋的？破罐子破摔又咋的？"

范琳琳又改变了谈话方法，口气更加软了，变成一个弱女子。她说冤冤相报何时了？相逢一笑泯恩仇。她问汪柱子，怎么才能让你住手？汪柱子恶狠狠地说道，崔思康必须付出代价，撤职查办，妻离子散！

范琳琳又变换了战术，倒出苦水来。她说你以为我沾了崔思康的光，当上了县医院的副院长，日子过得很风光是不是？我知道，你一直在嫉妒我。我还知道，这些年你跌跌撞撞，日子过得很落魄，可是这能怨谁？怨我没嫁给你？怨崔思康没有让你升官、发财是不是？你以为你是谁，崔思康应该为你发财升官铺路搭桥？他没有这个义务。柱子，你怎么不换位思考，替别人想想？我已经辞职，离开了玉泉，离开了崔思康，到一个人生地不熟的地方给人家打工，我的人生将从零开始，你还想怎么样？

汪柱子从牙缝里迸出两个字——离婚。他让范琳琳到大街上走一走，听听群众的呼声。你说要把崔思康还给王秀芹，说了为什么不做？你这么做了，我敬重你。你不这么做，我这辈子瞧不起你。范琳琳说，知道我现在的心情吗？真想一刀捅死你！

汪柱子竟然跑进厨房，拿出一把尖菜刀，往桌子上一扔说："既然你这么说了，我也无言以对，成全你。来吧，我站在这里让你砍，就砍这儿，后脑勺前脑门都行，我要有一点反抗，就是孬种，就是孙子！"

范琳琳拿起刀，指着汪柱子，汪柱子还是面不改色，一副宁死不屈的气概。范琳琳一阵揪心的难受，把刀扔在地上。

汪柱子说："姐，我知道你下不了手。别以为我冷血，我也是个通情达理的人。想当年，我们青梅竹马，两小无猜。咱们手拉手一起上学，一起放学。我有一个烧饼，分你半个。你有一块糖，给我一半……"

范琳琳打断他："这么多年过去了，还翻这些陈年旧账，有意义吗？"

汪柱子说："你在我心目中的位置，十多年一直未变。"

范琳琳知道悲情牌起作用了，继续加码："那又有什么用？物是人非。我都是十岁孩子的妈妈了，一个半老徐娘。总不能让我返老还童，重新做一次选择吧？"

汪柱子咬牙切齿地说："我的爱情、婚姻、事业，全毁在了崔思康的手里！"

范琳琳说："别把自己的失败全部怪罪别人。我再次告诉你，当年是崔思康救了我们母子俩。"

汪柱子说："他是官我是民，你们串通一气，说不准上演了一幕'英雄救美'的闹剧。为的是你见异思迁，将我一脚踢开。"

范琳琳说："怎么才能使你相信？汪柱子，我现在就在你面前，只要你放过崔思康，还他一个清白，要我做什么都行……"

这时，门铃响了，范琳琳警觉地走到门口，打开门镜一看，吃了一惊，是王秀芹！

门外，王秀芹喊着："范院长，是你吗？快开门，我是王秀芹！我知道你在里面，我相信没有看错人。范院长，你从广西回来，为什么不回家？你不知道思康在等你吗？何况他现在是落难的时候。你为什么住在这里,我想不通! 范院长,我一直很尊重你、理解你,也希望你尊重我、理解我。今天晚上七点在'泉水叮咚'茶楼老地方等你。如果你不来,我发誓,一辈子都瞧不起你!"

王秀芹离开了,脚步声渐渐远去。范琳琳开门一看,门外早不见人影。

崔思康把自己关在办公室里,闭门思过,写检查。又有几个不知趣的人敲门找"戴县长",弄得他烦躁不安。不怪找错门的人,是怪这块"县长室"的牌子。但是他上午把县长室的牌子已经摘掉了,怎么还有人跑错门、找错人呢? 崔思康走到门口,抬头一看,县长室的牌子又重新给挂上了。他问赵恒儒,这是为什么? 赵恒儒说,你还是我心中的县长。

崔思康又将"县长室"的牌子摘了下来,来到戴国权办公室门口,将牌子轻轻地挂在戴国权的门上头。响声惊动了戴国权,他开门后责问崔思康你这是干什么?

戴国权不想马上和崔思康撕破脸皮,只能好言相劝。他说咱们是好兄弟,要互相补台,不能拆台,推荐你当县委书记时,我是投了赞成票的。现在我临时主持县委、县政府的工作,你就沉不住气了。王氏杂货铺的拆迁,引水工程修改方案的废除,全不顾我的情面,让我下不了台。听到这里,崔思康火气上来了,他说下不了台算什么,有人在我背后捅刀子,那是什么滋味?

此刻,戴国权窝着一肚子火。他想崔思康都停职接受调查了,还这么咄咄逼人。一百万元银行卡,如悬在他头上的达摩克利斯剑,随时可以把他剁成肉泥,可他一点不知趣,还这么自信和嚣张,是可忍孰不可忍!

"好吧,"戴国权说,"咱俩把话说到这份儿上,也不要顾忌什么了。你知道你什么让我最反感吗? 那就是:一本正经,板起面孔来教训人。"

崔思康说:"教训人也是一种爱护。给你个忠告,与卢晓明不要走得太近。"

"卢晓明又碍你什么事了？"

"防止他与权力合谋！"

"与权力合谋，你说卢晓明与我？"

"你是官，他是商，不要坐错了凳子，站错了位置，更不能混为一谈！"崔思康加重语气，不经意地用手拍了几下桌面。

戴国权终于爆发了，大声责问："你拍什么桌子？"

崔思康回道："我不是拍桌子，是在提醒你。"

戴国权针锋相对，拍案而起："你没这个资格！"

这时秦慧楠和任大年走到戴国权的办公室门口，崔思康和戴国权还在里面争吵。门被推开时，崔思康和戴国权顿时愣了，两人不知说什么好。

离开了戴国权办公室，秦慧楠又走进崔思康的办公室，在沙发上坐下后，目光犀利地看着崔思康。

"崔思康同志，你到底怎么回事？"秦慧楠态度严厉地说，"吵架、拍桌子，这幢楼有机关干部几百号人，大家的眼睛都盯着你们，打电话都反映到我这儿了，说你崔思康停职检查，气焰还如此嚣张。你们不顾及影响，我还要面子，我就在你们的楼上。"

崔思康尴尬地带有几分后悔地说，这件事真的很抱歉。秦慧楠语重心长地说，一个常务副县长，一个县委副书记，吵架拍桌子真不像话，你们给机关干部带的什么头？你就是一千条真理握在手，也要低调，夹着尾巴做人，何况你现在是非常时期。她问崔思康，刚才你为什么拍桌子？崔思康说他提醒戴国权，与卢晓明保持距离。因为引水工程，卢晓明一开始就要给自己送一大笔钱，被他拒绝了。秦慧楠心头一惊，这么重要的情况，为什么不早说？

晚上七时整，范琳琳来到茶楼的包厢。王秀芹已经到了，点好了一杯茶和一杯咖啡。王秀芹这才发现，范琳琳瘦了，皮肤也不像先前那么白皙，眼角的鱼尾纹时隐时现。看来她去广西这些日子吃了不少苦。

开门见山，王秀芹就将她是如何从吴雪姣手里看到的举报材料叙述了一遍。范琳琳问王秀芹，临走给了她家里的钥匙，为什么不来照顾思康？并说给她这一机会，为什么不把握好？王秀芹说，我想抓住这个机会，可是想到你和棒棒，就下不了这个决心。

这句话暖暖的，让范琳琳的鼻孔酸溜溜，泪水在眼眶里打转转。现在一旦有人提到棒棒，她就伤心，孩子不能没有爸，尽管崔思康不是他亲生的爸。也是在这个时候，她才发现王秀芹的心原来是如此善良。

"唉，"范琳琳深深地叹了口气，"都怪我，还是那句话，错将恩情当爱情。秀芹姐，什么都不说了。我这次回来，不要告诉思康，我也不会去见他。"

"为什么？"王秀芹吃惊了，"你这么狠心？"

范琳琳说："有些事，你以后会知道的。"

"我知道，"王秀芹毫不客气地说道，"这公寓楼的客房是汪柱子付钱给你开的，是不是？"

范琳琳有口难辩地说："不，不是……"

"思康现在落难，"王秀芹一针见血地指出，"你这是落井下石！不行，我不能眼看你在错误的道路上走下去。今晚你一定要回去见思康，否则，我就跟着你，不放你走！"她怕范琳琳溜掉，一手拉着她的胳膊，一手举着付账二维码的手机，大声喊道，"服务员，埋单！"

四九　清官能断家务事

天很晚了,范琳琳在王秀芹的"绑架"下,来到崔思康家的门口。王秀芹犹豫了一下,按响了门铃,然后悄悄地离开了。

门开了,崔思康惊喜万分:"是你?终于回来了!棒棒呢?"

"他没有回来,我妈去了广西。"范琳琳走进门,转过身,才发现王秀芹已经走了。

王秀芹走出电梯,来到楼下,抬头仰望崔思康家的楼上。楼上窗户的落地窗帘上,映着崔思康和范琳琳拥抱的剪影,她痛苦地抹了一把泪水。

王秀芹迈着沉重的脚步走出小区大门时,崔思康和范琳琳还在拥抱着。一阵热吻之后,范琳琳提到了最关心的正事。当她知道崔思康天天在写检查并没有关进去时,悬着的心稍稍放下了一些,这种现状比她想象的要好一点。在广西,她以为崔思康已经失去了自由。

崔思康说:"那一百万银行卡,我相信你肯定不知道,更谈不上收了这张卡。但是,纪委调查人员在我家中搜出了这张卡,我有口难辩,就是跳下黄河也洗不清啊。"

范琳琳问:"纪委的人是从哪里发现那张银行卡的?"

崔思康打开底柜,拉开抽屉说:"就是这里。"

是啊,贵重的东西范琳琳都习惯放在衣柜的小抽屉里,经常来串门的汪柱子当然知道,难道这银行卡是汪柱子偷偷地放进这抽屉的?崔思康说,秦部长和田教授也这样怀疑,还为我做了证词。否则,我早关进去了。

范琳琳说:"家贼难防,这是后院失火啊!"

崔思康说:"清官难断家务事,这一招够损的。万一查不清,我这一辈子就毁了!"

范琳琳问:"你现在什么工作也不干了?"

崔思康说:"停职调查,还能做什么？工作全移交给戴国权了。"

范琳琳不屑一顾地:"交给他？县委、县政府这两副担子,他能挑得起吗？"

崔思康说:"挑得起挑不起,这就不是我考虑的事了。琳琳,现在我清闲了,可以有时间多陪陪你了。"

范琳琳问:"思康,记得你去广西,你对我说的话吗？"

崔思康怎么会不记得呢。那天晚上,他和范琳琳徘徊在广西南宁的街头,崔思康许下诺言,玉泉湖引水工程全面竣工,他就辞职。

范琳琳说:"思康,玉泉湖引水工程什么时候开工、竣工,都和你没关系了。你打辞职报告,跟我去广西。"

崔思康说:"我的事还没见底,不明不白地走了,一辈子跳进黄河也洗不清!"

范琳琳说:"只要你和我在一起,我不在乎。"

"不,我在乎!"崔思康说。

范琳琳彻底失望了,忽而一想,十年夫妻,这也许就是命。就像《白蛇传》中的许仙和白娘子,缘分尽了,分道扬镳,各奔东西。

范琳琳平静地说:"好吧,我尊重你的选择。思康,我们还是分手吧,协议离婚,这两天把手续办了。我真的很累很累了,耗不起了……"说着,她抽泣起来。

崔思康问:"你什么意思,看我停职检查了?"

范琳琳的情绪依然很平静地说:"随你怎么说吧,骂我忘恩负义、势利小人,甚至打我几下,我不在乎。这些日子,你考虑我的感受了吗？知道我是怎么过来的？自打王秀芹在我的生活中出现,我的内心就一直遭受着煎熬。见了她,我像欠了她八辈子债。见了你,感觉你不是我的丈夫，而是欠了很多情义的大恩人，我成天想的是怎么报答你。这种痛苦，别人是难以体会的，难道你让我在痛苦的挣扎中度过下半辈子吗？"

范琳琳拿出打印好的离婚协议书，她的面孔从来没有如此冷漠，一副绝情的架势。她说天底下没有不散的筵席，好聚好散。崔思康的脑海里顿时一片空白，话已说到这份儿上了，他再也找不到拒绝的理由。

沉默了一会儿，崔思康说，范琳琳，我尊重你。你说得对，天下没有不散的筵席，你有什么条件尽管提。范琳琳说没有什么条件，这个家也没什么值钱的东西了。崔思康说，最贵重的是棒棒，我应该是他的监护人。范琳琳说不，棒棒是我的命根子。崔思康说，他没有爸爸，别人会欺负他的，别人又会骂他。

范琳琳流泪了，泣不成声，十分伤心。她说我一直要脸面，竭力掩盖过去的遭遇。为了这个面子，害了你，也害了我。现在我想通了，我和棒棒都是受害者，没有什么可耻的。我会坚强地活下去，而且，要活出个模样来。这个思想转变要归功于秦部长，她去广西是这么劝我的。你放心，棒棒很坚强，他开始懂事了，会慢慢地学会面对的。

情到深处泪自流，这会儿崔思康也哽咽起来。他说我就知道，我不撤职查办、妻离子散，我的对手是不会罢休的。好吧，我什么也不要了，包括棒棒，我就孤身一人。

看着十分痛心的崔思康，范琳琳在责问自己，为什么要这样？答案是明摆的，汪柱子在等着看他们离婚的笑话，以求报复的满足。只有离了婚，才能寻找到一百万银行卡的真相。

崔思康心一横，拿起笔，在协议书上签了字，然后对范琳琳说，你自由了。想不到范琳琳猛地抱住崔思康，放声大哭。崔思康问，字都签了，如你愿了，还哭什么？范琳琳说，当年她是抱着棒棒，跪求崔思康娶她的。十年后的今天又是她要求分手的，让她再跪一次，崔思康急忙阻止。

时间不早了，范琳琳拿起手包要走。崔思康一把拽住范琳琳，说这么晚了，你去哪？范琳琳推开他的手说你别管我了，我有地方住。听到这话，崔思康一下就火了，说还没办手续，你还是我老婆，这里还是你的家，待一晚都不行？范琳琳说，你不就是要上床吗，来吧，抓紧时间。听了这句话，崔思康跟吃了苍蝇似的恶心，他走到客厅，打开门，手一摆，很绅士地说了声"请"字。

范琳琳刚走出门，砰的一声关门声，她身子一颤，泪水夺眶而出。她没有回头，径直走进了电梯间。

范琳琳开着车来到小区大门口，门卫热情地和她打着招呼，并告诉她，有个女人等她，趴在门卫的桌子上睡着了。范琳琳下车一看是王秀芹。王秀芹说我在这看着你，如果你要回公寓，我就拦住你。

范琳琳两眼一热，泪水直打转。她让王秀芹上车，找个地方聊聊。王秀芹抢先一步，走到车旁，拔出车钥匙，说你哪儿也不能走，回家去，思康哥需要你。范琳琳拿出离婚协议书，王秀芹顿时傻了眼说，这不是开玩笑吧？范琳琳叹了一口气，说把你的思康哥还给你的，今天兑现。这下思康自由了，你可以放心大胆、理直气壮地走进他的家门。

王秀芹哭了，哭着说，不能这样的，肯定是你逼着思康哥签的字。你的如意算盘，别以为我不知道，你外面有男人了，是汪柱子。可你太过分了，范琳琳，我瞧不起你。王秀芹下车，猛地关上车门，她要去找秦慧楠，汇报范琳琳和崔思康离婚的事。

戴国权告诉蒋德铭，引水二期工程招投标大会必须提前。他忧心忡忡地说，担心夜长梦多。因为种种迹象表明，卢晓明甩出去的一百万银行卡这张王牌，并没有使崔思康一枪毙命。本来是"留置审查"，现在成了"停职检查"。他跑来跑去，这里指指，那里点点，神气得很哪！昨天还跑到我办公室，拍着桌子跟我大吵了一顿，差点没把我气死。

蒋德铭大声发问："他凭什么？我就不信，他崔思康能官复原职。"

戴国权说："小点声，别让'赵夫子'听见。你以为他和我坐在一条板凳上吗？"

戴国权的判断是对的，赵恒儒没和他坐在一条板凳上，此时正拘谨地坐在秦慧楠面前的椅子上。这个习惯了左右逢源、八面来风的办公室主任，再也不愿保持沉默和中立了，想把憋在胸中太久的话说出来。

赵恒儒说："秦部长，你知道我这个办公室主任的苦衷，哪路神仙都不能得罪，好比是风箱里的老鼠，两头受气！"

秦慧楠说："这个我很理解，办公室主任是大管家，面对四面八方，上管天下大事，下管鸡毛蒜皮，工作不好做。"

赵恒儒鼓起了勇气说："我是个不惹事、不多事的人，可是有些话不能不说，一个人明哲保身，是非不分，活着还有什么意义？"

秦慧楠鼓励道："你说得很好，继续！"

"我是说——"赵恒儒习惯地看了看左右，认为说话环境很安全，接着大胆地说，"崔思康和戴国权不是什么好兄弟，他俩不是一条心。"

"哦？"秦慧楠一怔，"你发现了什么吗？"

"我认为，"赵恒儒又习惯地看了看左右，"肖强强有一半是戴国权逼死的……"

赵恒儒有两条理由来证明他的这个结论：第一，肖强强主动承担"见死不救"的责任以后，戴国权指示召开小车队全体驾驶员会议。面对耷拉着脑袋、哭丧着脸的肖强强，戴国权采取了高压态势，又是开除又是法办的，肖强强肯定扛不住了。第二，肖强强死后，县委常委会开生活会，重点是针对肖强强之死的责任，对崔思康展开批评和自我批评。戴国权要崔思康把主要责任承担下来，不要患得患失。赵恒儒认为，戴国权在"见死不救"这个事件上，推波助澜，施加压力，扩大事态，其目的绝对是见不得阳光的。

听了赵恒儒的两个推断，秦慧楠很有启发。话匣子既然打开了，哪有说一半留一半的道理。赵恒儒干脆来了个竹筒倒豆子，一吐为快。他说，这次县委书记人选重新推荐考察，戴国权表面上无所谓，其实他内心是很在乎的。他让我打听县直机关推荐的结果，还有全县的支持率以及那张全县行政区划图。那是针对市委考察组下一步的推荐工作用的一张地图。赵恒儒说，上面标有各乡、镇的党员数。他对有可能推荐票多票少的乡镇做出了估计，票多的画上圆圈，票少的打上了叉叉。

秦慧楠要借用戴国权的那张行政区划图，赵恒儒爽快地答应了。他见戴国权下乡不在办公室，悄悄地偷走了那幅区划图。第二天，戴国权风尘仆仆走进办公室，发现区划图不见了，不由得大惊失色。当他知道是秦慧楠借走了区划图，脑袋嗡地一下炸开了，好像被人剥光了似的站在阳光下。他正要向赵恒儒发火，秦慧楠还区划图来了。

秦慧楠说："国权，推荐表要发放各乡镇，借了你一张区划图。为这事你不会批评赵主任吧？"

"不会不会。"戴国权掩饰着刚才对赵恒儒的不悦，笑呵呵地说，"那张图上我乱写乱画，您看了要见笑的。"

"什么乱写乱画，你太谦虚了。"秦慧楠话中有话地，"你是胸有成竹，胸怀全局呀。"

"哪里！"戴国权颇为尴尬地说，"让我'看守内阁'，哪敢有一点懈怠，走路、吃饭、睡觉都在想工作。一支笔、一个小本本，还有这张图，随身带，随时写，随时画。全县二十三个乡镇，生怕忘记了什么。"

秦慧楠展开区划图问："请教一下，这画圈的和打叉的乡镇，说明什么？"

"这个……"戴国权急中生智，回避了推荐的事，"画圈的乡镇我去过，打叉的我还没去过……"

"是吗？"秦慧楠步步紧逼地，"我数了一下，打叉的乡镇有七个，几乎占了三分之一。国权，你到玉泉县有八年了吧？"

戴国权回说："今年整八年。"

秦慧楠咄咄逼人地："八年二十三个乡镇都没有完全走过一遍？"

这下戴国权慌了："不不，不是的。这七个乡镇，有四个乡镇不是我没去过，而是说我对这里情况不完全熟悉。"

秦慧楠十分严肃起来："戴国权同志，这次县直机关民主推荐，你的情况不太理想啊。"

戴国权唯唯诺诺地说："我知道。我有不少缺点，需要改正……"

"国权同志,"秦慧楠的语气变得沉甸甸的,"有一个成语叫亡羊补牢。你说亡羊补牢,是为时未晚,还是为时已晚呢?"

戴国权无言以对,默默地看着秦慧楠那张俊俏但又令他恐怖的面孔,不知这葫芦里卖的什么药。

马王镇,一条老街已经被完全拆除,曾经的高低不平、新旧不一的小楼以及平房不见了,放眼望去,一条开阔的空间将古镇分隔成两块。铲车和挖掘机发出轰鸣,正在清理碎砖瓦砾。

崔思康和贾乐福行走在废墟上。贾乐福告诉崔思康,昨天晚上最后一家拆迁户的地板见了天,他心里的这块石头才落了地。崔思康十分感慨,说拆掉这条街,为引水工程让路,实在是太难了,难于上青天!

贾乐福说:"我现在最担心的是有人来摘桃子。"

崔思康不解地问:"摘桃子?"

贾乐福说:"是啊,把这块地变作他用。"

崔思康惊问:"谁敢?"

贾乐福担忧地回道:"为了利益,什么事不敢做出来。你看,这几天测绘地皮的人一拨接一拨,问他们干什么的,是哪个单位的,他们笑而不答。你看,现在前面又来了两个测绘员。"

两个测绘员,一个扶着测量标杆,一个观看着测绘仪。崔思康走过去,客气地询问,两个测绘员根本不理睬他。

贾乐福说:"问你们话哪,听见没有?"

测绘员反问:"你们是哪个单位的?"

贾乐福放大声音说:"这位是崔县长!"

测绘员不屑一顾地回道:"崔县长,冒牌的吧?听说崔思康早就被关起来了。"

崔思康说:"你好好看看,崔思康就站在你面前。回答我刚才的问题!"

测绘员反问:"如果我不回答呢?"

崔思康厉声说："老贾，让他们到派出所去回答。"

"好吧，"测绘员认怂了，"我们是市地质测绘局的，受香港一家地产公司委托，测绘测量这块刚拆迁的土地。"

崔思康问："目的是什么？"

测绘员如实回答："听说他们花二十二个亿，要买下这块地。"

贾乐福紧接着问："谁同意的？我这个镇长、党委书记怎么不知道！"

手机响了，崔思康接听。赵恒儒报告，有人出高价，买马王镇刚拆迁的这块地，并说县委马上要召开常委会，讨论表决。

贾乐福叫了一辆出租车，打开车门，让崔思康赶回县城。崔思康上了车，又摇下车窗说："老贾，你要守土有责，组织联防队二十四小时巡逻，禁止任何与引水工程无关的测量、测绘和地形勘察，更不能进入任何的施工设备。值班、巡逻的人员名单，把我也排上去！"

贾乐福真是好样的，关键时刻不掉链子、不含糊。望着远去的出租车，他知道有一场恶战在等着崔思康。

五〇　怪事连连

　　玉泉县委常委会议室里，戴国权第一次以主持工作的领导身份主持玉泉县最高级别的会议——县委常委会。此时他的心里有一种冲动，有美滋滋、畅快淋漓的感觉。他深有体会地感叹，像他这种没有背景的人，官场上每前进一步都举步维艰，太不容易了！

　　会议已进行到举手表决的关键时刻。表决的第一个议题是免去贾乐福马王镇党委书记的职务，此人是崔思康的心腹，也是变更马王镇拆迁地用途的拦路虎，必须把他驱逐出马王镇。会议以五票同意、三票反对、一票弃权得以通过。接着，戴国权宣布进入下一个议程，将马王镇老街拆迁地改为商业和旅游开发，从而促进全县经济的发展。发改委主任、引水工程执行指挥总长蒋德铭告诉大家一个好消息，香港一家上市的地产公司看中了这块地，愿出二十二个亿的高价，购买这块地的开发权和使用权。顿时，会场沸腾了，好像天上下钞票似的欢欣鼓舞。

　　有个常委问："让出这块地，县委和地方政府能得到什么？"

　　"好处多了去了。"蒋德铭信誓旦旦，"初步计算，地方税收和财政每年可增加十个亿收入。"

　　"那就干！"另一个常委兴奋地拍案而起，"在座的，谁跟十个亿过不去？"

　　门开了，崔思康走进来："是我，我跟这十个亿过不去！"

　　众人惊愕，也很意外，他们没想到崔思康早就站在门外了，会议的情况他都清楚，他在关键的时刻才闯进来。戴国权以居高临下的气势，公事公办地说："思康同志，我们开常委会，你先出去，会后我去找你。"

崔思康不请自坐:"我哪儿也不去,我就是冲着县常委会来的。"

有个常委不耐烦地说:"思康同志,你现在停职检查,参加常委会是不合适的。"

"不错,我现在是停职检查,但是——"崔思康针锋相对地说,"我这个县委副书记、常务副县长还没撤。不能参加会议就列席,列席不行,讲几句话行不行?抛开县委副书记、常务副县长不谈,我还是个党员,有发表意见的权利。国权同志,让人讲话,天塌不下来!"

"你——"戴国权无话可说,只能让步说,"好,让你讲,给你三分钟。"。

面对众人心思各异的目光,崔思康站起身,语气沉重而严肃地说:"二十二个亿让人欣喜若狂,但也可以让人迷失方向。为了拆迁这块地,我们付出了多少,不用谈了。这块地挪作他用,我们将失去多少?你们可以给五千亩失地农民增加补偿,可是这块良田,永远在地球上消失了。这个损失,在座的补偿得了吗?还有,原定在引水渠两旁开发的经济适用房,是拆迁户的回迁用房,我是代表县委、县政府承诺过的。现在变了,我们怎么面对老百姓?如果政府不讲诚信,社会的诚信将会大崩溃!"

戴国权不想让崔思康再讲下去了,否则常委中人心涣散,会议就泡汤了。他说现在是开常委会,不是道德诚信讲座,很多事不能理想化,我们面对的现实是严峻、复杂的,但是发展才是硬道理。有利于玉泉县经济发展的,刀架在我脖子上也要干。接着他提议对马王镇拆迁地改作商业旅游开发用地进行表决。结果是四票同意,三票反对。这时崔思康也举起了手,让赞成和反对票各半,势均力敌。

戴国权的肺都要气炸了,他强压怒火,大声宣布:"三票反对。崔思康同志的一票无效,通过!"

面对戴国权的强权和霸道,崔思康怒发冲冠,失去了理智,他冲上去对着戴国权的胸口猛击一拳。戴国权被打蒙了,众人拥上拉住崔思康,阻止了他的第二拳。

俗话说，好事不出门，坏事传千里。崔思康硬闯县委常委会、动手打戴国权的消息，通过网络迅速传播开来。市纪委的何处长得到这个消息，气冲冲地走进书记室说："郑书记，崔思康太不像话了，强行闯进县常委会，还打了主持会议的戴国权。"

没想到郑介铭非但没有震惊，而是稳稳地坐着，跟没听见似的。

"郑书记，"何处长不干了，顿时忘记了上下级关系，毫无顾忌地发起牢骚，"你们就这么惯着崔思康？"他将一沓文稿往郑介铭案头一放，"你看看，几天了，崔思康写的什么检查？我念一段给你听听——省市纪委领导，感谢你们给了我这次机会，让我接受这次反腐败严格的审查和战斗的洗礼。人生或有沟沟坎坎，或有狂风暴雨，我深信，只要自身过硬，就不怕狂涛恶浪，就不怕乌云一时遮天。因为，阳光总在风雨后……这是什么检查？是人生感慨，是抒情诗，太不像话了！"

郑介铭说："那你找他谈一次，让他重写。"

这时电话铃声骤然响起，郑介铭接听。是玉泉县公安局局长章法成的电话，报告说崔思康的案子有了重大突破。郑介铭撂下电话，匆匆地走出。何处长不知发生了什么，追到门外，郑介铭的身影已消失在过道的尽头。

玉泉县公安局的大门口，几辆轿车鱼贯而入，在院内停下，车内分别走出秦慧楠、郑介铭、任大年、杨娟、邓亦先以及市监察、检察等部门的代表。在门口迎接的是章法成、田振鹏、丁海和市公安局政委项健伟等人，却不见周源和戴国权。因嗅到了那两个人异样的气味，秦慧楠对这次会做了精心安排。表面上看，会议由市委组织部和市公安局联手，是以"公安为组织工作保驾护航"的名义召开的业务研讨会，不邀请周源和戴国权参加也顺理成章。然而实际上这次会议是案情汇报会，因为崔思康的案情有了重大的突破。为了保密和不打草惊蛇，秦慧楠只能采取了这种方式。

众人入座，章法成主持汇报会。他说，在省、市公安部门的指导下，特别是在痕迹专家田振鹏教授的帮助下，围绕崔思康同志的几个案件的侦查有了重大的突破，真相渐渐浮出水面。我们完全有理由相信，针对崔思康同志的多个案件，是有预谋、有策划、精心设计的大阴谋。

此时大屏幕上出现了两块石头和放大的指纹。田振鹏走上讲台说，自从我们在崔思康所谓见死不救的地方和垃圾站火场先后发现了这两块石头，经过不断努力，我们终于发现一个可疑的人——

这时大屏幕上出现了小胡子的头像。田振鹏介绍，这个人叫胡子明，绰号叫"小胡子"，是玉泉项目咨询公司的副总经理，也是汪柱子的铁哥们儿。我们是在银行ATM机上发现了他。尽管他经常变换打扮，但通过人像识别系统搜寻、比对，他的身份得到了确认。王长根银行卡上原有三十万，他分四次取走了二十万，留给王长根的只有十万。这三十万均来自王三毛母亲李全英的账户。经过比对，砸倒王长根、让垃圾站方大爷致命的两块石头上留的潜形指纹，通过先进的激光技术显现，也是小胡子留下的。

大屏幕上又出现了红旗轿车刹车装置和放大了的指纹。田振鹏接着说，更令人震惊的是，造成肖强强车毁人亡的刹车装置上留下的痕迹，经验证，最终也确认与小胡子有关。

项健伟插话说，这是一个令人振奋的消息。近两个月来，围绕崔思康发生的一系列事件，开始找到了合理的解释。我认为这绝不是小胡子一个人干的，他的幕后站着一群居心叵测的家伙。

秦慧楠问道，小胡子为什么这么干？他的身后还有哪些人？目的是什么？难道仅仅是想整垮一个崔思康吗？

章法成回答说，据我们了解，落马的贪官余光、林强盛的亲戚，现在都汇聚在卢晓明的麾下。郑介铭提醒说，这个问题必须引起我们足够的重视，要查一查他们和崔思康的有关案子有无牵连。我最关心的是那张一百万的银行卡，这对崔思康是致命的。这个案子我们为什么没有升级，没有结案？因为这里面有疑点。范琳琳拿了卡，也知道密码，为什么一分钱没有动用？这不合常理啊！章法成补充说，这个案子，很可能牵涉汪柱子、李全英，还有王长根。郑介铭问，一个是崔思康的表舅子，一个是精神病患者，一个是植物人，怎么说得清？难道这案子就一直悬下去？

秦慧楠很冷静地做了分析，她认为："尽管找到了小胡子，崔思康的问题还很棘手，眼前最难攻克的堡垒是一百万银行卡，这是最终区分崔思康是好人还是坏人、是英雄还是狗熊的试金石。章法成同志，我很想听听你的下一步安排。"

章法成果断地说："立即拘捕小胡子，严密监视汪柱子。"

郑介铭非常赞成："对，敲山震虎！"

杨娟走进会议室，将拖着的拉杆箱和一张飞机票交到秦慧楠手里。杨娟说，秦部长要去中央党校学习半年，今天晚上要走。众人一下子炸了锅，对这个决定难以置信。郑介铭心里翻腾开了，像打翻了的五味瓶，很不是滋味。在这个节骨眼上将秦慧楠调走，这不是釜底抽薪吗？做这个决定的只有朱明远，他要去找他说理，说不通那就翻脸，反正秦慧楠不能走！

这时朱明远已经到了省委，脚步匆匆地走进了郁浩民的办公室。只见郁浩民伏在案头，正摆弄着一堆材料和图片。郁浩民抬起头问朱明远，知道我让你来干什么吗？朱明远茫然地摇摇头。郁浩民指着桌上的一堆材料和图片说，让你看看这些材料，有关崔思康的案件侦破有了重要进展。

"郁书记，"朱明远在郁浩民的面前坐下，鼓起勇气说，"如果省委认为崔思康是个好干部，请省委直接提拔任用，我没有意见。"

"你什么意思？"郁浩民有点意外，"是发牢骚提意见，还是批评我？"

朱明远扭着脸说："心中有话，不吐不快。"

郁浩民说："那就来个竹筒倒豆子一干二净，说吧。"

朱明远说："郁书记，市委机关干部强烈反映，崔思康不就是一个县级干部吗，耗费了我们多大精力！市委两个常委陷进去两个月，其他工作还干不干了？"

"你别发动群众啊，更不要用民意来说事。"郁浩民拿起一份材料，"看看这是什么？玉泉县一百多名基层共产党员支持崔思康的联名信，都签了名、盖了章，还有的按上了血手印。要谈民意，我这封联名信比你说的更有力度！"

朱明远默默地看着联名信，郁浩民拿起推荐表。

"再看看这县委书记候选人二次推荐表，崔思康虽处于停职检查状态，可是县直机关发放的五千份推荐表，有三千八百一十二名党员依然推荐崔思康！"

朱明远仍然默默地看着推荐表，郁浩民又拿起《案情通报》和小胡子的照片。

"更重要的是这份《案情通报》，最近两个月发生在玉泉县几个大案的侦查，有了重大的突破，都与这个小胡子有关。我们完全有理由相信，针对崔思康同志的系列案件是有预谋、有策划、精心设计的一个阴谋，其目的是阻止崔思康担任玉泉县县委书记。"

朱明远说："可是，崔思康的一百万银行卡——"

郁浩民说："对这张卡，郑介铭同志始终保持着清醒的头脑，是他面临巨大的压力，慎重地对待这个案件。"

"郁书记，东山市的情况太复杂了！"朱明远一副为难的样子，"有些人和事一时难以判断正确与错误、是非与好坏。"

"我还是那句老话，"郁浩民语气沉重，态度严肃地说，"当你无法判断别人是好人还是坏人的时候，首先保证自己做一个好人，做一个明白人！"

东山市机场，虽然飞的是国内支线，却十分繁忙，特别是最近开通了几个国际航班，来往的旅客更多了。几个安检通道排成了长龙，秦慧楠拖着行李箱，排着队，准备进入安检通道。这时杨娟满头大汗地跑过来，她接过秦慧楠手中的拉杆箱，说："回去吧，北京你去不了了。朱书记的紧急通知，他改变主意了。朱书记还说，我们调查组明天不撤了，按工作的要求，再决定去留的时间。"

秦慧楠知道，朱明远通知她去中央党校学习，名义上是按规定执行，实质是让她离开一段时间，让东山市的热点降降温。朱明远是在疏远她，特别是让她远离崔思康这个焦点。可是朱明远怎么突然改变了决定？是什么力量在起作用？这还用说，肯定是浩民书记。想到这，她禁不住热泪盈眶。

奇怪的事还在不断地上演，范琳琳又一次偷偷约见了戴国权。还没到晚上七点，范琳琳就梳洗完毕，化了淡妆，换了一件洁白的连衣裙，套上粉红色的小马夹，打车来到"泉水叮咚"茶楼，坐在包厢里静等。不一会儿，外面传来了一阵脚步声。服务员推开门，戴国权快步走进。他不放心地问："今晚约见，思康知道吗？"

范琳琳拿出离婚协议书说："我们已经没有关系了，你看，上面有崔思康的签字。"

见面就让戴国权看离婚协议，这是范琳琳预先设计好的，目的是解除戴国权的紧张和不安，制造一个良好、宽松的交谈环境。她知道戴国权待人处事小心翼翼，十分谨慎，这么多年，从来没有对她说过一句出格的话，开过一次过分的玩笑。

看完离婚协议，戴国权说道："你呀，不鸣则已，一鸣惊人啊！"

范琳琳说："我现在算明白了，真正的爱情和婚姻不是付出全部，而是让自己成为更好的人。和一个人的爱，往往不是无止境的，也有终结的时候。与其这样，不要乞求，而是骄傲地走开。在爱情里，最在乎的一方往往输得最惨。"

戴国权说："深刻，太深刻了。找个让你开心一辈子的人，才是爱情的目标。最好的，往往就是在你身边最久的。选择爱人不需要太多标准，只要三样：不骗你，不伤害你，陪着你。"

范琳琳说："你对爱的理解，比我更胜一筹。好了，换个话题吧。崔思康真的打你了？"

戴国权说："那还有假？在会议室，当着全体县委常委的面，挥起了拳头。我此时仍担心他一脚跨进来，醋意大发，将我揍扁了。"

范琳琳豪气冲天地说有我在，他敢！这句暖心的话让戴国权热血沸腾，心跳加快起来。看着眼前的大美人，他告诫自己，要稳住，别中了招。他指着离婚协议上一项条款问，棒棒的监护权为什么给了崔思康？范琳琳说，这是他唯一的要求。戴国权说又不是他亲生的，范琳琳说比亲生的还要亲。

戴国权长吁短叹，有感而发。他说爱情、婚姻中最伤感的是逐渐的冷淡。一个曾经爱过的人，慢慢远去，咫尺之隔，却是天涯。曾经轰轰烈烈、千回百转、柔肠寸断的爱，最后淡化成一缕轻烟。他问范琳琳，接下来怎么办？范琳琳毫不犹豫地说，寻找棒棒的亲爸爸。戴国权十分惊讶，事过境迁，十年过去了，有这个必要吗？是想报仇吗？

范琳琳态度相当冷静，语气却很柔和，她说仅仅是为报仇那是没有意义的。他应该向我道歉、忏悔，担当起一个父亲的责任！

听到这话，戴国权松了一口气。他说，假如这个人做的比你想象的还好呢？比如他跪在你面前，求得你宽恕。他可以离婚，以隆重的婚礼娶你，补偿这十年的伤害。他可以倾尽心血，培养棒棒，甚至送他去美国上学。范琳琳话中有话地问，你说的这个他是谁？是个大官还是大款？好像你是他代言人似的。

戴国权问："我说的是假如。假如这样，你什么态度？"

范琳琳毫不犹豫地回答："假如他是这样，也许我能宽恕他。"

戴国权的目光里，露出一点点不易察觉的欣喜。尽管这种欣喜掩饰得很好，心细的范琳琳还是觉察到了。

红日冉冉升起，玉泉县城又一个清新的早晨。

多年来，戴国权总是提前上班。他来到秦慧楠的办公室门前，犹豫了半天，崔思康打他一拳的这个状还要不要告？他首先想到的是这个状不告，忍着，以显示他的宽容、大度、忍让。但是这样做带来的负面影响还是不小的，别人以为他戴国权软弱无力，特别是在县常委们的众目睽睽之下遭受重拳也不反击，就是孬包、软蛋。如此窝囊之人，何以治理百万人的经济大县？

权衡利弊，戴国权决定告状。在秦慧楠面前是有理在先的，占据了道德的制高点。他说他的胸口到现在还隐隐作痛。秦慧楠问他去医院做检查了没有？他说没有，哪有这份心思，也没有这个时间。他根本没想到崔思康竟是这样的人。一个研究生的堕落，这是他长期以来霸道、一言堂的集中体现。

秦慧楠对戴国权说，关于崔思康在县委常委会上打人这件事，影响很坏，也很恶劣，她很重视，不会护短。说到这儿，秦慧楠话锋一转，说也很关注马王镇那块拆迁地，这块地来之不易，牵涉方方面面的利益，特别是马王镇三百多拆迁户的利益。孰轻孰重，你要处理好，不能有任何闪失。

戴国权说，让我暂时负责县委、县政府的全面工作，我不敢懈怠，坚持九个常委集体领导。对马王镇拆迁地用途的变更，是常委会的决定，我必须服从。

秦慧楠问，对马王镇拆迁地用途的变更，你是投了赞成票还是反对票？这个提问，让戴国权措手不及。他支支吾吾，说投的是弃权票。

秦慧楠很不客气地说，戴国权同志，这就是你不对了。马王镇拆迁地用途的变更，关系到财政多支出十多个亿，关系到五千亩良田和一个上千年古迹的存亡。作为县委、县政府的主要领导，在大是大非面前怎么可以模棱两可？一席话说得戴国权哑口无言，站在那里，手足无措，十分尴尬。

秦慧楠决定去马王镇看李全英。崔思康的问题，就剩一百万银行卡的问题没解决。

在马王镇安置小区王三毛的新家里，李全英躺在床上，王三毛在一旁端茶送水伺候着。李全英说，我不是没病嘛，你整天陪着我，你的公司怎么办？没有收入怎么活？你还没结婚成家啊。王三毛回答，结婚成家的事，你不要操心，我是姜太公钓鱼愿者上钩，顺其自然。

话还没说完，门铃响了，秦慧楠、杨娟、王秀芹出现在门口，手里提着水果和营养品。王三毛赶紧跑到房内说，秦部长来了，还要装疯，千万别露破绽。李全英点头躺下。

三个人进了门，秦慧楠首先介绍了王秀芹。王三毛知道，此人就是王长根的女儿。可她来干什么？王三毛丈二和尚摸不着头脑。

秦慧楠、王秀芹、杨娟走进卧室，李全英躺着，眼望天花板，神情呆滞。秦慧楠说，这位叫王秀芹，你没有见过她，可是她知道你。听到这话，李全英的身子微微地颤抖了一下，被心细的秦慧楠看到了。

王秀芹说："李奶奶，我爸爸叫王长根。"

李全英的身子又不由自主地颤抖了一下，秦慧楠对王秀芹使了个眼色，王秀芹对李全英说，李奶奶，你肯定认识我爸，要不，怎么从自己的卡上打十万块钱给他呢？

李全英双目紧闭，但眼皮动了几下。王三毛赶紧打圆场，说算了算了，她比死人多了口气，说了她也听不懂，请大家出去喝茶吧。可王秀芹的态度很坚决，仍然继续说。她说李奶奶，你卡上转出的那十万块，害了我爸，他很惨，躺在医院几个月，不死不活，花了几十万，我还卖掉了房子。害得我无家可归，害得崔县长当不成县委书记，害得驾驶员肖强强年纪轻轻丢了性命……

王秀芹泣不成声，李全英惊恐地喘着粗气。这一切秦慧楠全看在眼里。然而，李全英仍闭着眼睛，面部毫无表情。秦慧楠知道，李全英快扛不住了，就差最后一把火。她对王三毛说，快十一点了，我们哪也不去，陪你妈妈吃顿饭。说着打开包，变戏法似的从里面拎出鱼、鸡和鸡蛋。

就在秦慧楠、王秀芹、杨娟做饭的空当，王三毛躲在阳台上接到了小胡子的一个电话。王三毛说，胡老弟，我不参与你们的事，更不会坏你们的事。我决定金盆洗手，再不涉足江湖了。小胡子说，卢老板对你不薄，在你妈和你身上花了好几百万，你就这么过河拆桥？王三毛说，卢老板的钱，一分不少还给他，还支付利息。王氏杂货铺小楼拆迁，实在是顶不住了，我有多大的胆量，敢跟政府对着干？小胡子说，这话你留着跟卢老板解释吧！王三毛说，我发誓，我和我妈绝对不会坏你们的事，从此后，我们井水不犯河水。小胡子说，不会坏事？秦慧楠正在你家是不是？还下厨做菜做饭，以为我们不知道？

这下可把王三毛吓坏了，原来在他周围都有眼睛在窥视。小胡子警告说，不要高估卢总的耐心，在中国他可通天；在玉泉这块地盘上，他树大根深，连秦慧楠都甘拜下风，何况你一个小小的包工头。你的一举一动，都在我们的监控之中。

刚刚通完话，秦慧楠推开了通往阳台的门，这让王三毛措手不及。秦慧楠开门见山，直问王三毛，那个小胡子是你什么朋友？和你们什么关系？王三毛吞吞吐吐，说不是朋友，也没什么关系，只是认识。秦慧楠向王三毛发出最后忠告：彻底醒悟，我在等着你。

五一　良心可贵

马王镇郊外的铁皮房门口，贴上了"拆迁工地联防巡逻值班室"的字样。室内放了椅子和桌子、钢丝床。贾乐福正和王三毛等几个拆迁户在安排值班名单。看到值班名单中有崔思康，王三毛和众人震惊了。

崔思康一身工装，加入农民兄弟的巡逻队伍，他说，我们巡逻的地点有三处，一是这块拆迁地，二是镇郊五千亩良田，三是吴王坡。我已把情况向市委做了汇报，相信市委会派人来调查的。我们现在要做的是在市委来调查之前，防止他们先斩后奏，将生米做成熟饭，造成既成事实。

这时赵恒儒像个幽灵，突然出现在铁皮房里，这让崔思康十分意外。赵恒儒是来"告密"的：在一个多小时前，戴国权批示的"关于玉泉县马王镇老街拆迁地用途变更"的文件，还有修改施工的计划和图纸，由县发改委直接批复给香港东鸿地产集团。

香港东鸿地产集团，这个名字对崔思康来说是陌生的，第一次听说。不过有一点是肯定的，这个集团来头不小，否则他们不敢分了玉泉集团卢晓明的蛋糕。崔思康让赵恒儒弄清香港东鸿地产集团到底是什么背景，有什么来头？但是他忽而一想，这事不让赵恒儒管了，不想把他牵进来。

可是，赵恒儒的几句话，让他惊诧不已。他说："崔县长，信不过我是不是？别看我赵恒儒见到哪个领导都点头哈腰的，然而在我这直不起腰杆的身子里，还装着一颗良心。有人用县政协副主席的位置来引诱我，可我不稀罕！"

崔思康什么也没说，只是紧紧地握着赵恒儒的手。赵恒儒说，明天上午，又要召开县常委会，通过马王镇拆迁地用途变更方案的实施。听说还来一位市委领导压阵，也不知道这领导是谁。

崔思康心里盘算着，不来个市委常委是压不住阵的。他拭目以待，明天来的究竟是哪方神仙？

在县公安局大院里，二十多名特警抓捕小组全副武装，列队在章法成和丁海的面前。丁海举着小胡子的照片说："注意，这个人就是我们第一小组的行动目标。他叫胡子明，绰号'小胡子'，大家看清楚了！"

丁海又举起汪柱子的照片："这就是我们第二行动小组严密监控的目标。他叫汪柱子，原玉泉项目咨询公司的法人，现被玉泉集团收购，兼任该集团项目部经理，他是小胡子的铁杆哥们儿。"

章法成命令，抓到小胡子，就地突击审讯。如果小胡子供出汪柱子涉案，第二小组立即由严密监控变为对汪柱子实施抓捕。一声令下，五辆警车警灯闪烁，一路鸣笛，驶出县公安局大门，直扑抓捕现场。

警车里，章法成向秦慧楠报告，抓捕目标锁定，抓捕小组开始行动。秦慧楠说，我已经听到你们的警笛声了，像振奋人心的冲锋号。章法成说，这响亮的警笛声释放出这几个月我们心头的闷气，畅快淋漓。秦慧楠指示，目标抓捕后，审讯内容严格保密。

此时范琳琳也开始实施她的行动计划。她将"离婚协议书"拍照传给了汪柱子，和他的距离一下子拉近了许多。范琳琳请他中午吃饭，汪柱子一口就答应了。

前面是一家杂货店，范琳琳停车。她走进店铺，买了一条塑料绳和一把锋快的水果刀。汪柱子做梦也没想到，末日正悄悄地向他逼近。不一会儿，在玉泉假日公寓的客房里，面对一桌酒菜，汪柱子和范琳琳相对而坐。

范琳琳拿出"离婚协议书"原件，递给汪柱子问道，这下你相信了吧？汪柱子举杯说，耳听为虚，眼见为实。我很佩服你的决心和勇气。来，敬你。两只酒杯碰出了声响。

范琳琳举杯说："干，为了彻底离开崔思康。"

汪柱子问："你和崔思康都签离婚协议了，还不彻底？"

范琳琳说："我答应他了，拿证之前，搞清一百万银行卡的事，还他一个清白。你心里清楚，我和崔思康都没拿你一分钱，那张一百万的卡是栽赃、陷害。"

汪柱子沉默了，心虚地低下了头。

范琳琳大喝一声："抬起头，看着我的眼睛！"

汪柱子慢慢抬起头，突然爽快起来，在一直心爱的女人面前，他要敢于担当，是个真男人，不做窝囊废。他把胸脯一拍，直言不讳地说："你说得不错，我就是栽赃、陷害，可证据呢？你怎么还他一个清白？"

"我以离婚为代价，这价码还不够高吗？"范琳琳软硬兼施，"柱子，我就在你面前，如果你不嫌弃，我随时可以嫁给你。条件是告诉我一百万银行卡的真相，它是怎么在我们家出现的？"

汪柱子问："你离婚是为了嫁给我，你以为我信吗？"

范琳琳拿出水果刀，对着自己胸口："汪柱子，我可以把心掏出来，让你看看是红的还是黑的！只要你再说一声不信，我就一刀扎下去！"

"别这样，我信我信。"汪柱子吓愣了，赶紧劝说，"快把刀收起来，怪吓人的。你之前连杀鸡都不敢看一眼，怎么现在变成这样了？"

范琳琳瞅准机会，加紧进攻，连倒两杯酒，一饮而尽。汪柱子不甘落后，连喝了三杯满酒，已有几分醉意："琳琳，如果我还了崔思康的清白，我就不清白了，还要吃官司的。"

范琳琳说："做人要堂堂正正，要凭良心。就冲着当年崔思康救了我和棒棒母子两条性命，还他一个清白，也算知恩图报吧？我知道，你心里有气、有恨，那张卡是你做的手脚，是对崔思康和我的报复。我现在离开了崔思康，心里很过意不去。如果还了他一个清白，这辈子也不欠他什么了，一切就结束了。如果你真的吃官司，我不怪你，也不嫌弃你，给你送牢饭，等你回来。"

这下子汪柱子动心了，端起酒杯，又喝了一大口："好，既然你把话说到这份儿上,我也要够意思。那张银行卡,是我派人放进你们家卧室衣柜小抽屉里的。"接着,他把银行卡和偷配崔思康家的钥匙交给小胡子,让他装成快递小哥,潜入崔思康家里的过程和盘托出。说着说着,他说自己真的醉了,一头栽倒在沙发上,仰面朝天地打起了呼噜。

这会儿,在玉泉县一家KTV里,小胡子正在一个豪华包间内,抱着两个妙龄女子在唱歌。这里是玉泉县城规模最大、档次最高的歌厅,也是小胡子经常光顾的场所。小胡子哪里知道,此刻章法成的人马已将歌厅控制了。

包厢的门开了,两名便衣警察向小胡子扑过来,扭住了他的胳膊。小胡子一个扫堂腿,挣脱了一名便衣警察,摔倒了另一名。他从口袋掏出一颗石子,砸向冲过来的丁海。丁海闪身,石子将包厢里的一面镜子砸得粉碎。

小胡子向过道尽头楼梯口逃窜,几名特警从楼梯口冲上来。小胡子知道无路可逃,抓住手机,按了一个键。一名特警冲上去,夺过手机。两名便衣警察铐上了小胡子。特警报告丁海,小胡子按动了紧急呼叫,他在呼叫谁呢?

警笛铃声一个劲地响着,惊醒了睡在沙发上的汪柱子。这时他才发现,自己的双手被绑了,范琳琳坐在他对面,手里拿着那把尖尖的水果刀。汪柱子吓坏了,酒也醒了,问:"姐,你这是干什么?"

"谁是你姐?"范琳琳声色俱厉地吼道,"这里只有报仇雪恨的范琳琳!"

汪柱子问:"你到底想干什么?"

范琳琳说:"审判你,伸张正义,为好人杀开一条血路!"

汪柱子不屑一顾地问:"好人,谁是好人?"

"崔思康!"范琳琳义正词严地说,"你和他有什么深仇大恨,一个劲地将他往死里整?你以为有了这个当常务副县长的表姐夫就有了靠山,就能呼风唤雨,就能为所欲为?你有什么资格让他为你动用手中的权力?他不按你的要求做,你就心怀不满,骂他六亲不认,陷害他,给他栽赃,害得他停职检查,妻离子散! 我再三告诉你,崔思康不是强奸犯,是我和棒棒的救命恩人,还有DNA检测报告,可你就是不信!"

"强奸犯在哪?"汪柱子摆出两肋插刀的架势,"告诉我,我去修理他!"

范琳琳说:"我会找到这个畜生的! 说,把陷害崔思康所有的阴谋,统统说出来,我录音,录完了你就去公安局自首!"

汪柱子啐了一口:"你想得美!"

"别逼我!"范琳琳刀尖朝汪柱子下巴一戳,"以为我下不了手是不是?"

汪柱子口气软了:"范琳琳,算你狠,我说。"范琳琳收起刀,打开手机录音键。汪柱子突然跃身而起,将范琳琳撞倒,然后冲进厨房,撞上了门。范琳琳从地上爬起,抓着水果刀,冲到厨房门口,敲门、踢门,门内毫无动静。

按照章法成的布置,丁海和田振鹏对小胡子进行了突击审讯。在审讯室里,丁海手里攥着一颗小石子和小胡子的手机。

丁海问小胡子,你刚才向谁呼叫? 田振鹏说,你以为隐藏号码就能躲过公安侦查,只要几分钟,我们就会查出你向谁呼叫。如果你是向同伙通风报信,那是罪加一等。如果你主动交代,还能算你戴罪立功。小胡子冷冷地说,本人对戴罪立功不感兴趣。

很快,丁海手里的手机信息铃声响起,小胡子紧急呼叫的是汪柱子。

玉泉假日公寓的厨房门外,范琳琳在向汪柱子喊话:"你出来,我陪你去公安局自首。只要讲清问题,我会请求公安对你宽大处理。你再不出来,我就报警!"厨房内,汪柱子用反绑着的手,打开燃气灶,对着火焰,忍着疼痛,烧着了捆绑他双手的塑料绳。

汪柱子的手机很快定了位,两辆警车开到假日公寓的楼下。章法成和七八名民警下车,他们封锁了这幢楼的几个出口,呼叫范琳琳。

范琳琳手拿尖刀,堵在厨房门口,她报告章法成,汪柱子在这里,你们快来抓他。哗啦一声,厨房门开了,汪柱子冲出来,张开被燃气熏黑的手臂,将范琳琳扑倒在地。他夺过范琳琳手中的水果刀,揪住范琳琳的衣领,骂道:"什么叫最毒妇人心? 你就是,贱骨头!"

汪柱子气急败坏地踢了范琳琳一脚,叫她起来,跟他走。范琳琳说:"你跑不了了,章局长来了,这幢楼被封锁了。"汪柱子冷笑了一下说:"封锁了怕什么? 我有个好去处,你他娘的走不走?"范琳琳说我不走! 汪柱子毫不心软,用水果刀尖在范琳琳脖子上划了一刀,鲜血立刻渗出来,像一条红蚯蚓。范琳琳骂道,混蛋,畜生!

汪柱子将范琳琳拖出门外,这里是这座高楼的平台。原来汪柱子帮范琳琳预订的这个房间,是已设计好的最后一个选择。

汪柱子劫持了范琳琳做人质与章法成对峙的消息,是任大年首先告诉秦慧楠的。他说,在假日公寓一幢二十四层楼的楼顶平台上,汪柱子在和警察对峙,他做好了跳楼的准备,范琳琳随时有生命危险。听到这个消息,秦慧楠坐不住了,与杨娟火速赶往出事的现场。

章法成带领特警冲到通往楼顶的平台。过道铁门被反锁,特警引爆微型定向炸弹,门被炸开,众人冲向楼顶平台。范琳琳的半个身子在护栏外,汪柱子一手抓着她的衣领,一手拿着水果刀,冲着章法成吼叫:"站住,你们再往前走一步,我就把她推下去!"

章法成挥手,众警察和特警停止脚步。他看到鲜血染红了衣襟的范琳琳,正朝着他哭喊:"章局长,汪柱子陷害崔思康,那一百万卡是他派小胡子假装送特快,放进我家的……"

汪柱子用刀尖顶着范琳琳的咽喉:"住口! 再叫,我割断你的喉咙!"

范琳琳喊叫:"别管我,快开枪,打死这个坏蛋!"

汪柱子怒吼:"往后退,退到门口。否则我一刀宰了她!"

范琳琳撕心裂肺地喊道:"开枪,快开枪啊,打死这个畜生——"

此时章法成头脑冷静、语气平和地说:"嫂子,你冷静点,一切都会过去的。"他命令全体人员往后撤,众警察后退至平台通道门口。

汪柱子怒吼,他的要求是,全体警员撤出假日公寓,给他派一辆车,加满油,他认为安全了就放人。此时章法成很清楚,汪柱子打的如意算盘是不会让他得逞的,但千万不能激怒他。

正当章法成进退两难时,戴国权来电话了,他吼道:"章法成,你们的行动,为什么不事先报告县委,我现在主持县委、县政府工作,你眼里还有没有我?对付汪柱子这种败类,你太被动、太手软了,为什么不调动狙击手?现在我命令你,立即让狙击手到达指定位置,击毙罪犯,保护人质!"

汪柱子劫持了范琳琳做人质与章法成对峙的消息,以最快的速度传到卢晓明的耳朵里,顿时总裁办内,乱作一团。桌上、沙发上、地上摆满了文件,吴雪姣和两个心腹员工在慌忙整理,该撕的撕,撕不掉的就投进粉碎机,场面十分狼狈。

卢晓明坐在办公桌前,手里拿着一个酒杯,酒杯中盛着猩红的葡萄酒。他不停地晃动着酒杯,在紧张地思考着眼前突发局面的对策。汪柱子私自约见范琳琳并劫持她为人质,这一举动,不在卢晓明的预定方案之中。于是,他启动了紧急预案——让汪柱子闭嘴。

吴雪姣打开保险柜,拿出贵重的东西装进旅行箱。卢晓明走过来说慌什么?不用怕,天塌不下来。他从保险柜取出一只红锦小盒子,交给吴雪姣说,"这是我的撒手锏,锦囊妙计。拿着它,你马上远走高飞。如果我进去了,你就打开它,它会告诉你怎么做。"

吴雪姣哭了,哭得很伤心。因为在她相好的男人中,卢晓明有情有义,她感动了,从钱包里拿出一张照片说,我给你推荐一个人——蒋德铭。卢晓明吃惊,这是县发改委主任,刚上任的引水工程执行指挥总长。吴雪姣说,他上过我的床,你别吃醋,我就是干这一行的。危急时刻,他会助你一臂之力的。

吴雪姣拉着行李箱,匆匆走出总裁办。为了不让别人看见,她闪身进入电梯,直通车库,然后驾车直奔机场。

五二　拉个垫背的下地狱

在玉泉假日公寓的楼顶平台上，章法成和警员们与汪柱子在对峙，章法成继续攻心、喊话。他说，汪柱子，告诉你一个坏消息，你的助手小胡子已经落入法网。汪柱子身子颤抖了一下，这个肢体语言告诉章法成他心慌了。但是汪柱子仍然故作镇静地吼道，别跟我拖时间，快答应我的要求，给你五分钟。章法成问我们可不可以谈一下？汪柱子傲慢地说，你的级别太低，县公安局局长，不过是个科级。

这时，戴国权来了，他说，我是戴国权，县委副书记，我和你谈。汪柱子仍然不屑一顾地说，戴副书记，你不过是副处级。和我谈判的人，只有秦慧楠才够格。她在哪？关键时刻怎么做缩头乌龟了。戴国权愤怒了，冲着汪柱子大叫起来：你太狂妄了，算个什么东西？以为有人质就治不了你？他对章法成说，你部下手里拿的都是烧火棍吗？开枪！汪柱子说，戴国权，你再说开枪，我就向范琳琳捅刀子。今天，我就是下地狱，也要拉个垫背的！

秦慧楠在杨娟的陪同下赶来了，两人刚走上平台，突然一声枪响，汪柱子头部中弹，身体摇晃了一下，坠下高楼。他死死地拉着范琳琳，两人掉落在二十四层楼下消防早已布置好的安全网里。

秦慧楠厉声责问，为什么开枪？是谁下令开的枪？章法成茫然地摇头。戴国权摇摇头说他也不知道。秦慧楠怒火万丈地说，章法成，把下令开枪和开枪的人给我查出来，否则你过不了这一关！

楼下，挤满了围观的人。现场拉起了黄色警戒线，丁海带领警察和医务人员在救援。救护人员抬着两副担架，走向救护车，担架上躺着汪柱子和范琳琳。秦慧楠交代章法成两件事，一是伤者送武警医院，不惜一切代价抢救。二是抢救的情况严格保密。抢救室和病房，除了你我和规定的医护人员，任何人不得进出。章法成说我马上去布置。但是关于开枪的事，他有话要说。秦慧楠伸手阻止他，这里不是说话的地方。

很快，丁海传来了武警医院的救治情况：汪柱子被击中要害，抢救无效，已经死亡。范琳琳因从高空坠落，虽然有安全网和安全垫，但皮外和软组织还是受伤不轻。因精神高度紧张，造成了昏迷性休克。经抢救已经苏醒，此时没有生命危险了。

秦慧楠赶到武警医院，走到病床旁。范琳琳十分激动，挣扎着要坐起来，秦慧楠按住她说："别动。医生说了，你受了惊吓，只是皮外和软组织受伤，很快会恢复的。"

范琳琳问："汪柱子怎样了？是死还是活？"

秦慧楠反问："你要他死还是要他活？"

范琳琳说："我要他死！让这个坏蛋不能再欺负好人。今天的社会，就是被这些坏蛋搞得乌烟瘴气！"

秦慧楠夸奖说："琳琳，你是好样的。你的勇敢和无畏，帮我们解决了一个大难题，还原了一百万银行卡的真相。你不仅仅还了你丈夫的清白，还为一百多万玉泉县人保护了一个优秀的即将上任的县委书记。我代表市委、代表市委组织部谢谢你。"

范琳琳失声痛哭，秦慧楠鼻子一酸，泪水止不住流了下来。这时丁海走了进来，悄声地问："周源副书记来了，让不让他进？"秦慧楠说我去见他，随即走出重症室来到病区门口，只见周源站在门外，紧绷着脸。秦慧楠解释说我不知道你会来，否则我就提前和警卫打招呼。周源余怒未消地说，行啦，别解释了。封锁病房，特警站岗，兴师动众，有这个必要吗？秦慧楠说，汪柱子遭到了枪击，在现场指挥的章法成和戴国权都否认下达开枪的命令，这个问题还不严重吗？周源问，这与封锁病房有关系吗？秦慧楠说，因为我们的敌人害怕汪柱子还活着。周源反问，我也害怕汪柱子还活着吗？

秦慧楠无言以对。周源太有城府了，反击别人不留情面，无懈可击，秦慧楠根本不是他的对手，只得同意他进入重症病区。可是周源说他不进去了，将手里的慰问品往秦慧楠手上一塞，让她转送给范琳琳。临走时，周源甩下一句话："人都有得意有失意的时候，不管什么时候，都要留有余地。"

秦慧楠走出病房，章法成又来了，在停车场里等着她。他说谁开的枪，一时无法查明，但是通过排查，除了特警，玉泉县还没有发现这样的狙击手。击毙汪柱子的子弹头，和特警狙击手所用子弹不是一个型号。可以这么说，凶犯狙击手可能是外来客。秦慧楠认为，指挥开枪的人，一定在玉泉县城，很可能就在我们身边。这个案子，光天化日，众目睽睽，影响很大，要给群众一个交代。

县公安局的审讯室里，田振鹏、丁海和几名公安干警加大了对小胡子的审讯力度。田振鹏说，小胡子，你以为沉默不开口，神仙难下手是吧？你以为我们奈何不了你？告诉你，共产党的警察没有攻克不了的堡垒。不和你摆谱，我曾经审讯过的犯人，再顽强、再狡猾，也没有一个是过了三天才招供的。小胡子不屑一顾，皮笑肉不笑地说，我知道你有的是办法，是让我坐电椅、灌辣椒水，还是上老虎凳？我已经做好了准备，全都奉陪。丁海说什么电椅、辣椒水、老虎凳，你胡扯什么？这是人民公安的审讯室。小胡子得意地说，那你们永远撬不开我的嘴巴。田振鹏说，你以为撬不开你嘴巴，就可以逃过法律的惩罚了？我们用事实和证据定罪。

田振鹏指着大屏幕上出现的两块石头问小胡子，这两块石头你不会不认识吧？它是从你的手中砸出去的。你在大雨倾盆的早晨，在垃圾场熊熊的烈火中，连续砸倒了两个老人。一个已经死去，另一个至今还昏迷地躺在医院里。还有第三颗石子，你砸向了崔思康，被刑警队长尤喜军发现。你不仅带走了石子，还残忍地杀害了尤喜军！

小胡子震惊了，开始喘粗气了，睁大了两只鼠眼，目不转睛地看着田振鹏。田振鹏问，我说得不对吗？说，是什么原因让你如此丧心病狂？小胡子脱口而出，王长根这老家伙不是个东西，拿了钱又变卦，不办事。田振鹏步步紧逼地追问，是那张十万元的银行卡吗？你们要他办什么事？小胡子自知说漏了嘴，沉默了。

丁海说什么叫永远不会撬开你的嘴巴，你已经输了，看得出，你的良心和邪恶在激烈地交战，奉劝你赶快交代问题吧。

田振鹏说，我们是在帮你，你一个字不说，照样可以判你。你说了是你的态度，可以为你宽大处理留条后路。懂吗？

小胡子在垂死挣扎，问让我交代什么？我什么都不知道。

田振鹏说，你真的什么都不知道？你说了王长根不听你们的话，拿了十万元的银行卡，又不想帮你们办事了。小胡子想抵赖，反问道，我是这么说的吗？

田振鹏说，如果监控录像证明你是这么说的，你反口抵赖，这说明你抗拒交代，抗拒政府，罪加一等！如果你承认是你说的，我们算作是你主动交代的罪行。要不要回放监控录像？小胡子无言以对，又沉默了。

田振鹏故意大声地对丁海说，不要再审了，这案子完全可以送检察院，再审是浪费时间。丁海说，小胡子，我们尽力了。我们一片好心，你不领情。

小胡子是个"老江湖"，是个"几进宫"的人物，什么场面都经历过。田振鹏说将他的案子报送检察院，是在吓唬他，要稳住心理防线。何况，他还没到山穷水尽的境地。

这时，卢晓明的身影浮现在小胡子的眼前。三天前，卢晓明问小胡子，假如你关进去能坚持几天不招供？小胡子反问，怎么问这个问题？卢晓明说，人无远虑，必有近忧，回答我。小胡子咬着牙迸出四个字"宁死不屈"。卢晓明说，面对中国警察，宁死不屈，这不现实。小胡子软了口气问，你要我坚持几天？卢晓明说三天。小胡子说不成问题。卢晓明告诉小胡子，如果你坚持三天，你的朋友就会赢得时间做很多事情，包括营救你们。现在想想，卢晓明未雨绸缪，很有远见。

田振鹏和丁海又回到审讯席上。小胡子说，田警官，说与不说对我来说都没有实际意义，我现在是农夫挑粪桶，两头都是死（屎），你们该怎么办就怎么办吧。

田振鹏说，你不说，我帮你说。你们利用王长根与崔思康的恩怨，用十万元买通他，想让他大闹那天上午十点召开的县委常委会。因为这个会上，要宣布崔思康担任玉泉县县委书记。你们要王长根在这会上揭发崔思康忘恩负义、抛弃未婚妻王秀芹，与范琳琳搞权色交易。小胡子惊讶地看着田振鹏，心里在想，这个家伙太厉害了，说得太准了。但表面上，他仍然歇斯底里地反抗着。

门开了，秦慧楠和章法成走进来。秦慧楠对田振鹏做了个手势，大屏幕上出现了肖强强的头像，小胡子慌了。

章法成问："小胡子，抬起头看大屏幕，认识他吗？"

小胡子说："不认识……"

"不认识？"秦慧楠态度十分严厉，"既然不认识，你为什么杀他？他与你有什么深仇大恨？"

小胡子还在狡辩："不，我没杀他……"

"够了，你的表演够充分了。"秦慧楠铿锵有力地说，"你的表演并不完美，破绽还是暴露出来了。你以为神不知鬼不觉，一切做得天衣无缝？"她指着田振鹏问，"他是谁？大半辈子和痕迹打交道的田大痕，你骗不了他的眼睛。在肖强强驾驶的那辆红旗轿车刹车装置上，他费了很大的功夫，找到了你留下的痕迹。肖强强只不过想为一位领导干部讲句真话、主持点公道和正义，你们就无情地夺去了他的性命，天理何在，公道何在！"

秦慧楠义正词严，犹如泰山压顶，对精神防线快要崩溃的小胡子进行了最后一击。面对众人犀利如尖刀般的目光，小胡子惊恐万状，看到自己的眼前是个死胡同，他孤立无援，无法走出生天。卢晓明所说让他坚持三天等待营救，完全是不现实的谎言。

小胡子又看了一眼大屏幕上肖强强的照片,终于开口了。原来,在宣布任命崔思康为县委书记的那天晚上,在县城的一家酒吧的吧台上,小胡子与肖强强相对而饮。他要求肖强强明天上午七点十五分,驾驶着崔思康乘坐的红旗轿车,一定要准时经过小王庄。不管发生什么事,都不要停车。肖强强问为什么,小胡子说这个你就不要问了,知道得越多,对你越不好。

小胡子拿出一粒药片,要肖强强在开车前,把这药片放进崔思康的茶杯里。当时,肖强强拍案而起地说,你想干吗?害死崔县长,胡子明,活腻了你! 小胡子说不要紧张,这是普通的安定片加了点剂量,吃不死人,我们只是让崔县长在车上好好睡一会儿,他太累了。肖强强说我不干,起身要走,小胡子一把拉住他说,给你五万? 肖强强说,一分不要。小胡子说,肖强强你一个曾经的劳改释放犯,装什么正经? 肖强强震惊了,他的老底被人掀开了,以后还怎么混?于是他服软了。

第二天是个雨天,当王长根驾驶的装满蔬菜的电动三轮车出现在小王庄与公路入口处时,广告牌后钻出小胡子,抄起石头,对着他的后脑勺猛砸过去。王长根一声大叫,身子一晃,连人带车翻倒了。接着,肖强强开车路过,不管王秀芹怎么呼救,红旗轿车没有停车救人,于是一幕"人民县长,见死不救"的闹剧上演了……

小胡子的交代,让秦慧楠十分感慨:"毫无道德可言者,却站在道德的制高点,置坚守道德者于死地,这一招确实够损。这种智商绝非你小胡子所有。说,谁指示你这么干的?"

小胡子又故技重演,死活不开口。

秦慧楠对小胡子说:"先告诉你一句话,你的罪行,是要枪毙的。想不想保住性命判个死缓,就看你自己了。"说完随即转身,走出了审讯室。

小胡子冲着门口喊道:"秦部长,蚂蚁还贪生呢。我是个大活人,不想死啊……"

崔思康捧着一束鲜花，走进武警医院的病房。范琳琳连忙坐起来，崔思康走上前，两个人紧紧地抱在一起。范琳琳说，思康，我是准备和汪柱子共存亡的，做梦也没想到我们还能见面。崔思康说，都过去了，一切都会好起来，我们会平平安安在一起的，因为我们是好人，好人有好报。崔思康扶范琳琳重新躺下，从口袋里拿出一把生了铜锈的口琴。他说这是他上高中时，王秀芹的爸爸王长根给他买的，前天把它找出来了，到病房给王长根吹了一曲。想不到奇迹出现了，王长根的眼角流出了泪水。

太神奇了！范琳琳一个劲地追问后来呢？崔思康说，后来找孙大夫检查了一下，王长根又恢复了老样子。不过他坚信，这口琴是有作用的，他吹的曲子是《好人一生平安》，问范琳琳想不想听？范琳琳说很想听。结婚十年，从来没见过他唱过一支完整的歌，更不知他吹口琴的模样。

崔思康吹着口琴，乐曲声宛转悠扬，在病房内回响着。这乐曲两人都不陌生，让范琳琳忘记了身上的伤痛，让崔思康忘掉了委屈和忧伤，一切变得那么美好。

这时王秀芹拎着一大袋水果，走进病房。范琳琳见了又要坐起来，王秀芹摇手，示意不要打断感情十分投入吹奏口琴的崔思康。王秀芹轻轻地坐在床头，看着崔思康在忘情地吹奏着，如痴如醉。

卢晓明别墅所在的度假村，有一个人工小湖泊，湖边有个供业主垂钓的钓鱼台。今天是周六，太阳老高了，卢晓明还稳坐在钓鱼台的太阳伞下，明里是垂钓，暗里是等一个重要的客人。

八点刚过，一辆轿车在钓鱼台旁停下，来人是蒋德铭，他报告了两个消息。一是吴雪姣已安全离境，二是引水二期工程招投标大会明天上午十时准时召开。玉泉集团肯定中标，当场签订工程总包协议书，并将百分之五十工程款打入玉泉集团账户。

卢晓明打了个响指,站在不远处的保镖提着一只银色金属密码箱走过来,放在桌子上,然后知趣地走开了。卢晓明打开箱子,拿出两张渣打银行卡、两本化名护照。他说两张卡里面各存了二千万美元,是给你和戴书记的。还有两张后天飞往美国旧金山的机票。蒋德铭问卢晓明,我们走了,你怎么办?

卢晓明说,他已将玉泉集团的法人变更到在美国读书的儿子名下。玉泉集团是他毕生的心血。二十多年了,他从一个小木匠走到今天,特别不容易,他要和玉泉集团共存亡。说到这里,卢晓明伤心落泪。蒋德铭沉默了。高楼万丈平地起,要耗费多少工时和心血,可是要毁灭这座大厦,只要走错一步就坍塌了。眼下,玉泉集团面临的就是这个局面。

早上醒来,范琳琳精神好多了,门外的警卫给她送来一封信,信封上注明"内详"两个字。范琳琳奇怪地拆开信封,里面还有一张老照片,信中写道:"范琳琳同学,我是东山市护士学校的校长许传山。看到有关你的新闻,我心如刀绞。现在我年事已高,重病缠身,能活的天数屈指可数。十年前你遭受的那场不幸,一直揪着我的心,我的良知一直遭受着道德的拷问。当我即将离开人世之际,我必须向你说出真相,附上一张当年的照片。我相信强暴你的知情人就在这张照片里,再次向你表示道歉。"

范琳琳仔细看照片,从中认出了年轻的干部戴国权。十年前,那不堪和令人发指的一幕,恍如昨日,立即浮现在眼前……

泪水模糊了范琳琳的双眼,她默默地收起了信和照片,下了床,又是冲澡,又是换衣、化妆。这反常的举动被前来病房探望的王秀芹发现了。范琳琳这是要出门,什么事连自己的身体都不顾了?她想不能再出什么意外了,决定范琳琳走到哪,她跟到哪,绝不离开半步。

窗外,乌云压顶,一阵狂风吹开了窗户。接着,一道闪电,一声滚雷,大雨瓢泼。正是孩子们放晚学的时候,田晓君打着伞,走出校门。一辆黄色的校车开过来,田晓君和两个同学刚上车,车门就关了,校车迅速驶离。

田晓君喊着，师傅，停下，还有好几个同学没上车呢！另外两个同学也跟着喊叫，停车，停车！这时车后座两个墨镜男走过来，强行用胶带封住了田晓君和那两个同学的嘴巴，捆上三个孩子的双手。黄色校车向郊外开去，消失在雨天里。

五三　与困兽对话

晚上，秦慧楠走进家门，不见田晓君。查看了三个房间，也不见田晓君的身影，也不见她的书包和雨伞。这时墙上挂钟敲响六下，孩子早该放学了。秦慧楠心里紧张起来，正要拨打田晓君的手机，她的手机响了，是个陌生号码，秦慧楠犹豫了一下，还是按了接听键，同时按下了录音键。

手机里传来一个浑厚的男中音，他说秦部长，不好意思，打搅您了。请别问我是哪位，我是哪位不重要，重要的是你的女儿田晓君在我手里。你没有按照我们的游戏规则，而且越走越远。我再次重申，放弃崔思康，你和他都离开玉泉，离开东山。当然，我也不会让你吃亏，补偿你和崔思康每人二千万。这钱足够你们开创另一番事业了。陌生男子还说，如果你同意，我先支付五百万现金。你们宣布辞职后，我放了孩子，补足全款。

秦慧楠问陌生男子，你为什么这么做？陌生男子说，目的两个：一是感恩老领导，他让我们发财致富，我们为他两肋插刀；二是中国的官场上有你和崔思康这样的人存在，就没有我们这样的人好日子过。怎么样，我们成交吧。

考虑到孩子的安全，秦慧楠想到的是拖。她回答说，你的条件不错，让我考虑一下。陌生男子威胁说，给你一个小时，否则就动真格的了。没等秦慧楠说话，对方就把电话挂了。

案情就是命令，田晓君的绑架案惊动了省、市、县委。不到一小时，一个由市公安局局长洪光明为首的解救工作指挥部成立了，章法成和丁海及田振鹏也在第一时间赶到。

大屏幕上,是那辆橘黄色校车的图片。市局的一名刑警指着图片说,他们在郊外的一个密林里发现了这辆被遗弃的车。经查这辆车去年就做了报废处理,一直停放在东山市车管所汽车垃圾场附近,这就是田晓君和两个女学生误乘的那辆校车。

洪光明局长汇报说,就在半小时前,同时和田晓君一起上车的两个学生已经被歹徒放回,两个同学受了严重的惊吓,只是说他们把晓君带走了,至于带到哪里,是什么人,长什么样,这两个女同学也说不清楚。

章法成说,我们刚看望了两个被放出来的同学,由于高度的惊吓,她们的记忆状况没有完全恢复。她们只是说车上有三个坏人,都是男的,两个高个子,一个胖子,三个人都戴着大墨镜,看不清面孔,说一口标准的普通话。我们认为,这三个作案的歹徒是本地人的可能性很小。

田振鹏否决了章法成的判断,刚才打电话给秦慧楠的那个陌生男子,他说就是前几天给秦慧楠打威胁电话、用假身份证注册手机号码的金同义。尽管两者声音做了变频处理,但是语气、语速和措辞基本相似,说着他播放了两个电话的录音。田振鹏不愧是"田大痕",他的智慧和判断力又一次让在场的人刮目相看。

秦慧楠建议再次提审林强盛,她坚信这个打电话的男子和他的关系非同一般。洪光明说,上次为那个威胁电话,我们已经提审林强盛几次。这个家伙死猪不怕开水烫,只说不认识金同义其人。秦慧楠说,再碰碰运气吧,也许他能良心发现。

在去往监狱的车上,洪光明告诉秦慧楠,卧龙岗监狱就是东山市监狱。在东山市东郊有个山冈叫卧龙岗。当年朱元璋为了逃跑,曾躲在这山冈的一个暗洞里逃过一劫,卧龙岗由此得名。改革开放后,开发商看中了地处城区里的市监狱位置,花大价钱拆迁买了这块地皮。林强盛把监狱的新址选择在卧龙岗,并花巨资打造一座全国先进的、花园式的、现代化的监狱。秦慧楠说,林强盛真有远见,为自己准备了一座这么高级的监狱。章法成说这个人真精明,连蹲监狱都要高人一等。

突击提审林强盛，监狱已做了准备，将审讯放在一号审讯室里进行。这间审讯室宽敞明亮，还有电视大屏幕。洪光明、章法成、丁海刚在审讯席上坐下来，两名狱警就将林强盛押进了审讯室。林强盛看到市公安局局长洪光明坐在审讯席上，心里咯噔了一下，有点惶恐不安。

"林强盛，"洪光明开门见山，"我就不用介绍了，曾经是你的部下。这位是玉泉县公安局局长章法成，这是玉泉县公安局刑警队长丁海。"

林强盛傲慢地看了看章法成、丁海一眼，什么也没说，明显是不屑一顾。

章法成播放了电话录音，问这个打电话的人是否认识？林强盛说听不出来，说他的耳朵被监狱的犯人打坏了。狱警马上指责林强盛胡说八道，自他入狱以来，没有任何人碰过他一个指头。

林强盛分明在耍花招，洪光明口气强硬起来，来了个下马威："林强盛，不要拒绝我们，机会只有一次。你以为我们在求你吗？你放心，我会把这个犯罪嫌疑人找出来，哪怕大海里捞针。可是这样就没你的事了，你就蹲在这里，把牢底坐穿吧。"

洪光明发现，当他说完最后一句话时，林强盛的眼皮微微地抬了一下。虽说是个细节，但被他锐利的目光捕捉到了。他问林强盛："我这里还有一段录音，你听不听？"林强盛口气软了，但佯装不耐烦的样子说："放吧，放吧。"

录音里，自称金同义的男子说："我们是为林强盛鸣不平的一群人，是感恩者联盟，我是代表敢于站出来罢了。这次是警告……"

"哈哈哈，"录音没放完，林强盛突然得意忘形，哈哈大笑，"想不到我一个阶下囚，还有人帮我鸣冤叫屈，这就是民意，这就足够了！这个世界上，冤家路窄，不是冤家不聚头啊。"他语气强硬起来，"让秦慧楠来见我，别躲在另一间房里看直播了。"洪光明和章法成、丁海面面相觑。

门开了，林强盛抬起头，看着走进审讯室的秦慧楠，就在双方的目光撞击的一刹那，林强盛的视线突然移开了，就像夜间开着大灯相对而

577

行的两辆汽车，强光压住了弱光。

秦慧楠在审讯席旁边坐下，说："林强盛，我们用这种方式又见面了。"

林强盛不甘示弱："你在嘲笑我是个囚犯？"

秦慧楠说："不用嘲笑，现实已经做出了回答。"

林强盛说："人生是个未知数，我们都同朝为官，都有同一个起跑线。你能保证你的今天，但你能保证你的明天吗？保证你的明天永远走在阳光大道上？"

秦慧楠说："我虽不能保证明天，但我能保证今天，我会用无数个今天来保证我的明天。"

林强盛嘿嘿一笑说："把别人拉下马，是为了自己上马。用别人做垫脚石，自己再往上爬，这光彩吗？"

秦慧楠不急不躁，从容坦然地说："林强盛，你要我来，是和我讨论人生价值观吗？你不配，你也没有这个资格。今天，我不是以东山市委常委、市委组织部部长和你谈话，是以一个母亲的身份要求你，把女儿还给我！"

"把你的女儿还给你？"林强盛故作镇定，"别血口喷人，此话从何说起？"

秦慧楠说："打威胁电话的这个人，对你如此亲密、如此同情、如此两肋插刀，你不知道他是谁？你以为我们查不出来？不，找你不过是走个捷径，争取点时间，给你个立功的机会罢了。可是你把我们的好心当驴肝肺。"秦慧楠步步紧逼，话语像一枚枚射向敌人阵地的火箭炮弹，"你要见我想说什么？是不是你的人绑架、迫害我的女儿为你报了一箭之仇？你以为我会跪下来求你，让你的复仇之心得到一点满足吗？不，你想错了。如果我的女儿遭到不测与你有关，你将以谋杀罪遭到法律严厉惩处。而我，一个失去女儿的母亲将会痛苦万分。这种两败俱伤的结果，是你愿意看到的吗？"

林强盛不敢正视秦慧楠的目光，仰视着天花板，喘着粗气。

秦慧楠的语气突然变得温和起来，她说："林强盛，你让我来见你，我来了。我为什么来见你？因为我抱有一线希望，希望你良心发现，不要在犯罪的道路上越走越远。"

秦慧楠拿出一个U盘插进电脑，大屏幕上出现了一个小男孩，正在课堂上背诵唐诗。秦慧楠告诉林强盛："这孩子叫唐颂，今年七岁，是你和市委办一个姓唐的机要秘书的私生子。因为没有父亲，孩子只能跟母亲姓唐。孩子很聪明，唐诗三百首，能背诵近百首。可是眼下这孩子面临被抛弃、成为流浪儿的境地。他妈妈今年才二十七岁，好不容易找到个男友，要结婚嫁人，可是男方坚决不接受她的这个私生子。"

屏幕画面上出现了一片密林，草丛里一个蓬头垢面的年轻女人带着三岁的孩子在捡野果，吃脏东西。

秦慧楠说，这位女子原是省人民医院的一名护士，你在一次住院期间奸污了她。此后你们保持了几年两性关系，她还为你生了个孩子。你出事后，她受不了舆论的压力，逃进了深山密林……

"别说了——"林强盛发疯似的用沙哑的喉咙吼叫着，"关掉电视……"

看得出，林强盛的眼角亮晃晃起来，那是泪珠。秦慧楠心想，难道是鳄鱼的眼泪？不管怎样，要趁热打铁，给他最后一击。她说："林强盛，关掉大屏幕不等于抹掉了事实。我这里有一份你和余光的私生子女名单和孩子们的现状。这些孩子因为失去你们的资助，因为生母的遗弃、改嫁，有的已成为孤儿，陷入贫困之中。我们正向人大提案，救助这些孩子，让他们从可耻可悲的亲生父亲的阴影中走出来，有尊严地活着。因为孩子是无辜的，包括我的女儿田晓君……"

林强盛的面部出现了难以掩饰的痛苦，他的内心在挣扎。不一会儿，他终于软下口气说："秦部长，什么都别说了。尽管我现在是囚犯，但也是为人夫、为人父……你说服我了。给你打威胁电话的人真名叫金同文，曾经做过我的秘书，现在是个大老板。转告他，我彻底认罪了，交出孩子，一切都结束了……"

这个金同文，是个典型的"水清则无鱼"贪官治国理论的受益者。他在林强盛手下做了几年秘书就"下海"经商了。凭借林强盛这个后台，他包揽了东山市交警红绿灯控制系统的生产和制作，后来又做起了消防器材的生产和销售，再后来生意越做越大，越做越红火。他有个口号：以政府的名义，做政府的生意，掏政府口袋里的钱。政府的钱取之于民、用之于民。他也是民，所以，不用白不用，他把这个歪理叫作"羊毛出在羊身上"。

抓捕金同文的行动很顺利，他正在一家五星级大酒店进行一笔大宗业务的签约。当然，这又是一笔掏政府口袋里钱的"羊毛出在羊身上"的生意。公安干警以迅雷不及掩耳之势包围了会场，制服了他。

金同文还在抗拒、抵赖，田振鹏拿出手机，林强盛的画面出现了："打威胁电话的人真名叫金同文，曾经做过我的秘书。转告他，我彻底认罪了，交出孩子，一切都结束了……"

金同文崩溃了，乘人不备，吞下一粒药片，顿时瘫倒在地上，气喘吁吁。章法成惊呼，他服了毒药，快叫救护车！金同文摇摇头说不必了……孩子关在……在玉泉湖面上一艘游船里……话没说完，头一歪便昏死过去。

这是个多雨的季节，刚才还阳光普照，这会儿又下雨了。雨水打着窗户，沙沙作响。这是入夏以来玉泉县的一场大雨，可以彻底解除旱情。可是对戴国权来说，这场雨让他心烦意乱。田晓君第二次遭绑架，虽然受了点轻伤和惊吓，但被成功解救的消息，让他愤怒和懊恼。愤怒的是实施这方案的金同文搞砸了，是卢晓明指挥不力还是用错了人？懊恼的是此时他应该去医院看望田晓君，可是他没有勇气走进病房，表面文章也没做。只是给田振鹏打了个慰问电话，显得虚情假意和苍白无力。

这时有人敲门，他神经质地站起来。门外传来了赵恒儒的声音，戴国权这才开门，让赵恒儒进来。赵恒儒问大白天的，反锁门干吗呀？戴国权说可能不在意，随手锁上了。赵恒儒说，市委办刚才通知，明天上午十点召开县委常委会，会议由秦慧楠主持，崔思康也参加。

对戴国权来说，这是相当坏的消息。他现在主持县委县政府的日常工作，县委常委会理应他来主持，可是却换成了秦慧楠，这是个不祥之兆。特别是崔思康也参加会议，会不会官复原职？

让戴国权紧张的是原定明天上午十点的引水二期工程招标会，必须提前，否则常委会上崔思康夺走了权力，他就"有权不用，过期作废"了。所以他果断地让赵恒儒紧急通知，招标会提前到上午九点，让财政局局长参会，签好中标协议就放款，把生米做成熟饭，秦慧楠也奈何不了。

赵恒儒刚出门，范琳琳的电话就来了，说请戴国权喝茶、谈事，还在老地方，要他马上就过来。戴国权说，我的小姑奶奶，我正在上班呢，什么事这么急吼吼的？范琳琳说是谈大事，刻不容缓！

戴国权心里翻腾开了，范琳琳说的大事，肯定是崔棒棒生父到底是谁的问题。上次他对她说了，如果她宽恕了那个强奸犯，那人会离婚娶她，还会送棒棒去美国上名校。范琳琳从他的话语中品出了棒棒的生父是个不一般的人物，是个有钱有势的主儿。难道是动心了？最后他决定，这茶一定要喝。

范琳琳是带着王秀芹去见戴国权的，下午四点，她们准时来到约定的"泉水叮咚"茶楼，俩人走进包间时，戴国权还没有到。王秀芹问，这就是你和戴国权几次约会的地方？范琳琳说，是的，他喜欢这个包间。王秀芹说，你们的谈话一定要录音，这是证据。范琳琳说怎么录？戴国权很敏感，他不会让我录。王秀芹说，我有办法。你们开始谈话，你就拨通我的手机，一直处于通话之中，我帮你全过程录音。我就坐在大堂里，只要你咳几声，我就过来助战。

王秀芹刚走开，戴国权就来了，跨进包间的脚步准时踩在下午四点。他很得意地说："我这个人虽说没当过兵，但是时间观念很强。与人相约，说几点就几点，我不喜欢别人等我，更讨厌我等别人。先问候一下，身体怎么样了？"

范琳琳说:"没有大碍,恢复得差不多了。"

戴国权说:"你真了不起啊,高空一跳,多少人刮目相看!"

范琳琳说:"哪里。不是你现场指挥,果断开枪,或许我就见不着你了。"

戴国权慌了神,连说:"别别别,你抬举我了。我不是现场指挥,更无权下令开枪,不能贪天之功为己有。说吧,召见我有何指示?"

范琳琳说:"心里有话,不吐不快。"

戴国权说:"没关系,我今天下午的时间属于你的了。"

范琳琳拿出 NBA 球衣、球鞋说:"这是你买给棒棒的,谢谢你一片心意。但是这么贵重的礼物,棒棒受用不起。我知道,这近五千块不是你付的,是卢晓明的秘书吴雪姣付的款。你是借花献佛,我不能接受。"

戴国权一下子尴尬了,无地自容,但还是强打精神,故作镇定。他说:"就是借花献佛,也是我的心意。"

"请你退给吴雪姣,我怕脏了我的手。"范琳琳毫不客气地说着,又拿出那张老照片。照片上写着"热烈欢迎市委检查组莅临我校检查指导工作",上面有十年前的戴国权和四名年轻干部及许校长的合影。

这下戴国权心里不淡定了,明白了范琳琳下一步要做什么了。他沉思了一会儿问:"这照片是老古董了,哪来的?"

"哪来的不重要。"范琳琳问,"重要的是这上面是不是有你?我已查实,十年前去东山护士学校检查组五个人,你是其中的一员。"她指着照片说,"这个人你敢说不是你吗?当年,是谁伤害了我?"见戴国权沉默,范琳琳步步紧逼,"这五个人都是嫌疑人,现在有了 DNA 检测技术,不信我查不出。"

戴国权拿起照片撕了。

范琳琳说:"你尽管撕,我这里还有,复印了一百份。"

戴国权的口气软了:"琳琳,冤冤相报何时了?依我看,过去的就让它过去吧,咱们向前看。"

"好一个向前看!"范琳琳说,"知道这十年我是怎么过来的吗?十年前的那一幕，我深深地刻在脑海里，挥之不去，噩梦做了多少回，我无法计算！如果不是崔思康，我早就做鬼了。"范琳琳泣不成声，剧烈地咳嗽起来。

王秀芹一路小跑着过来了，戴国权好生奇怪，怎么又冒出了王秀芹？王秀芹说，戴书记，你别说了，我坐在大厅里全知道了。她举着手机说，你们刚才的谈话，我全录进去了。

戴国权明白他掉进了范琳琳和王秀芹挖下的坑，但他仍强装镇静，说录进去又能怎么样？范琳琳说，咱们走，一起去见秦部长，见市纪委书记郑介铭，我要把这照片上的五个人全找到，与棒棒进行DNA比对，不愁找不出真凶。

"琳琳，你冷静点，"戴国权慌了，说漏了嘴，"当年伤害你的绝对不是我。"

"那是谁？"王秀芹和范琳琳交换了眼色，打起了圆场，"戴书记、范院长，看在这些年你们相处的分上，坐下来好好谈谈。琳琳，听我一句劝，你也别感情用事，杀人不过头点地，得饶人处且饶人，冤家宜解不宜结嘛，这事总归能找到一个妥善的解决办法。"

戴国权很赞同："秀芹说得对，冤家宜解不宜结。琳琳，你坐下。"

"你们谈吧，我回避。"王秀芹把范琳琳拉着坐下，走出去，轻轻带上门。

范琳琳催促着："说吧，是谁？不要担心，只要他知罪，也许我能宽恕他，毕竟过去十年了。"

戴国权惊喜起来："你说的是真的？"

范琳琳说心中的结不能不解开了，以后的路还很长，棒棒也渐渐长大了，他的亲爸是谁，做妈的必须给他一个交代。思康那里我也很难回去了。再说了，他心里还有王秀芹，我想让他们重归于好，我这辈子就不欠别人的良心债了。

戴国权恍然大悟，如释重负地说，我理解了，相信你说的是真心话。曾经伤害你的那个男人，这十年一直在忏悔，等待你的宽恕。他为你离了婚，孤身一人。如果你能宽恕他，他会在今后的日子让你很幸福。他可以安排你一个很体面的工作，可以把棒棒送到美国哈佛、英国牛津读书。范琳琳问他有这么大的能耐？戴国权说，有，就看你领不领他的情了。范琳琳说，你告诉他，我要见他，马上！戴国权说老天不帮忙，外面正在下大雨。范琳琳毫不妥协，语气坚决地说，天上就是下炮弹，他也要马上来见我！

终于，戴国权妥协了，他说马上联系安排见面。

风大雨猛中，崔思康开着范琳琳那辆红色小跑车，缓慢地向马王镇前行。贾乐福来了电话，说那帮人又要对五千亩良田下手了。大型工程设备要进场，要圈地，要打桩，要围挡，企图生米做成熟饭。崔思康问他们是什么人？贾乐福说是引水工程指挥部的，全是新面孔。他们手里抓着征地通知，红头文件上盖着引水工程指挥部的大红印。

崔思康说，人在阵地在，你们要坚持住，坚守到明天上午九点县委常委会召开。在这之前不能让他们挖一块泥，打一根桩，我马上赶到现场。前面的积水很深，红色小跑车像个小汽艇似的直冲过去，激起了一阵浪花。

马王镇郊外，五千亩田地上竖着几大块广告牌，上面写着："保护耕地，保护家园，保护未来！""良田珍贵，誓死保卫，毁坏有罪！"

大雨中，崔思康、贾乐福带领群众将值班用的小铁皮房抬到路的中央。铁皮房上挂着一个牌子，上面写着"马王镇保护耕地巡逻值班室"。

几辆工程卡车和推土机、挖掘机开过来，铁皮房挡住了去路。一群穿雨衣、戴白色头盔的男人跳下车来，齐刷刷地站在崔思康和贾乐福的面前。一个包工头模样的男子指着铁皮房大声说："把这废铜烂铁皮挪开，要不推土机就碾压过来了！"贾乐福跨上前一步，针锋相对地回道："你敢？"包工头说："有什么不敢的，一条人命六十万，够了吧？"

崔思康看了看来势汹汹的这群人，一个都不认识，听他们口音是外地人，可是他们却拿着市、县两级住建委颁发的施工许可证。他打电话给县住建委，答复是主任生病，正在市医院里做手术。打电话到市住建委，负责人回答这个施工审批符合规定。崔思康这才感觉到面对权力，自己是多么渺小，多么微不足道。别说你是处级的常务副县长，就是市长、省长，照样逃不过"县官不如现管"的官场怪圈。

"把铁皮房搬走！"包工头怒气冲天，不可一世，"否则一切后果你们自负！"

"从现在开始，我就住在这铁皮房里，"崔思康走到包工头面前，"不允许你们向前一步，否则一切后果你们承担！"

包工头问："你是谁？好大的口气。"崔思康回道："我是崔思康！"包工头愣住了，倒抽了一口冷气。

下午四点，秦慧楠走进书记朱明远的办公室，她问朱明远，有何要事，紧急召见？朱明远说，思康同志的县委书记职务宣布你就别去了，让周源同志去吧。定下来的事又变了，秦慧楠感到很意外，问为什么？朱明远说，低调点吧，晓君的事不能重演了。秦慧楠问，我难道向林强盛这帮人低头吗？朱明远连忙解释说，你别误解我的意思，晓君这次伤害得这么重，我怕再弄出什么事来。我已经通知周源了。

平心而论，朱明远人不错，很有人情味。但是，他最大的缺点是五心不定，办事犹豫不决。秦慧楠曾婉转地、旁敲侧击地说过他几次，但是"江山易改，禀性难移"，改变一人比改变一个环境要艰难得多。抓住这个机会，秦慧楠的批评就直言不讳了。

"明远同志，你这样做是欠妥的。"秦慧楠生气了，"临阵换将，为什么不跟我商量？我是市委组织部部长，宣布任命这是我的工作。两个多月来，为了玉泉县委书记人选发生了多少事，一环一环，一招一招，明枪暗箭，惊心动魄。现在有了结果，我等的就是这一天。"

"是的，崔思康的事情进行到这一步，非常的不容易。"朱明远现出一副为难的神色，"论功劳，你是战功赫赫。但是面对目前东山市和玉泉县的状况，面对复杂的政治形势，我们应该讲究策略。我们在明处，别有用心的人总是躲在暗处,明枪暗箭,防不胜防。让你别去玉泉,是让你低调,是对你的保护。周源去玉泉,绝不是否定你的成绩,更不是去摘桃子。"

"什么摘桃子?"秦慧楠很不高兴,"我所做的一切,难道就是为了抢功劳,摘桃子? 明远同志,你小瞧我了!"秦慧楠走出室外。

"慧楠同志——"朱明远跟上去,一直追到电梯口,两人走出了办公大楼。

秦慧楠气愤地说:"与其这样,不如答应林强盛这帮人的要求,我公开辞职,卷铺盖走人。"

朱明远无力地解释着:"我的一片苦心,你怎么不理解呢? 我是为了你和孩子的安全。晓君死里逃生,付出了沉痛的代价。这个代价,必须让林强盛这帮人来埋单。"

对朱明远的一片苦心,秦慧楠并不领情,她说:"我是孩子的妈妈,我怎会不伤心? 可是我豁出去了,在邪恶面前,正义如有丝毫的退让,邪恶就会得寸进尺。我也想过辞职,离开东山,换个地方,重启人生,寻找新生活的稳定和安乐。可是让坏人神气,好人受气,我就咽不下这口气。"

朱明远妥协了,他让周源撤回来。他强调思康的职务宣布就职到位后,接下来是县委整个班子的调整,要秦慧楠拿出个主导意见。秦慧楠说,对戴国权我们可能看错了人,应该重新认识他。朱明远惊讶地看着秦慧楠问,你发现什么了? 秦慧楠说一些蛛丝马迹,还有女人的第六感觉,她相信这种感觉,这种感觉就是我们没有看到戴国权的真心。

朱明远沉默了,他相信秦慧楠的感觉,但是对戴国权的整体印象还是不错的。他认为,在这场县委书记选拔的斗争中,戴国权之所以输给了崔思康,不是思想觉悟政治水平的高低,而是能力和魄力的差距。但崔思康的麻烦事太多,相比之下戴国权没有那么多麻烦事,能守好摊子。不给上面添乱的干部也不错啊。他觉得对戴国权还是要重用的。现在,既然秦慧楠对他提出了看法,他不能不予以重视。于是,朱明远说了一句永远正确的话:注意观察,时间会告诉我们一切的。

现在,最高兴的是周源。下班了,他坐车回家,手里拿着市委红头文件,与崔思康视频电话。他说:"思康啊,看到视频了吧,你任职县委书记的红头文件就在我手里,明天上午十点,县常委会上,我正式宣布你的任命……哈哈哈,什么叫笑到最后?你是,我也是。人生的一些大事,往往到了最后才是最精彩的。告诉我,你现在是什么感觉?哎,你的背景怎么那么乱,你在哪?"

崔思康说:"我在五千亩子孙后代的良田上巡逻。"

崔思康身穿雨衣,头戴安全帽,一边走,一边用手机直播视频。路旁,工地一片繁忙,要强行施工的挖掘机、工程车被马王镇巡逻队往远处赶。巡逻队开的是推土机,马达隆隆作响,吓得强行施工的队伍望风而逃。

周源刚与崔思康通完电话,朱明远的电话就打过来了,通知他明天就不去玉泉县参加县常委会宣布任命了,还是让慧楠同志去吧。周源不高兴了,说你朱明远定下来的事,怎么朝令夕改呢?朱明远只能打着哈哈,他说我们都这把年纪了,出头露面的事还是让给年轻干部吧。说完,他就挂断了电话。

五四　大假似真，大奸似忠

东山市委机关大会堂正在召开表彰大会。会场内坐满了机关干部，足足有千人之多。台上，朱明远说，原市委组织部部长周源同志，是党的优秀组织工作者。三十多年来，兢兢业业，呕心沥血，为党和人民培养了一大批好干部。今年，他荣获党的全国优秀组织工作者光荣称号。在掌声和音乐声中，周源满脸微笑走上主席台。他不断地朝众人拱手，还向台上台下深深鞠躬，显得十分低调和谦卑。少先队员向他献花，朱明远为他披上绶带、颁发奖章和获奖证书。

颁奖会结束，周源喜气洋洋地走回办公室，解下绶带，放下奖章、证书，一转头，发现有一个男子紧跟着走进来，他摘下墨镜，才看出此人正是卢晓明。他是怎么进来的？周源正要发问，卢晓明先开口了。他说："周书记，不速之客，打扰打扰。"说着关上门，还反锁上了。

周源说："我有个规矩，与女人和商人谈话，必须把门敞开，以防瓜田李下。"

卢晓明狡诈地笑了笑说："如果事关一个人的晚节，关系东山市官场发生一次大地震的情况，还能开门畅谈吗？"周源身子一颤，心想此人是来者不善啊。顿时，他的整个神经绷紧了。只见卢晓明拿出一只微型U盘，丢下一句话，转身走出，临走还带上了门。

周源将U盘插入电脑，屏幕立刻显示："委托制作证件一览表"。在制作假文凭一栏里，他找到了自己的名字。在制作假离婚证栏里，戴国权榜上有名。他再也坐不住了，站起来，两腿直摇晃。那是八年前，提拔干部讲究高文凭，只有大专文凭的他，找人制作了一份研究生的假学历、假文凭，这个人就是制假证大王张苏五。八年过去了，他从市委组织部的科员升迁至副部长、部长、市委常委，直至现在的市委副书记，一路走来，风平浪静，怎么今天东窗事发了？而且证据是抓在一个奸商手里，他百思不得其解。

卢晓明自以为今天干得漂亮，他给周源送去U盘，什么话也没多说赶紧离开，这是玩的"欲擒故纵"的把戏。在他和戴国权处于危急的关头，这个U盘来得太是时候了，足可以牵住周源的"牛鼻子"，因为现在他们的救命稻草就是周源。

果然不出所料，卢晓明刚开车驶出市委大门，周源的电话来了，约他立即见面，地点就在市委对面的春江茶楼。大约二十分钟后，在茶楼的一个包间里，周源看着有几分傲慢的卢晓明，迫不及待地问这U盘是谁送给他的？当卢晓明说出是戴国权时，他顿时知道，自己面对的是一堆不可收拾的烂摊子。

卢晓明说："周书记，自打秦慧楠一脚跨进东山市，一场围绕玉泉县新县委书记的人选的角力就开始了。你和秦慧楠，还有崔思康、戴国权，都是这场角力的主角。"

周源反问："你呢？难道置之度外？"

卢晓明装模作样、言不由衷地说："我是个商人，只知道赚钱，对政治不感兴趣。"

周源是个"老运动员"，喜欢在危急中反败为胜。这个小小的U盘不会让他输得一败涂地，因为还要调查立案，利用这段时间，他可凭借自己的势力把水搅浑，最后是"事出有因，查无实据"。因此，他对卢晓明决定来个以攻为守，说了一些不着边际的话。

周源说："卢总，抬头看天是一种方向，低头看路是一种清醒。我这个人，顺境时喜欢低头，这是一种冷静，是低调做人、做事。逆境时我喜欢抬头，这是一种韧劲，是一种尊严，是一种骨气。如果这一个小小的U盘能吓倒我，我就不是周源了。我再说一句，什么角力不角力的，与我有什么关系？你们想拉我下水，看错人了！"

卢晓明毫不退却地说:"周书记,您已经在水中了。"

周源说:"胡说!我还是东山市市委副书记,刚刚获得全国优秀组织工作者的称号。一个即将告退之人,我最大的心愿是平安着陆,善始善终,安度晚年,与世无争。就谈到这儿,我先走一步。"

周源起身,刚走到门口,卢晓明说:"周书记,请留步!"

周源回过身来问:"还有事吗?"

卢晓明针锋相对地说:"这么多年以来,不仅你自己学历造假,东山市官场有十多名县处级干部学历造假,你就任市委组织部部长八年,是怎么考察、提拔任用的?你要负什么责任?你怎么平安着陆?何谈善始善终、平安着陆、安度晚年?"

一席话,让周源目瞪口呆,站坐不是,走留也不是。卢晓明将周源拉回到座位上,说:"你放心,我只是个商人,不去害人,只想利益,只求争取利益的最大化。"

周源一针见血地说:"你的目标我心里很清楚,你的目光盯着一百亿的引水工程,你的胃口大得很呢!崔思康挡了你的道,你就将他往死里整,我说得不错吧?"

"你的目标我心里也很清楚。"卢晓明说,"你的目光也盯着这一百亿的引水工程和刚拆迁的那块地吧?其实一盘棋下到这一步,剩下的悬念也不多了。周书记,有人让我带给你一样东西。"卢晓明从包里拿出一只精致的丝绒盒,打开里面装着一只青瓷小花瓶,"这是大宋瓷器,真家伙。您懂书法,对古玩颇有研究,知道它的价值。这花瓶本有一对,另一只已被人笑纳。"

卢晓明说出秦慧楠的名字,周源头摇得像拨浪鼓,说打死他也不信。当卢晓明说出秦慧楠"笑纳"的动向和有口难辩的证据时,周源似信非信了。他还发问,纵然有火眼金睛,谁能将这大千世界、芸芸众生中的道貌岸然者一一分辨出来?

下午五点的时候,杨娟开着车,冒着漫天的大雨,和秦慧楠来到玉泉县城。刚过收费站，接到章法成传过来一个令人十分震惊的消息：就在一个小时前，王三毛发生了严重车祸，抢救无效，已经死亡，遗体就存放在武警医院的太平间。听到这个消息，秦慧楠和杨娟如五雷轰顶，两人立即赶往武警医院。

在武警医院的门口，章法成在等着秦慧楠的到来，他报告说案发下午四点，骑着摩托的王三毛被撞到了公路旁的小沟里，是一个当地村民报的案。他发现王三毛时，人还活着。村民告诉警察，王三毛只说了两句话，就断气了。王三毛说转告秦部长，小胡子是我的徒弟，卢晓明是个坏蛋……秦慧楠听后，仰面长叹："王三毛，可惜了！"

秦慧楠和章法成走进太平间，只见王三毛的遗体摆放在水泥台子上。武警战士掀开了白床单，王三毛静静地躺着，眼睛还睁着。秦慧楠用手合上了他的双眼，止不住的泪水涌了出来。顿时，王三毛往日的形象在她的脑海里闪现着……

秦慧楠和章法成向王三毛的遗体三鞠躬之后走出了太平间。这时章法成的对讲机响了，丁海报告，李全英离家出走，躲在通往县城公路的一农家小楼上。她情绪很激动，说有人要追杀她，不肯下楼，手里还拿着一瓶农药，说见不到秦部长，她就喝农药。

距离马王镇约三公里的一条公路旁，有一座三层的农家小楼。雨停了，小楼下聚集着一帮围观的群众，三层的阳台上站着李全英，只见她衣衫不整，手里拿着一只农药瓶。楼下，丁海举着警官证在喊话说，李奶奶，我真的是县公安局的，你看这是我的警官证。

李全英说："我不信，你们都是骗我，要害我。秦部长不来，我谁也不信，我今天就死在这儿。"

警笛鸣叫，警车赶到，秦慧楠和章法成下了车。秦慧楠来到楼下，向楼上喊了一声"李奶奶"，李全英哇的一声大哭起来，她说："我要去城里找你，他们就追杀我，我就躲进这座小楼里……秦部长，卢晓明是个坏蛋，我有证据。快派人去抓他，抓这个坏蛋呀……"

李全英扔掉了农药瓶，下楼开门，秦慧楠迎上去。李全英紧紧地抱着秦慧楠，激动得说不出话来。

晚上，在玉泉湖大酒店的一个豪华包间里，罗西来半躺在沙发上，看着菜谱。戴国权站立一旁，诚惶诚恐。

罗西来问："她喜欢吃什么？"

戴国权说："女人嘛，喜欢清淡。清蒸鳜鱼、百合西兰花……"

罗西来说："这些都不上档次，鲍鱼、鱼翅、海参？"

戴国权突然想起来了："对了，她喜欢吃小龙虾，有一次一人吃了二十多只。不过，现在不是季节上，很贵的，大的要三十元一只。"

"三百元一只也无所谓，只要她喜欢！"罗西来对不敢入座的戴国权说，"你坐啊，干吗诚惶诚恐的？"

戴国权说："领导，我对不起您，这个秘密还是没守住。我不知道那张该死的照片，是从哪里冒出来的。"

罗西来笑了："哈哈哈，你呀有点小家子气了。你主动要求来玉泉县，帮我守了十年的秘密，帮忙照顾我的亲儿子，我感谢你还来不及呢！"

戴国权说："领导，我担心秦慧楠知道了揪住您不放。这个女人厉害呀！"

"哈哈，这件事不用担心。我查询了一些相关的法律条文，这事都过去十年，已经过了追诉期。再说事情闹大了，对她范琳琳有什么好处？我可以向她赔礼道歉，给她补偿，没有什么是不能谈的。只要谈，就会在我的掌控之中，到那时，就变成你情我愿的事情。没有证据，秦慧楠再厉害又有什么用？没有这个底气，我能来玉泉县和范琳琳见面吗？"

戴国权一副大智若愚的模样："太好了，您这么一说，我的心里也就踏实了。"

"给范琳琳发信息，"罗西来有点着急了，"让她过来。"

范琳琳来了，她走到豪华包间门口，鼓起勇气按了门铃。门开了，罗西来西装革履、笑容可掬地站在门里。

"是范琳琳范院长吧？"罗西来彬彬有礼，微笑地看着范琳琳，"请——"

范琳琳说："原来是你，大领导，电视上常常见面。"

桌上酒菜已摆好，大盘小盘摆满餐桌，还有法国红酒和进口饮料，很上档次。中间有一盆红彤彤的小龙虾。

范琳琳问："就我们俩？"

罗西来说："当然，请坐。"

范琳琳和罗西来相对而坐，互相都避开对方的目光，以防尴尬。范琳琳问，戴国权呢？罗西来说，我们俩人见面，需要他吗？范琳琳问，这盆小龙虾是他为我点的吧？罗西来说，你果然很厉害。范琳琳说，我再厉害，也赶不上你的狡猾呀。伤害了别人十年，还一路顺风，带病提拔，升官发财。

这时罗西来喊了一声："琳琳，请别这么说。"

范琳琳厉声地回道："请叫我范琳琳。那个称呼是我的丈夫、亲戚朋友叫的，你不配！"

罗西来说："范琳琳，我今天来一是向你道歉，二是给你补偿，三是看看我们的儿子棒棒。"

范琳琳冲上去，甩了罗西来一个大嘴巴。罗西来用纸巾擦擦嘴巴，愣愣地看着范琳琳。他心里骂道，戴国权你他妈干的什么蠢事，什么和解、宽恕，完全是钓鱼、上钩，是给老子挖了一个大大的坑！

范琳琳说："姓罗的，你太卑鄙，太无耻了！我告诉你，你今天来唯一要做的是老老实实去公安局自首，承认你当年的罪行！"

"哈哈哈，"罗西来一声冷笑，"范琳琳，你真是个法盲，这件事早已过了法律追诉期，在法律上是没有意义的！"

门又开了，秦慧楠走进来，罗西来愣了一下，马上恢复了镇定。他没有任何羞愧之感，却一本正经地说："慧楠同志，这又是你组织部部长管的事？"

秦慧楠厉声回道:"就算我不是组织部部长,是个普通干部,哪怕是个平民百姓,对党的干部都有权监督。何况,你是个道德缺失、违法犯罪、带病提拔的干部!"

罗西来口气软了:"慧楠同志,我知道你有来头,才从北京空降东山。可是你初来乍到,我们无冤无仇,应该合作共事,融洽相处才对。这事过去已十年了,已经过了追诉期。我这次来,不仅仅是向范琳琳道歉,更是为了给她一个明天。我是单传,因没有孩子,我离了婚。我需要棒棒,那是我罗家的血脉香火。我知道范琳琳和崔思康签了离婚协议,请你做做工作,我想娶她。"

秦慧楠愤怒地说:"想不到你竟这么无耻!"

说完,秦慧楠拉着范琳琳走出包间,砰的一声带上门,罗西来浑身打颤,后背冰凉。他拿起一只酒杯,喝了一口,扔地上摔得粉碎。

下班前,朱明远、郑介铭同时接到两份紧急报告:一是罗西来十年前伤害范琳琳的特大丑闻,二是章法成获得张苏五口供,周源的学历和戴国权的离婚均为造假的严重事件。两人迅速赶到玉泉宾馆,朱明远敲着桌子:"怎么会弄成这个样子?市委常委涉嫌强奸,市委副书记学历造假,而且还刚刚获了全国先进个人的称号,真够讽刺的,我这张脸丢大了!"

郑介铭不满地看了看朱明远说:"明远同志,说这些有什么用?"

秦慧楠接着郑介铭的话茬儿说:"现在不是发牢骚的时候。为了防止事态扩大,我建议明远同志及时找这两个人谈话,让他们及早认识错误。特别是周源同志,马上要退休了,不能再有什么事出来,我担心——"

朱明远问:"你担心什么?说嘛,事情发展到这种地步,还有什么可保留的?"

秦慧楠说:"我担心他会不会和卢晓明搞到了一起?如果还没有,组织上及时提个醒,让他悬崖勒马,亡羊补牢。我认为,周源同志一路走来不容易,我不愿看到他在即将到达终点时,轰然倒下,不能善终的人生是非常痛苦的。"

郑介铭点头说:"我同意慧楠同志的意见。"

朱明远实在想不明白:"周源是对自己要求非常苛刻的人,他头上的光环耀眼。说他的学历造假,枪毙我也不信!是不是哪个环节出了错?"

郑介铭掷地有声地说:"现在我们必须面对现实。"

朱明远现出为难之色:"周源和罗西来都是省管干部,我们平起平坐,我怎么和他们谈?"

秦慧楠说:"你是市委书记,是市委一班人的班长。"

朱明远说:"可是今晚我要去省城,明天一早向省委汇报,谈话的事委托你们俩。"

秦慧楠惊问:"委托我们?"

郑介铭不高兴了:"你拍拍屁股走路,恶人让我们做?"

"老郑,"朱明远也不高兴了,振振有词地说,"话别说得这么难听嘛,这是分工。你们俩,一个是管组织和'人头'的,一个是管党纪国法的。慧楠不仅仅是市委组织部部长,还是机关党支部书记。在党内,每个人不管职务高低都是普通党员。慧楠找周源谈话,顺理成章。"

郑介铭问:"那我找罗西来?"

"对。"朱明远说,"罗西来的问题显而易见,有人证、物证。你以市纪委、监委名义找他谈话很恰当。"

恰在这时,秦慧楠的手机响了,屏幕来电显示是周源。周源说:"慧楠同志,我个人有重大事项,要立即向组织报告。这个重大事项,就是我研究生毕业文凭的造假……"

周源的主动"投案",让秦慧楠、郑介铭与朱明远十分震惊,不知道他的葫芦里卖的什么药。

五五　谁能笑到最后

　　放下电话，周源忧心忡忡，坐卧不安。他走到书法练习案台旁边，翻开荣誉证书，只见上面写着"周源同志荣获全国优秀组织工作者称号"。随即，他收起荣誉证书，拿起笔架上的狼毫笔，奋笔疾书"泰然自若"，这四个大字他连续写了几幅。

　　家里的阿姨推开书房门告诉周源，玉泉县的崔县长来了。周源一愣，噢，这么晚了……问您见还是不见？周源说请他进来。崔思康走进室内，拉了一把椅子，然后不请自坐。

　　崔思康带着傲慢的反常，引起了周源的警觉。他也没给崔思康好脸色，冷冷地问，这么晚了跑到东山来，有什么事？崔思康也冷冷地回答，特想和你说说话，说说心里话。周源说好啊，咱们敞开胸怀、畅所欲言。他解释说明远书记改变了主意，明天让慧楠同志宣布你的任命了。这时周源伸了一下胳膊，不无感慨地接着又说，年龄不饶人啊，岁数一大，病也多了。我这几天一直吃药、打针，没顾上去玉泉县。说这话时他冷冷地看着崔思康，一副决胜千里之外的自信。他话中有话地说，秀才不出门，亦知天下事，你的情况我随时掌握。你的问题彻底查清楚了，县委书记的任职肯定没悬念了，你给我这张老脸增光添彩呀。你看，这是中组部颁发的荣誉证书。

　　周源拿起荣誉证书，崔思康接过来，眼睛的余光告诉他，周源的目光很得意。但是崔思康没有说祝贺的话，却带着兴师问罪的口气问，香港东鸿地产集团的实际控股人王汉斌你不会不认识吧？周源身子一颤，马上恢复镇定，反问崔思康，怎么问起这个？

崔思康说:"这个东鸿地产神通广大,改变了马王镇拆迁地的用途,征用马王镇五千亩良田,还要参加明天上午玉泉湖二期引水工程的投标。他要替换玉泉集团,是一匹突然杀出的黑马。不客气地说,螳螂捕蝉,他就是躲在后面的黄雀!"

周源心里十分清楚,崔思康已经知道这牌局的最后底牌了。但他还是不动声色,像往常一样,居高临下,循循善诱:"思康,你冷静点,你总是这么咄咄逼人,这个毛病就是改不了。我问你,你说的这些是谁告诉你的?"

崔思康说:"谁告诉我不重要,重要的是香港东鸿地产集团的实际控股人王汉斌是你的老同乡、老同学,还沾亲带故。"

周源不吱声,默默地看着崔思康,目光中出现了平日难见的狡诈和阴冷,他的目光也变得寒光闪闪,还带有杀气。

崔思康步步紧逼:"周书记,你回答我,我说得对不对?"

正在尴尬的时刻,阿姨推开门说,秦慧楠部长来了。这让周源有点意外。崔思康不动声色,他看到周源有点慌了手脚,眼珠转了几下,目光中流露出不安。他对阿姨说,就说我感冒了,正在起床、穿衣,请她稍候。阿姨心领神会,推门走出,特别小心地关上门,生怕留下缝隙。

周源说:"思康,我和秦部长谈点事,你回避一下。卧室阳台有个后门。"

崔思康说:"用不着,我不喜欢'走后门'。你可以当着秦部长的面,回答我的问题。你回答了,我马上就走。"

"崔思康!"周源终于忍不住发火了,"你太放肆了!过河拆桥是不是?"

崔思康说:"周书记,不错,你是帮我搭了一座桥,可是我还没通过,这座桥便成了险桥,你还是自己把它拆了吧!"

周源气得呼呼喘气,房门开了,秦慧楠出现在门口。崔思康见状急忙起身要走,秦慧楠微微一笑,示意他坐下,自己也在沙发上不请自坐。为了执行朱明远的安排找周源谈话,她从玉泉赶到了东山周源的家。

秦慧楠问，我是不是打扰你们了？周源说打扰谈不上，没想到这么晚你还来拜访。秦慧楠一语双关地说，火烧眉毛的事，怎么敢懈怠呢？崔思康心领神会，说我有个火烧眉毛的事，要请周书记回答。周源一声不吭，阴着脸，脸形扭曲拉长，像条苦瓜，很是难看。

崔思康以守为攻，发起了冲锋。他说："周书记，我一直很敬重你，你是我仕途上的领路人，是我心中的楷模，你的形象可不能坍塌了。"

"哈哈哈，"周源突然大笑起来，"思康，周源也是人，也有七情六欲，不是不食人间烟火的圣人、神仙。我也可能有错，也有混账、糊涂的时候啊。"他话中有话地问，"慧楠同志，你不也一样吗？"

"周书记，"秦慧楠淡淡地笑着，"你说得对，我秦慧楠是个活生生的人，也有七情六欲。但是我的太极拳，没有你打得好！"

"太极拳？"周源诧异地问，"什么太极拳？古人曰，'持黄金不为珍贵，知安乐方值千金'。"接着文绉绉地说道，"为求我们的共同安乐，现在就来回答思康提出的问题，请你们看样东西。"

周源打开橱柜，取出精致的丝绒包装盒，打开后里面是一只宋代青瓷小花瓶。崔思康说："周书记，我不懂古玩，对收藏也不感兴趣。"

周源狡黠地一笑："可是慧楠同志对收藏有很大的兴趣。是不是？"

秦慧楠爽快地回答："你说得不错，我对收藏有兴趣。"

"这不就行了吗，"周源兴奋起来，"我们不是找到共同的语言了吗！今晚咱们三人都在这。玉泉县县委书记人选的角力，从阵阵风波到惊涛骇浪，惊心动魄，扣人心弦，现在是画上一个句号的时候了！"

"不是画上一个句号，而是画了个圆。"秦慧楠说，"这场风波，从开始到现在，高潮迭起，步步惊心。从起点到终点，我们并没有走直线，而是绕了一圈之后，又回到了原点。"秦慧楠拿起小花瓶，有点爱不释手的样子，"让我们回到原点的，正是这只大宋青瓷小花瓶。"

周源说："好事必成双，这花瓶天生有一对。如果我猜得不错，另一只已被秦部长收藏。"

秦慧楠没有否认，故作无奈地说："姜还是老的辣，你果然了如指掌,明察秋毫啊。"

周源含笑不语。崔思康也是个不错的演员,此刻他的演技得到了充分的发挥。他看看周源,又看看秦慧楠,愤怒地说:"你们……原来是一路货?"

"什么一路货?说得这么难听。"周源的态度变得十分亲切,"都是自己人。思康,欢迎你加入。"

"秦慧楠,"崔思康拍案而起,"你让我大失所望!"说罢,他转身欲走。

"站住,"秦慧楠极其威严地命令道,"坐下,听周书记的。现在我们三人都同在一条船上,你能独善其身吗?"

崔思康耸了耸肩,一副无可奈何的样子坐下来。他和秦慧楠的表演,周源没有看出一丝破绽,他相信了,因为卢晓明将秦慧楠收受花瓶的证人、证词和视频证据交给他了,这颗炸弹抛出来,比崔思康收受一百万好处费的威力还要大。秦慧楠是识时务的女人,刚点破这件事,她就举手投降了。他笃定地相信,怕什么怕? 他周源现在完全控制了大局。

崔思康问:"这两只花瓶,价值不菲,你们就这么笑纳了?"

"思康,这你就不懂了。"周源老到又轻车熟路,"古玩古玩,玩玩而已。至于什么价,在每个人的心中,有不同的评判。有人说价值连城,可有人说一文不值。而我们是出于对古文化的兴趣,研究把玩,陶冶情操而已,不必认真,更不能上纲上线。慧楠同志,你说呢?"

"真是高见。听君一席话,胜读十年书啊。"秦慧楠说,"周书记,你树大根深,老谋深算,我是望尘莫及。思康,你坐下,听听周书记下一步的打算,为我们指点迷津。"

周源说:"行了,既然是自己人了,就实话实说了。不错,香港东鸿地产集团的实际控股人王汉斌是我的老同乡、老同学,还是亲戚。让他们投标玉泉湖二期引水工程,征用马王镇五千亩地,改变拆迁地用途,凭的是他们的实力。我不过是穿针引线之人。思康,现在你处于局外。征用马王镇五千亩地也好,改变拆迁地用途也罢,谁中标引水二期工程,一切让戴国权他们做出决定，错了也与你无关。你会以一个清廉、公正为民的新县委书记面目出现。当然，香港东鸿地产集团会对你们感恩戴德，什么要求对我说，股份也行。日后由玉泉集团负责工程施工，一举两得的美事，我们何乐不为呢？"

崔思康说："可是卢晓明有重大犯罪嫌疑，公安部门正在追捕他，并申请网上通缉！"

周源不屑一顾地说："卢晓明是罪犯，我信吗？正像说你见死不救一样，枪毙我我都不信。我们要接受某直辖市当年'唱红打黑'的教训，将那么多的民营企业家打成黑社会，结果呢又来平反，简直是脱裤子放屁。"

秦慧楠沉默了，她正襟危坐，目光一下子变得锐利起来，似两道激光直刺周源的心脏。眼睛是心灵的窗户，秦慧楠用这扇窗户告诉周源：你原来是只老狐狸，是条沉在海底的大鲨鱼。对不起，你撞到我的枪口上了！

秦慧楠心态的变化，周源觉察到了，但是他没料到秦慧楠和崔思康是在演双簧，更没想到她早将那只青花小瓷瓶交给了玉泉县委办保管，还打了收条，盖上了红彤彤的大印，而且还有证人赵恒儒。

以为胜券在握的周源，以居高临下的姿态问秦慧楠："怎么不讲话了？哪儿不舒服吗？"

"是的，心里很不舒服。"秦慧楠态度严肃，振聋发聩地说，"我算明白了，当一个人捧着荣誉证书，挂着勋章，头顶光环的时候，深藏着的丑陋，更加难以发现，这其实就叫明修栈道，暗度陈仓。"

崔思康很配合地附和着："我有同感。"

周源看看崔思康，又看看秦慧楠，十分茫然。他问："你们在说谁呢？不会是我吧？"

"欢迎对号入座。"秦慧楠笑了一下说，"周源同志，现在我受市委书记朱明远同志的委托，就你的研究生学历涉嫌造假的问题进行谈话。"

崔思康知趣地起身要走，秦慧楠拿出笔记本和笔说，"思康，帮我做个记录。"

直到现在,周源还不知道秦慧楠是动真格的了,真是聪明一世,糊涂一时啊。他笑呵呵的,满脸堆起弥勒佛的笑容,说:"不就是走个程序嘛,还做什么记录?"

秦慧楠说:"这个程序你恐怕过不了关。与林强盛相比,你可比他聪明多了。"

周源的脸色唰地变了,方才满脸堆起的弥勒佛的笑容,消失得无影无踪。

晚上,郑介铭本来是找罗西来谈话,却通知他是"谈心",怕的是罗西来拒绝见面。这会儿,"谈心"谈到了一半,开始刺刀见红,罗西来脸红脖子粗了。他说和范琳琳的事,他会做出解释的,是向省委,而不是向你郑介铭。这事已过去十年,早已过了法律的追诉期,你是纪委书记,不需要我来帮你普法吧?

罗西来的几句话,气得郑介铭简直要吐血,忍不住骂了一句:"你真无耻!"可罗西来大言不惭地说自己是"无畏"。郑介铭说,无畏的人有两种:一是无私的人才无畏;二是不要脸的人也无畏,你是后者!

夜深了,马王镇的郊外偶尔传来几声蛙鸣,四周一片寂静。路边,几台推土机和挖掘机静静地停在那里。就在几个小时前,它们的马达怒吼着,相互对峙着,配有马王镇巡逻队队员的口号声以及施工队的叫骂声,这里就是一场保卫战的战场。经过一整天的战斗,施工队未能前进一步,五千亩良田不少一寸。

铁皮房的值班室内,搁着一张钢丝床,崔思康刚从东山市周源家里回来,他和贾乐福半躺在这张床上拉家常。贾乐福说,我期待明天的县委常委会能正本清源,还你一个清白,这叫作"金猴奋起千钧棒,玉宇澄清万里埃"。

远处的楼房里,飘来了淡淡的、轻轻的小夜曲,让人魂牵梦绕,勾引起崔思康和贾乐福的一阵情思和遐想。贾乐福问崔思康,你这辈子最大的收获是什么？崔思康不假思索地回答，有一个好老婆。贾乐福说，关键时刻，范琳琳不顾一切，为你挺身而出。现在有多少女人能做到这一点？

两人正说得起劲，一阵汽车马达声传来，接着有人敲门。崔思康打开门，只见范琳琳和王秀芹从车内走出来，两人一身酒气。范琳琳的醉酒还没全醒，说我俩刚喝了庆功酒。王秀芹笑了，说是"一巴掌"庆功酒啊。这下崔思康明白了，那是范琳琳打了罗西来的一巴掌，这是勇气，崔思康拍手称快。

王秀芹说，琳琳要尝尝住铁皮房的滋味，就打车来了。接着她说，思康，琳琳交给你了，任务完成了，我该走了。崔思康说别走啊！王秀芹笑了说，我不走，让我做电灯泡啊。说完坐上出租车走了，贾乐福也悄悄地走了，铁皮房内只有崔思康和范琳琳。

范琳琳掏出"离婚协议"说，我撕了，你可别后悔啊。崔思康说不后悔，在你面前，我就不知道什么叫后悔。范琳琳笑了，把"离婚协议"撕得粉碎。崔思康把范琳琳拥入怀中，范琳琳小声地抽泣起来。崔思康问，怎么又伤心啦？范琳琳说，明天是个好日子，我们终于等到了，我这是高兴的泪水。崔思康兴奋得热血在奔涌，忘情地吻着范琳琳……

不一会儿，手机响了，是王秀芹打过来的，她欣喜若狂地告诉崔思康，她爸爸王长根意识有感觉了！崔思康不相信，可手机里传来了王长根虚弱但很清晰的叫喊"思康"的声音。崔思康激动地说，大伯，我和琳琳马上去看您。于是，崔思康和范琳琳，开着红色小跑车直奔县城。

路上，手机又响起，总工程师潘凯十万火急地告诉崔思康，龙门隧道发生严重塌方事故，如不及时抢险，将会毁了整条隧道！于是，崔思康又马上掉转车头，直奔事故现场。

龙门隧道两头的洞口全部坍塌了，像一片爆炸的废墟。现场聚集着许多抢险人员，也有赶来维护现场秩序的警察。汽车和工程车的大灯照亮了事故现场，崔思康投入了抢险指挥。大型钻机在吼叫，大口径钢管在慢慢地向洞内推进。

过了一会儿，秦慧楠、章法成、杨娟、任大年、戴国权等人也驱车赶到了事故现场。秦慧楠问崔思康，隧道两头怎么会同时塌方？崔思康说，我也感到怀疑。他汇报说塌方很严重，十二名维修工闷在里面，随时会因窒息而死。抢救方案是以钻机开洞，再插入大口径钢管，打通内外联系。抢救人员从大直径钢管爬进去，将洞内的遇险人员从钢管里拉出来。

潘凯气喘吁吁跑过来报告，大口径钢管已推进到隧道内。崔思康把手一挥，朝着大口径钢管跑去。戴国权紧追上去，说他也算一个。接着任大年也追了上去。

在洞口，崔思康、戴国权和几名抢险队员，从大口径管钢内钻进了隧道。不一会儿，被困工人一个一个地通过大管道被拉出来，秦慧楠、杨娟协助医护人员将救出的伤员抬上救护车。

隧道内，黑乎乎的一片，只有崔思康和戴国权的两支手电的光亮在闪动。他们成了最后撤离的人员。清理完现场，在两人走到大口径钢管的管口时，戴国权突然挡住管口，凶相毕露，恶狠狠地说："崔思康，我们决斗的时刻到了！"

崔思康不以为然地问："国权，什么决斗？开什么玩笑！"

戴国权摆开阵势说："谁跟你开玩笑，今天有你没我，有我没你！"

崔思康的脑袋嗡的一声炸开了。他这才发现戴国权是来真格的了，他的脸色，他的目光和他紧握两拳的架势，充满了恐怖狰狞和邪恶。崔思康愣住了，一时间手足无措，他没有任何思想准备，但是还存有一线幻想。他说："戴国权你再不仁不义，也不至于要我的命吧？"

"你吃亏在于常常错误地估计形势。"戴国权说，"这塌方就是我让人制造的，这里就是你的坟墓。"突然，他拿起一块石头，猛地砸向崔思康的头部。

崔思康躲闪不及，被石头砸中，顿时血流满面，跌倒在地上。他挣扎着站起来，指着戴国权说："畜生，你什么时候变成野兽了？"

"人都是有兽性的，我们都有。"戴国权冷笑着，"你以为你是道德完美主义者？不，凡是人都是有道德的缺陷。你仕途上的老师周源，他才是这次角力中的大赢家。香港东鸿地产一定会在引水二期工程中标，马王镇的五千亩良田，还有你费尽心血的拆迁地，他都会收入囊中。玉泉县新县委书记人选风波，他操控于股掌之间。他头顶上有耀眼的光环，谁也不会怀疑他的清白。他不仅贪财、贪权，还贪荣誉，这才是贪的高手。你怎么不学学他？哈哈，你笑不到最后了！"

崔思康说："你错了，就是失去性命，我也能笑到最后！"

戴国权说："你的笑声，只有阎王和小鬼听到，还有什么意义？"

崔思康义愤填膺，破口大骂："姓戴的，是我瞎了眼。你这种人的存在，玷污了人类这个字眼。你呼出一口气，都会污染世界。卑鄙、无耻！"

戴国权说："卑鄙是卑鄙者的通行证。你这个自私的家伙，挡了多少人的道，多少人对你恨得咬牙切齿。你以为不占不贪不搞女人，就抓不住你的软肋了？'见死不救''权色交易'，一百万银行卡，包括这次塌方，都是我的杰作！"

崔思康挣扎着站起来，抓起一块石头，扑向戴国权。戴国权闪开，将一块尖石插进崔思康的前胸，崔思康顿时昏死过去。戴国权将石头堵塞管内，又用石头刺伤自己的脸部和头部，然后往外爬去。他爬出大口径钢管出口时，满面是血。

众人齐声高喊："戴书记——"

戴国权佯装吃力，嗫嚅着："又塌方了……思康被埋了，找不到人了……"说完，他把头一歪，两眼一闭，佯装昏了过去。

众人将戴国权抬上救护车。秦慧楠下令，生要见人，死要见尸，继续搜救，一定要找到崔思康。章法成带领搜救人员钻进管内，众人屏住呼吸，盯着管道口。约半个小时后，章法成和搜救队员从管内爬出，拖出血肉模糊昏死过去的崔思康。尽管众人大呼大叫，崔思康毫无反应，处在昏迷之中。

刻不容缓！章法成警车开道，一路鸣笛、一路绿灯，护送救护车将崔思康送往县医院的抢救室。

戴国权被送到医院后，医生检查是皮外伤，包上纱布，涂了消炎药水，他就离开了医院回到家中。此刻他最关心的是有没有置崔思康于死地？感觉是做到了，但是还没有百分之百的把握。他想，万一崔思康没有死，自己就死定了。他知道，刚才的表演瞒不过秦慧楠，破绽很快会暴露，还是三十六计走为上。他早有预案，做好了充分的准备。

戴国权撕掉头上的纱布，换了一身新衣服，拖着拉杆箱，走向门外。这时门外响起了一阵脚步声，打开门镜一看，他吓出了一身冷汗——出现在门口的是章法成、丁海和几名全副武装的特警。章法成按门铃、敲门，戴国权都不回应，毫无动静。章法成果断地让特警踹开了房门。

戴国权冲向窗口，推开窗户，顺着早已备好的绳索滑向了地面。楼下早已守候的刑警们将戴国权扑倒在地，给他戴上了手铐。

在东山市委周源的办公室里，周源穿戴整齐，扎上了领带，端坐在办公桌前似乎在等待什么。这时有人敲门，周源说了声"请进"，门开了，郑介铭带领几位纪检干部走进。

周源的神情镇定自若，不慌不忙地说："老郑，我恭候你多时了。"

郑介铭介绍说："周源，这是省纪委的夏副书记。"

夏副书记面色严峻，拿出文件宣读："周源，现在宣布省纪委对你进行审查的人事决定——"

周源摇摇手说："不用宣读了，我签字，到我该去的地方。"

在东山机场安检口，化了装的卢晓明，手持假护照，来到安检口。章法成等刑警突然出现在他的面前。

章法成手一挥，风趣地说："卢总裁，这边请！"

卢晓明故作镇静地说："警官同志，认错人了吧？"

章法成撕掉卢晓明的假山羊胡须，摘下他的墨镜和棒球帽，拿出卢晓明的大头照问："你自己看看，我们有没有认错人？你这化装技术跟谁学的？太小儿科了。"

卢晓明不再言语，伸出双手，刑警给他上了手铐。

在东山市委会议室，卫生系统反腐倡廉报告会正在进行，罗西来站在主席台上，表情严肃，他正一本正经地发表主旨演讲，态度慷慨激昂。他说，反腐倡廉，任重道远，永远在路上。卫生部门不是净土，不能被假象所迷惑，要有壮士断腕的决心、刮骨疗伤的意志，将反腐败斗争引向纵深。这时秘书突然走上来，小声地告诉罗西来，说朱明远书记和省委有关领导在小会议室等你，让你马上过去。

罗西来是个明白人，知道大事不妙，发言稿都没收拾，就匆匆走下台，来到自己的办公室里。他大口大口地抽着烟，衣服都被汗水打湿了。他拉开抽屉，拿出一瓶安眠药，颤颤巍巍地打开盖子，把药倒在手里，几次想把药送到嘴里，都没有这个勇气。

突然，罗西来挺身而起，扔掉手中的一大把药片，梳理一下头发，整理一下衣服，拿起黑皮包，向外走去。他坚信，十年前的旧账，还能翻起什么大浪？想想刚才的胆怯，他感到可笑。

罗西来走进市委小会议室，看到省纪委的夏副书记坐在里面，身边站了几个纪检干部和干警。他想坏了，这不仅仅是与范琳琳十年前的旧账，一定是拔出萝卜带出泥，经济问题也东窗事发了！他在门口愣了一下，转身向外跑去，几个干警紧接着跟了上去。过道上，罗西来一个踉跄，摔倒在地，十分狼狈，他还想起身继续跑，干警似猛虎下山，将罗西来制服。

县医院抢救室的门外，站着朱明远、秦慧楠、田振鹏、任大年、杨娟、赵恒儒、范琳琳、章法成、王秀芹等人。抢救的大夫走出来，他的脸阴沉着，这预示着伤者的情况不容乐观。大夫告诉众人，崔思康这会儿醒了，但还没有脱离生命危险。

秦慧楠、朱明远轻轻地走进抢救室。病床上，崔思康头部缠着纱布，戴着氧气面罩，眼睛微微地睁开了，失去光泽的目光注视着秦慧楠和朱明远。

"思康同志，"秦慧楠泪眼婆娑，拿出一份市委红头文件，"现在，我宣布中共东山市委员会的决定。经市委常委会研究并一致通过，决定任命崔思康同志为中共玉泉县县委书记……"秦慧楠念不下去了，泪水模糊了双眼。

崔思康吃力地抬抬手，指指氧气面罩。大夫会意，给他摘下了氧气面罩。朱明远哽咽着："思康同志——"

崔思康很吃力，声音也很微弱。他说："我的任命……已经不重要了。我关心的是……谁来接替我……"

秦慧楠流着泪说："不，你会好起来的。"

崔思康摇摇头说："必须有备案。"

秦慧楠问："我，行吗？"

崔思康又摇摇头说："你是市委领导，哪能降级……"

秦慧楠说："中央号召干部能上能下，我是组织部部长，应该带头补上县委书记这一课。"

朱明远说："思康，这事我请示了省委，同意了。你的意见呢？"

崔思康微微一笑，闭上了双眼，又昏了过去。医护人员冲进来，进行了新一轮抢救。

人们常说，风雨过后见彩虹。其实未必。对崔思康来说，风雨过后依然是阴天。但是，一场暴风雨后，有些人变得更冷静更理智了，这个人就是中共东山市委书记朱明远。这天一早，他驱车赶到省委，将辞职报告递到省委书记郁浩民的面前。郁浩民看了看文字简单的辞职报告说，谈谈你的理由吧。

朱明远沉闷而沮丧地说："郁书记，玉泉县选拔新任县委书记，进行了一场惊心动魄的斗争，这是我始料不及的。因为我的犹豫、误判、不作为，差点给党的利益和人民的权利带来重大的损失。作为一个市委书记，我是不够格的，更是不称职的。"

郁浩民接过了朱明远的话题，语言尖锐而又深刻地说："在大是大非面前犹豫、误判、不作为，就是庸政、懒政，是另一种形式的腐败。当然，你能认识到自己的错误，还是找到了正确的方向。"

朱明远望着郁浩民，目光茫然，他在吃力地消化着郁浩民话语中的含义……

后　记

当代社会制造的一些荒诞，远胜于作家的想象力。如果不是这些荒诞真实地存在着，读者一定认为作者严重地脱离了生活，靠夸张和杜撰来忽悠读者。

《权与利》也是这样，一些人物和故事表面上看确实有点荒诞，却真实地与我们的现实生活紧紧地捆绑在一起。八年多来，崔思康一直视戴国权为兄弟，可就是这个经常将"兄弟"二字挂在嘴边的人，竟给了"兄弟"致命一击。这个看似荒诞、有悖常理的故事，却真实而又残酷地发生了。

让崔思康得到告慰的是，在他被抢救的日子里，秦慧楠、王秀芹、范琳琳始终陪伴在他的身边，这是他这一生中敬重过、喜欢过和爱过的三个女人。同样，他也是这三个女人敬重、喜欢和爱过的一个男人。范琳琳对王秀芹说，你们没有结合，太遗憾了。我却和他生活了十年，作为他的妻子，真是内心有愧。王秀芹说，现在我才知道什么叫幸福，因为思康对我曾经的爱是真的，他没有欺骗我，而是我误解了他。田振鹏则对秦慧楠说，你在崔思康的选拔与任用上赢了，赢得了人心、信任与赞誉，这种胜利后的甜美够我享用一辈子。

崔思康不与黑暗势力同流合污，一心想在事业上大展宏图，对昧着良心的人和事，他绝不袖手旁观，视而不见。其实他的内心世界也是多元的，是矛盾的。但是这种多元和矛盾，不影响我们对他的审美，不影响他对道德完美主义的追求。

戴国权的问题已经彻查清楚。他利用职权之便，戴着两副面具，游刃有余地在权力和仕途上横行。为了自己的利益,他玩弄权术、勾结奸商,与黑社会纠缠在一起,最终走上了一条不归之路。

在远离玉泉县城五十多公里的卧龙岗监狱里,我们见到了小说戴国权的原型,当时他正在死囚牢房里等待行刑。对我们他不陌生,已经认识。当我们揶揄地喊他戴书记时,吓得他转身立正,连说"不敢当,不敢当"。我们与他进行了一次有趣的对话,在此节选一段:

"你就那么仇视崔思康?"

"他挡了许多人的路。"

"哪些人?挡的是什么路?"

"这就不说了吧,地球人都知道。"

"你策划的'见死不救'是不是一场闹剧?"

"绝对不是闹剧,是一次完美的策划,天衣无缝的配合。唉,原本一手好牌,打砸了。"

"你夺取了几个人的生命,有负罪感吗?"

"世界上没有绝对的对与错,问题是你站在哪个角度。有人说'人之将死,其言也善'。可我不是这样,对做过的事从不后悔。我是个彻底的唯物主义者,不信鬼神,不信善恶有报。人嘛,迟早是个死,善人、恶人、魔鬼、天使都会化成灰烬,要讲公平,这就是。"

戴国权就是现实生活中的荒诞,不管你信与不信,他真实地存在着。他的理念、思维、逻辑和自身的私欲与传统的、普遍的、约定俗成的伦理道德大相径庭,这与一些年来道德标准和信仰的失衡不无关系。

为了自身的私欲被利益集团所利用的周源及道德败坏的罗西来等人,都受到了法律的制裁。经过一场暴风骤雨、惊涛骇浪的洗礼,玉泉县又恢复了往日的平静,但愿这种平静能长久,更长久……

将电视剧剧本改编为小说,这是一个复杂的劳动,也是一项不太容易圆满完成的工作,因为电视剧剧本需要的是精彩的故事构架、出奇制胜的情节、脱俗超凡的人物,而小说所要求的不仅是故事、人物、语言,对文学性与艺术性的标准会更高。于匆忙中将这部小说呈现给读者,深知各方面尚有很大差距，为此心中不胜惶恐。

　　小说的改编和出版，得到周黎先生和臧钰萍女士的热情相助，在此特表谢意。

邵玉清　邵庆峰
2020年12月19日